Casa Ananda.
Más allá del camino.
Escrita por: Mary Vivas.
ISBN: 9781733711104/ 9781733711111

Página web: https://maryvivas.com
Email: Info@maryvivas.com.
Instagram: maryvivasescritora.
Facebook: maryvivasescritora

Segunda Revisión: Agosto 2019.
Editada por: Joaquín Pereira.
Madrid, España.
@joaquinpereira @casadeescritor

Arte Portada y Contraportada:
Germán García/G2M

MARY VIVAS

Casa Ananda

MÁS ALLÁ DEL CAMINO

CASA ANANDA
Mary Vivas

Casa Ananda

Más allá del camino

Una historia escrita por:

Mary Vivas

Dedicatoria

Dedicado a todos los que visitaron,
visitan y visitarán Casa Ananda.
A todos los viajeros en el recorrido de
la vida y en el camino de Santiago.
¡Buen camino!

A Teresa:

7

Con el amarillo atardecer de ese
profundo color llenaste nuestros
caminos. Brillaste cada día, cambiando
el destino de muchos.
Con tu energía bondadosa y firme
parecer, escribiste páginas cargadas de
espiritualidad en nuestros capítulos,
letras imborrables y finales
inesperados. En tus ojos siempre vimos
el color hermoso de tu alma.

La realidad que se convierte en ficción,
la ficción que se transformó en sueños.

Al personaje que puedo darle vida, a la
vida que hay en cada personaje.

Los comienzos que convierto en
historias, las historias que me confían
sus finales.

Las cosas que me cuentas y se vuelven
letras para ti.

CAPÍTULO 1

Olivia

Querida Olivia,

Ante todo, te saludo esperando que te encuentres muy bien.

No te había escrito antes ya que me encontraba organizando las exequias del abuelo y preparando a Casa Ananda *para su venta. El proceso ha sido complicado y tratar de adaptarme a esta nueva vida no ha sido fácil.*

Te agradezco todo lo que has hecho por mí. Prometo de ahora en adelante escribirte cada mes para mantenerte informada.

Con amor, Tu mamá Jossie.

§

Sellé la carta, la puse en el buzón de la entrada y me quedé contemplando la solitaria, cansada y envejecida calle de piedras. En ese momento así me sentía; con el espíritu cansado por todo lo vivido durante mis cuarenta y tantos años. Ahí estaba yo, con mi alma llena de huellas y enseñanzas profundas.

Nací en un hogar "disfuncional" —ese concepto lo entendí años después, ya estando adulta—. Crecí pensando que todas las casas eran hogares, lo cual es un error. Así que lo que sucedía dentro de esas paredes —lo bueno o lo malo— era el "hogar" que yo conocía.

Todas las tardes mi padre llegaba del trabajo, se sentaba frente al televisor y le exigía a mi madre que le trajera unas cuantas cervezas, acción que pronto lo convirtió en un alcohólico. Por otra parte, mi madre -sumisa y abnegada ama de casa- sucumbía ahogada ante la manipulación de todas las personas que amaba. Ella vivía para atender las peticiones de mi padre, ayudaba con las tareas y el cuidado de los niños, además se convertía en pera de boxeo para mi padre cuando él se sentía incómodo e irritado. Este cruel evento sucedía por lo menos dos veces al mes, sin que yo lo notara. Mamá era experta en esconder cosas, especialmente si de emociones se trataba.

Mi niñez transcurrió por las calles del pueblo donde nací, siempre buscando cualquier excusa para no estar en casa. Sin embargo, mis hermanos y yo inventábamos nuestros propios juegos y nos protegíamos desde la inocencia, con un espíritu de complicidad que más tarde nos ayudó a ser más fuertes para sobrevivir y salir adelante.

CAPÍTULO 2

Adiós

Cuando tenía 12 años se presentó un acontecimiento que marcó nuestras vidas; la abuela murió y dejó a mi abuelo en un estado de desolación muy grande, verlo así me causaba un gran dolor. Para ese momento era un hombre relativamente joven y fue tanta su desesperanza que llegamos a pensar que nunca se recuperaría de esa gran pérdida. Un día nos sorprendió mientras estábamos cenando:

- He tomado una decisión —nos dijo-. Me voy a hacer el Camino de Santiago. Tal vez pueda encontrar una posada en la que pueda colaborar con los peregrinos que pasan por allí; así volveré a sentirme útil.

Todos nos quedamos en silencio, finalmente mi padre -hombre de pocas palabras- intervino:

- Padre, ¿está seguro de querer irse tan lejos?, mire que para nosotros sería muy complicado visitarlo a menudo. Imagínese que le suceda algo y no esté ninguno de nosotros para ayudarle.

- He pensado mucho antes de tomar esta decisión y estoy seguro que lo quiero hacer -le respondió comprendiendo sus temores-; deseo sentirme vivo de nuevo, prometo estar en comunicación, pero de una vez aclaro que no quiero ser una preocupación para nadie, sabré cuidarme.

Pronto llegó el día de la partida del abuelo. Se fue dando un abrazo y dejando la bendición a cada uno de nosotros. Cuando llegó mi turno, sentí su ternura hacía mí; conmigo siempre fue más consentidor. Muchas fueron las tardes compartidas en la terraza contándome sus anécdotas. Me escuchaba, prestaba atención a mis conversaciones y siempre respondía mis preguntas. Me repetía una y otra vez "¡Lucha por tus sueños, no dejes nunca que nadie rompa tu fe"!

Así se fue el abuelo y el recuerdo de esas tardes me dio consuelo en su ausencia. En esa misma terraza, mi madre esperaba que llegara del colegio para entregarme las cartas que mensualmente comenzaron a llegar. Ella dejaba que fuese yo la que se las leyera a todos, luego las guardaba en un cajón.

Cada carta era una aventura: Había conseguido una posada como la que siempre soñó y que pudo comprar un lugar donde podía tener vacas, caballos, gallinas y otros tipos de animales domésticos; con un buen terreno para sembrar y comer de la cosecha. En su peregrinación conoció personas maravillosas. Contrató a dos señoras para mantener limpia y arreglada la posada.

Yo era la única que respondía sus cartas.

La adolescencia quedó atrás, crecí y era tiempo de asumir nuevos retos. Terminé la escuela secundaria y me mudé a la capital para estudiar en un tecnológico universitario. En ese mismo tiempo trabajaba como maestra de una escuela local y con esto me sustentaba económicamente.

Visitaba a mis padres esporádicamente; la verdad es que era difícil para mí ver el deterioro de mi padre y el sufrimiento de mi madre.

Finalmente sucedió lo inevitable: Mi padre murió después de que su hígado colapsara y como si esto no fuera suficiente, mi madre en una especie de lealtad invisible no superó su partida muriendo meses después.

Más tarde, a través de unos amigos del trabajo conocí a Luis, mi primer amor. Cuando me uní a él pensaba que la vida sería como en las películas románticas, pero me equivoqué.

La joven ingenua que era pasó a ser una mujer con responsabilidades, ya que tenía que trabajar, estudiar, y atender las tareas de la casa. Tiempo después nació mi hija Olivia.

El amor incondicional que le profesaba a Luis no fue recíproco. La soledad, la desconfianza y el desamor se instalaron en mi casa. Entendí que mi vida era un reflejo de la familia en la que crecí, y como eso no era lo que quería para

Olivia ni para mí, tomé la decisión de separarme de él. Para Luis el divorcio significó una separación definitiva entre él y su hija. Eso generó la molestia de Olivia hacia mí: Me culpaba de la ausencia de su padre en su vida.

Después de algunos años regresé con Olivia al pequeño pueblo donde yo había crecido huyendo del bullicio citadino y de mis propios fracasos.

Volví a la casa de mi infancia, la misma donde había vivido con mis padres y que por decisión de mis hermanos había recibido como herencia.

Una mezcla de emociones agitaba mi alma. Sabía que era tiempo de reencontrarme con los fantasmas de la infancia. Los gritos, las peleas y los maltratos entre mis padres, eran cosa del pasado, pero aún resonaban en mi mente.

Intentando sanar las heridas y comenzando una nueva vida me refugié en el arte. Siempre había tenido talento y después de adquirir algunas técnicas, descubrí que la pintura era un enlace maravilloso para expresarme, así que me convertí en pintora.

Con la experiencia adquirida como maestra, me animé a montar un pequeño taller para enseñar a los niños el arte de pintar. No se hicieron esperar los padres, quienes me vieron como una opción estupenda. ¡Cuánto amor encontré en esos pequeñines de corazón grande! Poco a poco me llené de entusiasmo junto a ellos.

Cada fin de mes hacíamos un bazar en el patio de la casa-taller con todo el arte creado en clases. Aunque esto me hacía feliz comencé a sentir que estaba en una zona de confort, no sé si por miedo a sufrir o por no empezar de nuevo. No me otorgaba un tiempo para rehacer mi vida sentimental.

Fue así como un día pensé nuevamente en mi abuelo y en cómo había retomado su vida. Fue una especie de llamado a seguir sus pasos.

CAPÍTULO 3

La Rúa de la Paz

Me levanté pensando que la vida estaba llena de sorpresas. Han pasado dos meses desde que llegué a la posada y todavía recuerdo el momento en que recibí la carta de la jefatura donde me informaban que mi abuelo había fallecido. El sobre contenía -además de la carta- un mapa con las indicaciones para llegar a *Casa Ananda*. Mi plan para ese momento era darle el último adiós a mi abuelo, organizar lo que había dejado, recoger sus cosas, vender la posada y regresar con mi querida Olivia.

Me serví un café y me senté en el corredor de la posada a recordar cómo había llegado allí. El abuelo había planeado todo desde hacía tiempo. Lo recordaba como un hombre fuerte, emprendedor; amaba la vida, sobrevivió la muerte de su esposa y de mis padres, y quedó solo con sus recuerdos y su posada.

Estaba muy inquieta luego de la partida de mi abuelo, no sabía cómo manejar la situación. Como mis padres murieron, y mis hermanos no tomaron ninguna iniciativa sobre su muerte y legado, a la que le correspondía estar allí era a mí: hacer acto de presencia por agradecimiento y amor a ese ser humano tan especial.

Al llegar al aeropuerto tomé un tren que me llevó al pueblo de La Rúa de la Paz; eran aproximadamente dos horas de camino. Durante el trayecto me familiaricé con la zona y con las personas. Los lugareños tenían un lenguaje y una forma de vestir un tanto diferente. Eran amables y serviciales, pero de poco hablar, sólo decían al saludar "buen camino" y todos les correspondían de la misma forma.

Todo era muy pintoresco y diferente para mí que había vivido en ciudades grandes, llenas de edificios, autopistas de más de tres carriles y carros por doquier, donde la gente siempre iba apurada. Era raro ver en la ciudad a alguien sonriendo, parecían marionetas manejadas por un ser invisible. En cambio, cada cosa, persona o paisaje que veía por la ventana del tren rumbo a la posada de mi abuelo lucía original, alegre y en paz. Parecía que Dios había estado allí; se inspiró, desbordo la creatividad y se acostó a descansar. Hasta ese momento estaba tranquila, sentía que me estaba transportando en una máquina del tiempo.

Llegué a La Rúa de la Paz un domingo después del mediodía; todo estaba cerrado, así que tendría que esperar hasta el día siguiente para poder ir a la jefatura y hablar con el encargado de llevar a cabo el funeral de mi abuelo. Siguiendo las indicaciones de la carta, tendría que caminar dos kilómetros aproximadamente hasta llegar al caserío donde se encontraba la posada Casa Ananda. Emprendí la caminata con mi maleta a cuestas.

En el primer tramo había poca señalización. Pronto aparecieron ante mí unos avisos de madera con forma de flechas y sobre ellos nombres de lugares. Pasé por la plaza principal, toda construida sobre un mosaico de adoquines. En el medio había una pequeña fuente y una estatua, no pude distinguir de quién era ya que la placa que tenía la descripción estaba muy deteriorada, asumí que debió ser alguien muy importante.

Por lo que pude observar, el pueblo tenía cuatro calles, una de ellas conectaba con la estación del tren, y las otras indicaban salidas hacia otros caseríos.

Hasta ese momento no había visto personas por allí, pensé que por ser domingo la gente estaba descansando. Recordé que mi abuelo en alguna de sus cartas mencionó que en España todavía se acostumbraba hacer la siesta, es decir, tomaban un breve descanso después de la hora del almuerzo; esa costumbre me parecía buenísima, y cómo me hacía falta en ese momento una siesta, ¡uf!, pero todavía me faltaba caminar un trecho largo.

Logré divisar las señales en forma de flechas que indicaban las posadas del camino: la Esperanza, Buena Vista, Cafecito Caliente, y Casa Ananda. Sentí alivio al ver que todo coincidía con el mapa que acompañaba la triste noticia del abuelo.

Después de un recorrido de quince minutos, vi sentado bajo un árbol a un señor con su perro. De inmediato me acerqué y mientras su mascota jugueteaba y olía mis pies, saludé tratando de iniciar conversación con aquel extraño; después de todo era el primer ser humano que veía desde que emprendí la caminata. Sin embargo, con un gesto frío y sin intención alguna de querer hablar, el hombre levantó la mano indicándome el camino que debía seguir. Me sorprendió su actitud, pensé que quizás era su hora de descanso y mejor era seguir sus indicaciones que seguir tratando de ser amigable.

Días más tarde supe que al señor que le decían Roco era sordomudo y a su perro guía le llamaban Tío. Roco era el vigilante de la zona. De vez en cuando también ayudaba a los vecinos con trabajos de jardinería y mensajería; se hacía entender con señas y si se le hablaba despacio él podía comprender lo que se le pidiera. Me causó buena impresión desde el primer momento.

Seguí caminando maravillada por los paisajes que estaba recorriendo, senderos bordeados de árboles milenarios, muros de piedras, ganado pastando, caballos, siembras que parecían arcoíris de frutas y flores: sin duda, era una tierra bendita.

Por momentos una suave brisa acariciaba mi rostro; mientras caminaba bajo la sombra de los árboles y me entretenía con los regalos naturales que me rodeaban; así fui acercándome al caserío de las posadas. Antes de llegar a la primera casa divisé a una señora sentada en la puerta de una tienda, tenía una mesa cuidadosamente surtida con frutas naturales y sobre ella un cartel que decía: "Caminante, descansa y toma la fruta que te regala el buen camino".

La mirada amable de aquella mujer me invitaba a acercarme y así lo hice.

— Toma la fruta que quieras —me dijo con una voz apacible.

—Buenas tardes señora -me apresuré a presentarme agradecida pero ansiosa-, mi nombre es Jossie y soy la nieta de Eduardo, el dueño de la posada Casa Ananda.

Mis palabras parecían haber encendido una chispa en sus ojos; me miró sonriente, se acercó y me dio un beso en cada mejilla. Recibí aquel gesto como una bienvenida. Ahora era ella quien parecía ansiosa por hablar.

— Hola Jossie, mi nombre es Carmen, te estábamos esperando; todos aquí lamentamos la muerte de tu abuelo, él fue muy querido por nosotros, siempre dispuesto ayudar, siempre amable, la verdad que lo extrañaremos siempre.

Sus palabras de alguna forma resonaron en mi corazón, pero sin decir una palabra seguí escuchándola.

—En el pueblo ya sabíamos que vendrías a encargarte de la posada, tu abuelo siempre hablaba de ti, así que puedes contar con nuestra ayuda para lo que necesites.

— Me conmueven sus palabras y las agradezco -le respondí sin salir de mi asombro-, pero la verdad es que sólo vengo al funeral y a ordenar sus pertenencias para luego vender la propiedad; nunca he pensado en quedarme. Tengo mis asuntos que atender en otra parte y ni siquiera tengo idea de cómo funciona todo aquí.

—La acompañaré hasta Casa Ananda -dijo Carmen con un gesto de desilusión en la mirada-, cualquier cosa que necesite avíseme, estamos para ayudarla.

Carmen me pareció una persona gentil, suave y a la vez amena. Era bajita, regordeta y su vestimenta sencilla; su cara parecía pintada con un pincel fino, tenía las mejillas rosadas y un pañuelo en la cabeza que dejaba ver como florecían las canas en su cabello.

Juntas nos dirigimos hacia la casa después de caminar por un sendero no muy largo; en una pequeña loma se divisaba un gran portón de madera de color azul-morado, lo rodeaba un muro de flores y piedras; sobre él colgaba un letrero de madera agotado por el sol y la lluvia que, a pesar de eso, todavía se leía claro el nombre: Casa Ananda. La calle llegaba a su final y en el ínterin un pequeño puente de madera y piedras coronaba el riachuelo de agua mansa armonizando el paisaje. Al llegar a la entrada, Carmen se despidió e insistió en que estaría atenta y dispuesta para ayudarme en lo que necesitara.

CAPÍTULO 4

Casa Ananda

Me quedé parada frente al portón de madera azul-morado, se veía un poco gastado, se notaba que había pasado muchos años desde la última vez que lo pintaron. Por un momento no supe si dar un paso hacia el interior o retroceder y regresar por el mismo camino por donde había llegado. No era miedo lo que sentía, pero la incertidumbre apretaba mis entrañas. Tomé aire y empujé el pesado portón; lo que vieron mis ojos era más hermoso de lo que imaginé: la casa de dos pisos estaba construida en piedra, rodeada de grandes corredores y elevados ventanales.

La estructura descansaba sobre una pequeña loma y para llegar hasta ella había que atravesar un jardín que se veía muy bien cuidado. Además de la casa principal, había otras más pequeñas, réplicas de la estructura más grande, conectadas por una red de caminitos de piedra lisa, como lajas de río. Un jardín con árboles ofrendaba sus frutos y adornaba con flores todo el espacio. Había hamacas, columpios, sogas, helechos… Una verdadera caricia para la vista. De este lugar emergía una paz que nunca había visto ni sentido.

Desde el portón principal a la casa grande se extendía un sendero que terminaba en una escalera de madera gruesa y muy antigua de cinco peldaños; al subirlos se llegaba al corredor que rodeaba toda la casa, con barandas también de madera y pintadas de color naranja-lavado.

Mi mente estaba absolutamente inmersa en los pequeños detalles, mis ojos se paseaban por las sillas de diferentes estilos, por las mesas de juego, de café o té. Me detuve a contemplar un pequeño aparato de radio colocado justo al lado de un tocadiscos antiguo, lucían como viejos compañeros de farra uno diciéndole uno al otro "recordar es vivir". Continué detallando el espacio, los ventiladores de pie y de techo juiciosos esperando refrescar el ambiente. Los muebles en su mayoría estaban tapizados de colores diferentes;

por un momento sentí que entre ellos jugaban los estampados de flores, rayas y círculos; daba la impresión de que había sido liberados de un depósito de antigüedades; pero al colocarlos en ese espacio generaron una especie de mezcla liviana y perfecta. Todo estaba cubierto de polvo, sin embargo, se conservaba en buen estado, así que sólo con una limpieza a fondo el espacio quedaría reluciente.

La puerta de la casa principal era de acebo tallado de color vino tinto con bisagras de hierro oxidado que al abrirla lentamente parecía emitir un gemido. Una cerradura antiquísima destacaba en el medio de ella, era sólo un accesorio, realmente no había cerradura, no se necesitaba llave para abrirla.

"¿Cómo se cierra la puerta?", me pregunté. Esto me asustó muchísimo ya que de donde venía había que asegurar muy bien las puertas si no querías terminar con un ladrón dentro de la casa. Si me tenía que hospedar aquí mientras resolvía lo del abuelo, colocaría algo pesado contra esa puerta y así me sentiría más segura... así lo hice un rato después.

El salón principal era muy amplio, no tenía divisiones, sólo en el medio había una escalera ancha que conducía al segundo piso. El salón estaba decorado por varios ambientes. Había sofás y poltronas para descansar, mesas pequeñas y mesas altas con lámparas y floreros. Desde los grandes ventanales se podía ver hacia el jardín; cerca a las ventanas se encontraba una mesa de comedor con diez sillas forradas en telas de chenilla y tuft. Alfombras de varios colores y texturas se desplegaban dando un toque especial a cada área.

En una de las esquinas se asomaba un espacio más privado, cuya principal protagonista era una chimenea, y frente a ella, unas cuantas mesas que no superaban una cuarta de altura desde el piso. Estaban dispersos varios cojines tendidos listos para recibir a quien decidiera tomar una taza de té, café o chocolate caliente y leer un buen libro. Era muy acogedor y de alguna forma complementaba el estilo que había percibido en el corredor de afuera.

Al fondo de ese salón había una pared hecha de adobe, forrada con paja de arrozales, detrás de ella una cocina al estilo rústico con su respectivo horno de barro para cocinar con leña. Acompañaba ese espacio un gran mesón para seis comensales y sobre éste colgaba una lámpara de quinqué que servía para alumbrar la penumbra de la noche.

La cocina tenía una salida al patio trasero, y durante el día se mantenía ventilada e iluminada por antiguos ventanales con rejas de hierro forjado, desde allí se observaba un huerto y unos cuantos corrales para animales pequeños.

Regresé a la entrada principal y justo al lado de la escalera, en la planta baja, había una puerta. Al abrirla me di cuenta que era el cuarto de mi abuelo. Sentí ganas de llorar.

Hasta ese momento no me había permitido dar rienda a la nostalgia. Todo estaba intacto como él lo dejó, sorprendentemente todavía permanecía el olor de su colonia, era como si hubiese estado allí esa mañana.

Recorrí con la vista todas sus cosas, allí estaba él, en cada objeto, en cada espacio. Me senté en su cama. Decidí que sólo quitaría algunas cosas, lo demás lo dejaría como estaba: "el que compre la posada que se encargue de los cambios", pensé. Permanecí allí por largo rato, hasta que se secaron mis lágrimas.

Tomando aire y armándome de fuerza me levanté y subí las escaleras hasta la segunda planta. Un pasillo con piso de madera color caoba llevaba hacia los seis dormitorios, algunos de ellos preparados para más de dos huéspedes.

Se notaba la abnegación que mi abuelo en el cuidado y mantenimiento de la posada, todo se conservaba en muy buen estado. No sería un trabajo muy complicado si deseaba ponerla en condiciones para la venta.

Bueno -me dije a mi misma—, manos a la obra ya que necesitas irte en poco tiempo. Mañana procuraré ponerme al día con todo lo pendiente, pero por ahora mi cuerpo y mi mente están exhaustos, me voy acostar, pero antes me las ingenié para cerrar la puerta colocando un taburete apoyándola.

Finalmente, cuando me sentí un poco más segura me quedé dormida en el cuarto del abuelo.

CAPÍTULO 5

Pepe

Desperté muy temprano, me había quedado dormida con la ropa que traía puesta y por un momento no supe dónde estaba. Aún era oscuro, así que tendría que esperar a que aclarara para ir en busca de ayuda y terminar de arreglar lo del funeral. Me recosté de nuevo tratando de organizar mis pensamientos y lo primero que pensé fue en buscar a Carmen y pedirle que me acompañara a la jefatura del pueblo. Luego planearía una pequeña ceremonia donde los amigos de mi abuelo pudieran pasar y darle su último adiós. Cerré los ojos y pensé en Olivia, le envié bendiciones y permanecí recostada por un rato más.

Amaneció y la luz del sol entró por la ventana de la habitación, me di cuenta que había pasado dos horas desde que desperté por primera vez. El tiempo pasaba de una manera extraña en aquel lugar. Me incorporé rápidamente, tomé una ducha, me vestí y salí a la cocina. Entonces escuché que tocaron la campana del portón. Corrí hacia la puerta para cerciorarme que todo continuara cerrado, me acerqué a una de las ventanas del salón principal.

— ¿Quién es? -grité-, tengo una pistola y quien esté allí que suba las manos — luego de pronunciar esto me ganó la risa por haber usado una frase típica de las películas antiguas.

—Soy gente de paz y lo que menos quiero es morirme hoy -respondió una voz de hombre.

Con muchísima precaución, moví la silla que había usado para trabar la puerta, caminé hacia el portón con cierto temor, lo abrí y pude ver a un joven que al verme se sonrió.

— Hola, mi nombre es Pedro Peña y me dicen Pepe, me dijeron que usted estaba buscando a una persona para que la ayudara a diario en la posada, me envió la señora Carmen, ella me conoce y sabe que estoy buscando trabajo -respondió con cierta timidez en la voz-. Si le interesa puedo quedarme el tiempo que necesite.

Al mirarle a los ojos me dejé llevar por la intuición y le invité a pasar. No le ofrecí café, porque ni siquiera sabía si encontraría algo de comer en la despensa; la casa había estado vacía desde hace tiempo.

Después de intercambiar algunas palabras, el muchacho todavía con buena disposición aceptó acompañarme a buscar a Carmen e ir al pueblo. Tomé mi cartera y al salir miré con desconfianza hacia la puerta principal pensando que la dejaría como la conseguí, sin pestillo.

—Tranquila —dijo Pepe adivinando mi pensamiento-, no hay nada que temer; la gente de esta zona es muy honesta y respetuosa, así que nadie entrará, a menos que usted lo permita.

Respiré profundo esperando que tuviera razón y nos fuimos hacia la casa de Carmen. Mientras caminábamos aproveché de contarle que quería acomodar un poco la posada, ya que en poco tiempo la pondría a la venta. Le expliqué que mi estadía no sería muy larga y que además no tenía intenciones de llevar adelante un negocio del cual no tenía la más mínima experiencia.

—En eso también le puedo ayudar señora, he trabajado en la administración de una finca, allí se atendía a uno que otro viajero.

Me comentó que estuvo suficiente tiempo para saber cómo funcionaba todo, que además estaba dispuesto a preguntar en las otras posadas si era necesario, y de esa forma podríamos poner a funcionar Casa Ananda. Si se hacía de esa forma, lo más probable es que pudiera venderla por un mejor precio, si todavía para ese entonces quisiera realizar la venta. Me encantó su disposición para ayudar, aunque yo siempre guardaba un poquito de desconfianza cuando alguien ofrecía tanto por casi nada.

Cuando llegamos donde Carmen, ésta nos recibió con una sonrisa. De inmediato nos ofreció tomar de su mesa la fruta que quisiéramos y nos preguntó si queríamos café que acababa de colar.

Encantada acepté, recodé que no había comido desde el día anterior y supongo que Pepe tampoco había desayunado. Cuando pude conversar sobre el funeral, recibí una sorpresa, todo estaba planeado y dispuesto por el abuelo antes de morir.

Todos esperaban que yo llegara para cumplir con su voluntad. Nos quedamos en la casa de Carmen hasta las 4 en punto, y luego caminamos hasta la pequeña capilla donde se llevaría a cabo el funeral.

Comenzaron a llegar algunos amigos del abuelo y con mucho respeto se acercaron a mí para ofrecer sus condolencias. Una joven tocaba el pequeño órgano de la iglesia, mientras el sacerdote daba su bendición y al mismo tiempo contaba algunas anécdotas chistosas del abuelo haciendo de la ceremonia un acto sencillo y divertido, tal y como él lo habría querido.

No había tristeza en el funeral de mi abuelo, por el contrario, parecía una celebración de su vida.

La ceremonia llegaba a su fin con el anuncio que todos estaban invitados a tomar café, chocolate y algunos bocadillos en el jardín interno de la capilla.

Pepe se acercó a mí, después de estar largo rato conversando con la organista de la iglesia me preguntó si había pensado en la propuesta que me hiciera más temprano. Yo sin una respuesta preparada, porque ni tiempo de pensar en eso había tenido, le dirigí una mirada a Carmen que la tenía al lado.

—Recuerda que tu abuelo sabía muy bien lo que hacía al dejar todo en tus manos. No dudes y escucha tu corazón. Si me necesitas aquí estaré para servirte – Con esto me dio la respuesta que debía darle a Pepe.

Besando mis mejillas, se despidió y se fue. En medio de la emoción, por la forma como estaban sucediendo las cosas, decidí fluir con ellas.

Le dije a Pepe que me acompañara a Casa Ananda y que no se preocupara, ya que tendría dónde dormir esa noche.

—No se preocupe usted tampoco —respondió con entusiasmo—, que todo saldrá mejor de lo que imagina.

Fue así como esa noche regresé a Casa Ananda con el alma plena por el deber cumplido. Sentí deseos de estar sola, así que le dije a Pepe que se acomodara donde quisiera, que yo me iría a dormir temprano. Coordinaríamos al día siguiente el plan para organizar la posada.

Agradecida le di las buenas noches y me fui al cuarto del abuelo. Una vez allí, me senté en el borde de la cama y desamarré con cuidado un atado con sobres del abuelo, que me había entregado Carmen en el funeral.

Con agrado pude ver el paquete de cartas que yo le había enviado por años. Además, había otros sobres: los documentos de propiedad de la casa y todo lo que contenía, cartas con instrucciones, y en uno sellado donde reposaba el testamento que me acreditaba como única heredera. Al final de la carta estaba su firma y al lado de ella una nota que decía "¡Buen camino!".

Sentí en mi corazón una paz indescriptible, pero además confirmé en ese momento que mi estadía en Casa Ananda sería más larga de lo planeado. Agradecida por aquel regalo, pensé en Olivia y en mi abuelo; les agradecí el estar en mi vida y me preparé para dormir.

§

Amaneció y el sol desplegó su luz dándome los buenos días. Me estiré todavía entre las sábanas hasta que sentí un delicioso olor a café llamándome desde afuera. De inmediato me levanté, me arreglé un poco y salí de la habitación.

En efecto, ahí estaba Pepe en la cocina con el café y unos panes recién sacados del horno que había ido a comprar al pueblo; este muchacho de verdad era muy diligente. De inmediato me saludó y me sirvió.

—Señora, tenemos mucho por hacer.

Así que luego de saborear aquel rico cafecito, me dispuse a recorrer con él toda la casa por dentro y por fuera, al tiempo que tomábamos nota de todas las cosas que necesitaban reparación, así como lo que debía comprarse para poner a punto la posada.

Anotamos lo que se necesitaría para sembrar nuevos árboles frutales y los animales que traeríamos. Para empezar, tendríamos gallinas ponedoras, cochinos, una vaca lechera, y un gallo.

Me alegró saber que contábamos con una moto Vespa y un pequeño carro antiguo de mi abuelo para ir al pueblo o a distancias un poco más lejanas. Para mí todo era encantador y simple; era un mundo inefable.

Al hacer con Pepe el inventario de Casa Ananda confirmé que sola no iba a poder con todo y mucho menos con las reparaciones grandes y el mantenimiento que se requería.

Seguí indicándole a Pepe las cosas que deberíamos hacer; al terminar lo llevé por un camino no muy largo que comunicaba la casa grande con una de las casas más pequeñas. Lo primero que se divisaba era un corredor con sillas mecedoras, vasijas, cestas en el piso llenas de revistas arrugadas por el calor y el tiempo, una mesa pequeña con un viejo radio, el cual encendí y para mi sorpresa todavía servía.

De las columnas de maderas colgaban hamacas y masetas con flores. El largo pasillo mostraba las puertas de seis habitaciones y cada puerta estaba pintada de un color diferente. Esas habitaciones estaban destinadas para los trabajadores de la posada, aunque no eran muy grandes se veían muy cómodas; cada una tenía dos camas individuales, en cada lado una mesa de noche con sus lámparas, unos libros, y un florero. Cada habitación estaba decorada de forma sencilla, con un tapizado de flores y rayas muy alegres que combinaba con el color de cada puerta.

Estaban provistas con todo lo necesario. Observando cada espacio, me di cuenta que mi abuelo había pensado en todo.

Mientras tanto Pepe, admirado por todo lo que había, suspiró.

- Esto para mí es como un pequeño palacio.

En ese momento sentí que seríamos un buen equipo, así que allí mismo le di la bienvenida y le dije que estaba contratado. Él emocionado me miró con un gesto de agradecimiento que no necesitaba palabras. Le dije que eligiera su habitación, ordenara sus cosas, que eran pocas, y que luego nos veríamos un rato en la cocina de la casa grande.

Me fui caminando y disfrutando lo que me rodeaba; esa paz, esa energía tan especial que da la naturaleza, la que muchas veces olvidas en la acelerada vida de la ciudad: por primera vez dudé en vender Casa Ananda. Sacudí la cabeza con cierta extrañeza como para no dejar que mis sentimientos hicieran mella en mis decisiones.

Y así me remonté a la época de aquellos libros que tanto había leído en mi adolescencia, esas novelas de amor donde todo era pasión y aventura.

En ese momento me di cuenta que esto era lo que siempre había soñado, sin embargo, lo único que me faltaba para que se cumpliera la fantasía de esos libros era que apareciera mi príncipe azul que me cargara y me llevara en sus brazos hasta la habitación.

Riéndome sola por la ocurrencia, sacudí la cabeza y agradecí lo que estaba sintiendo. Era increíble que a estas alturas de mi vida todavía creyera en cuentos de amor.

CAPÍTULO 6

Ana

Pepe y yo estuvimos muchos días trabajando y aprendiendo el arte de ser "posaderos".

Algunos días estábamos tan exhaustos que nos quedábamos dormidos debajo de algún árbol y sentíamos que la brisa nos arrullaba. Otras veces podíamos cenar en la cocina un buen caldo preparado por Sagrario, quien junto a su hija Rocío, había llegado para trabajar en la cocina y el mantenimiento de la casa. Junto a ellas, estaban Juanita y Margarita apoyando con la limpieza de las habitaciones. Pepe tenía un ayudante, llamado Rodrigo, ocupándose de las cosas de la posada.

Ya no me sentía sola en Casa Ananda.

§

Entusiasmados por los adelantos hechos en la posada, nos levantamos temprano para recibir a nuestros primeros huéspedes. Rodrigo se fue en el carro a buscarlos; todos estaban ocupados en Casa Ananda y yo como siempre dando órdenes.

Revisamos cada espacio de la casa; yo trataba de no ponerme nerviosa, sin embargo, todo el mundo notaba lo contrario.

Después de asegurarme que todo estuviera en su sitio, por fin me senté en una de las butacas del salón, mientras Sagrario me traía un té, para que, según ella me hechizara y me llenara de calma. Pensé en Olivia, cerré los ojos y la bendije.

Después de una hora, llegó Rodrigo con los esperados huéspedes y todos salimos a recibirlos. Era una pareja, ella tenía aproximadamente unos cincuenta y cinco años y él como unos treinta; al principio creí que eran madre e hijo, pero al presentarse, ella -Ana- nos indicó que él -Víctor- era su pareja; menos mal que nadie hizo ningún comentario antes de la presentación; por supuesto todos les dimos la bienvenida.

El personal se retiró a sus respectivas tareas dejándome a solas con ellos; les di un recorrido por los alrededores de la posada para que se sintieran en confianza y seguidamente los llevé a sus habitaciones; las habían reservado separadas.

Les expliqué cómo funcionaba todo haciendo la salvedad de que sus habitaciones se comunicaban internamente por una puerta, a lo que Ana no pareció darle mucha importancia.

Rocío se presentó con una jarra de agua de limón y jengibre y dos vasos con hielo, se los sirvió y ambas nos retiramos, mientras ellos terminaban de desempacar.

— ¿Necesitan algo más? -les pregunté antes de irme.

—Nos vemos en un rato en el salón para tomarnos un café, gracias - me respondió Ana.

Más tarde, —mientras Sagrario, Roció y yo terminábamos de planear la cena— Ana bajó de su habitación y se quedó en silencio parada en la puerta de la cocina observando lo que hacíamos.

—Disculpe, no la vimos entrar, ¿necesita algo? —le dijo Roció.

—Sí, ¿me puedo sentar con ustedes? Me encanta el ambiente familiar que se respira —contestó Ana sonriente.

Con agrado le dimos la bienvenida y para celebrar le servimos una taza del té de Sagrario. En ese momento no sabíamos aún el efecto que generaba esta bebida en las personas.

La mirada de Ana transmitía una tristeza profunda. Luego de beberse el té, la invité a caminar por el jardín. Me contó que era viuda, que su esposo había sido el amor de su vida; que tenía tres hijos, ya todos casados y con familia.

—Los padres creemos que los hijos deben siempre aprender de nosotros —comentó con nostalgia-, pero la realidad es que ellos después que crecen establecen sus propias reglas y por respeto a sus hogares terminamos acatándolas. Entonces sin darnos cuenta, somos nosotros los que aprendemos de ellos.

Seguimos la caminata y se hizo un largo silencio, entendí que deseaba estar sola, así que le recordé que yo debía regresar a la casa principal para verificar que todo estuviera en orden para la cena y que ella podía quedarse en el jardín si quería. Eso hicimos y de inmediato regresé a la cocina para continuar con mis asuntos. La cena se serviría a las 8:00, luego tomarían el postre en la terraza.

Efectivamente fueron muy puntuales, Ana y Víctor llegaron juntos a tomar la cena; ella con un vestido muy juvenil, floreado y de colores suaves, él con una bermuda de cuadros y una camisa de rayas. Sagrario había preparado un rico pastel de maíz y pollo, una exquisita sopa de vegetales y de postre, su deliciosa receta tres leches con chocolate.

En la mesa Víctor mencionó que era publicista y en los últimos diez años había trabajado como jefe editorial de la revista de la que Ana era dueña. Ambos eran innovadores y este viaje era parte de un nuevo proyecto.

Le pregunté si sabía lo que realmente significaba el Camino de Santiago y me dijo que sólo sabía lo que había visto en Internet, pero que realmente él no buscaba nada espiritual, sólo era un tema que quería destacar en la próxima edición de la revista.

Ana por su parte había hecho el camino hacía muchos años con su difunto esposo, y la conexión espiritual que pudo sentir en aquel momento fue indescriptible. Nos compartía que se había animado a regresar esta vez intentando recuperar esa conexión que parecía haberse desvanecido en el tiempo.

Les comenté que todavía no había hecho el camino, que todo lo que sabía era lo que contaban los lugareños y los peregrinos que iban de paso. Algunas veces, mientras estábamos reparando la posada, los veíamos pasar y los invitábamos a comer o a descansar un rato. Era muy común escuchar que el camino era quien que te escogía. Afirmaban que, si el camino no te llamaba, nunca podrías recorrerlo y mucho menos terminarlo.

En esa época del año, la hora de cenar era alrededor de las diez de la noche. En Casa Ananda nos gustaba la idea de cenar temprano, ya que, de esa forma, el personal que laboraba podría irse a descansar más temprano y levantarse con fuerza y ánimo. Víctor y Ana estuvieron de acuerdo con la idea, así que después de terminar el postre, agradecieron la deliciosa cena y subieron a sus habitaciones.

En la posada se ofrecía el servicio de Internet y televisión, pero ellos quisieron desconectarse del mundo exterior y ni siquiera pidieron la clave de acceso a estos servicios. Ana me confirmó que estarían en la posada dos noches y que al tercer día saldrían hacia una posada en el siguiente pueblo, para continuar el recorrido.

Al retirarse mis huéspedes, me senté en una poltrona que adopté desde mi llegada a la casa, estaba forrada de pequeños retazos de diferentes colores y telas. Se convirtió en el lugar perfecto para poner mi mente en orden.

Cuando me disponía a llevar a cabo lo que últimamente se había convertido en mi ritual de costumbre, sentí la proximidad de alguien.

CAPÍTULO 7

Miguel

Ana observó desde la ventana de su habitación la luz encendida en el corredor y se animó a salir de su cuarto ya que no podía conciliar el sueño.

Tan pronto se dio cuenta que yo estaba ahí, se acercó de manera silenciosa, como esperando no ser inoportuna.

Al ver mi reacción de sorpresa, pidió disculpas por haber interrumpido mi calma. La invité a tomar asiento y de inmediato se acomodó en la silla mecedora que estaba a mi lado.

Sagrario —siempre pendiente de los detalles— había dejado una jarra de su té sobre la mesa con una taza adicional antes de irse a dormir, así que aproveché de compartirlo con Ana. Casi de inmediato, comencé a notar que el efecto de esta bebida desinhibía a las personas y de forma elocuente expresaban sus historias y emociones más profundas... y esto fue lo que Ana me contó:

§

Cuando tenía seis años, ella, sus padres y sus cuatro hermanos tuvieron que huir de su país de origen porque se encontraba en guerra; apenas pudieron llevar lo que tenían puesto y Ana logró colocar en una pequeña bolsa algunas fotos, un vestido y una muñeca.

—¡Todo sucedió muy rápido! —exclamó con una expresión de niña asustada—. Había mucha gente corriendo de un lado a otro por las calles. Con mi pequeña estatura casi no podía distinguir el camino por dónde íbamos.

Entre la muchedumbre, vi que mi padre y mi madre se alejaban uno del otro; ella sin querer me soltó la mano para tratar de alcanzar a mi padre, traté de quedarme en el mismo lugar, pero el río de gente me movía sin que yo pudiera hacer nada.

Mis hermanos habían quedado dispersos y era casi imposible poderlos alcanzar entre la muchedumbre. Salté con todas mis fuerzas esperando que mis padres pudieran verme, no sabía que estaba pasando… desde ese día no volví a saber de ellos.

No recuerdo cómo llegué a la estación del tren, el río de personas apresurada iba empujando y simplemente me llevaba. De repente unos brazos fuertes me elevaron y me montaron en un vagón. Mi cuerpo pequeño rápidamente se pegó de la pared de hierro con delgadas rendijas por la que se podía ver hacia afuera. El humo del tren ya en movimiento anulaba la posibilidad de reconocer la cara de alguno de los míos.

Hasta ese momento, no había ni llorado, ni gritado, ni hablado, aún guardaba la esperanza de que ellos me buscaran y me encontraran; nunca pensé que me había perdido y que no los volvería a ver.

Todavía pienso en eso y me da una punzada en el estómago, como si un cuchillo caliente me lo atravesara. Siempre fui muy parlanchina; hacía preguntas de por qué esto y por qué aquello, sin embargo, a partir de ese momento me convertí en una niña observadora y callada.

Mientras el tren seguía su curso, yo permanecía inmóvil observando como subían más y más personas y curiosamente nadie se bajaba; escuchaba entre los adultos decir que había que llegar hasta la estación más cercana a la frontera y que a partir de allí había que caminar. Para poder pasar se debería esperar a que oscureciera, había mucha seguridad y estaba restringida la entrada; lo único que importaba en ese momento era cruzar y salir para buscar un barco que nos llevara al otro lado del mundo.

Yo no tenía idea que significaba todo eso que había escuchado. El tren paró y cuando vi a toda la gente bajándose, yo también me bajé. Nadie se había percatado de que yo no estaba acompañada por un adulto; cada quien estaba en lo suyo tratando de escapar; comenzaron a organizarse en filas: mujeres, niños, personas mayores y hombres.

Al no saber qué hacer, me quedé parada a un lado de los rieles del tren. Entonces apareció él:

-Te he estado observando desde que veníamos en el tren —me dijo-, ¿estás sola?, ¿dónde están tus padres?

– No sé –le respondí.

Me dijo que confiara en él, que me necesitaba para pasar la frontera y como estaba solo le iba a costar más trabajo como a mí; lo mejor era hacernos pasar por padre e hija.

Me cuidaría en agradecimiento por ayudarlo a salir de allí y estaría conmigo hasta que encontrara a mi familia. Así fue como a partir de ese día obtuve mi nuevo apellido y un nuevo papá. Mi nombre real es Anastasia y mi nuevo padre se llamaba Miguel Duque.

Logramos pasar la frontera, recuerdo que caminamos mucho. La gente al ver a Miguel sólo conmigo se compadecía y lo ayudaba. Él parecía no saber mucho de niños y menos de niñas, sin embargo, siempre estaba pendiente de que comiera, estuviera abrigada y durmiera. A veces me cargaba cuando veía que mis piernas no daban más. La travesía duró alrededor de cuatro días.

Así comenzó mi vida de inmigrante. Miguel siempre estuvo pendiente de mí. Llegamos a un pueblo en la costa llamado Macotto desde donde se apreciaba el mar más imponente que hayan visto mis ojos. Recuerdo que después de haber caminado mucho, nos sentamos en un banco de piedras y Miguel comenzó a hablarme.

- Ya es hora de que nos conozcamos más. Sin saber tú me ayudaste a salir de ese infierno en el que se estaba convirtiendo nuestro país y siempre te estaré agradecido. Quiero enseñarte las cosas buenas de la vida, para que de ella hagas un escudo y te prepares para enfrentar las situaciones que se presenten a lo largo del camino. Veo que ya a tu corta edad viviste una de las experiencias a la que más tememos, el abandono, ya sea voluntario o involuntario. Algún día, cuando quieras hablar, me contarás lo que sabes de tu familia y nos pondremos a buscarlos. Te voy a pedir sólo una cosa: a partir de hoy tu nombre será Ana.

Creo que todavía estaba traumatizada por todo lo que había sucedido. Así fueron pasando los días, Miguel consiguió una habitación en una posada, me inscribió en un colegio pequeño con el papel que le habían dado en la frontera y él consiguió un trabajo en la imprenta de un pequeño periódico que había en el pueblo.

Al levantarnos en la mañana, yo sabía asearme y prepararme para el colegio. Él me preparaba el desayuno, caminábamos unas cuantas cuadras hasta mi escuela y él se iba a su trabajo. Era muy jovial; durante el camino saludaba a todo el mundo y siempre me contaba las cosas que haría durante el día. Lo sentía como mi padre, como si lo hubiese conocido desde siempre. Con el tiempo me dijo que yo era lo único que tenía en el mundo, la única familia que Dios y la vida le había dado. Aunque nunca se lo dije, siempre le agradecí que me haya rescatado y cuidado como lo hizo.

Miguel —nunca pude decirle papá— todas las mañanas al dejarme en el colegio me bendecía y me repetía que cuando la situación se pusiera muy difícil lo mejor era dejarle las cosas a Dios. Así fueron pasando los años y cuando ya estaba a punto de graduarme en la escuela, decidió que era tiempo de mudarnos a la ciudad, así podría estudiar en la universidad.

Él había trabajado muchos años en la imprenta del pueblo, con su experiencia y ahorros abrió un pequeño negocio en la ciudad. Tenía unos cuantos clientes que lo ayudaron a establecerse y a producir lo necesario para pagarme la universidad. Tan pronto terminaba mis clases, me iba a trabajar con él. Muy pronto, con esfuerzo y dedicación, habíamos logrado el respeto y la confianza de personas importantes, ahora convertidos en clientes.

Un día al llegar de clases, me llamó a su despacho:

— Ana, creo que es tiempo de que empieces a recordar quién era tu verdadera familia. Creo que deberías sacar de lo más profundo de tu corazón, aunque te duela, esos sentimientos que tienes guardados. Sé que los has guardado y aunque no creas, a medida que pase más tiempo, el dolor será más profundo y mucho más difícil de aliviar. Debes tomarte un momento y pensar que tu familia probablemente te ha estado buscando y tú sin querer no le has permitido llegar a ti.

Bajé la cabeza, y sentí un gran dolor en el pecho; no me había percatado que ya no recordaba a mis padres y hermanos. Era como si dentro de mí no hubiera un antes de Miguel.

Todo me vino a la mente como una película: Recordé los ojos tristes de mi madre, la angustia y los gritos de mi padre cuando sus manos soltaron las mías; la rapidez con que pasó todo. ¿También mis hermanos se perdieron? ¿Sería que ellos también se separaron?

Ahora era que caía en cuenta que por miedo nunca me hice esas preguntas. Miguel me dijo que si quería podía ayudarme a encontrarlos a través de la imprenta. Podríamos publicar avisos en las revistas y periódicos de sus clientes. Sólo atiné a decirle que me dejara asimilar todo lo que venía a mi mente en ese momento, que pondría en orden mis recuerdos y le haría saber cuáles serían los pasos con los que me ayudaría a encontrar a mi otra familia.

§

Pronto llegó el tiempo de mi graduación y lo hice con honores en la carrera de publicidad. Mi sueño era tener mi propia revista; sería un orgullo para mí que Miguel fuese mi colaborador y socio en la parte de impresión, ya habíamos hablado de eso y había destinado un espacio en su imprenta para mi nuevo proyecto.

Aunque estaba feliz tenía miedo de enfrentar la búsqueda de mi familia, me asustaba la idea de que me hubiesen olvidado, como yo por un tiempo a ellos. Me aterraba pensar que no me quisieran. Eran tantas las dudas que preferí dejar guardado ese capítulo por un tiempo más.

§

Por esos días había conocido a Aníbal, un muchacho más o menos de mi edad que se estaba graduando de contador en la misma universidad que yo. Comenzamos a salir y nos sentíamos bien uno al lado del otro. Éramos compatibles en muchos sentidos. Él era simpático, alegre y extrovertido y yo más reservada e introvertida; él tenía la habilidad de hacerme hablar y reír. Poco a poco nos fuimos enamorando. Miguel veía con buenos ojos nuestra relación; al mismo tiempo, mi revista iba encaminándose hacia algo más serio y Aníbal ya trabajaba para una firma de contadores.

Miguel nunca se casó, salía alguna que otra noche durante la semana, pero siempre volvía a casa sin señales de haber bebido; siempre sobrio y muy correcto nunca me dio un mal ejemplo; siempre pensé que tomó su responsabilidad conmigo como si hubiese sido un contrato de vida.

Pasado un tiempo Aníbal y yo nos comprometimos en matrimonio. La noche anterior a mi boda llegué a casa y Miguel me estaba esperando con una copa de vino en sus manos, eso me causó mucha impresión porque era la primera vez que lo veía tomando licor. Me dijo que me sentara y que estaba listo para contarme la historia de su vida antes de conocerme. Hice lo que me pidió y escuché con atención.

—Me casé muy joven, con una buena mujer, con ella tuve una hija. Antes de que en nuestro país se desatara la guerra, tenía una imprenta, por ello pude conseguir trabajo rápido cuando migramos para acá. Por un tiempo intentando evitar lo inevitable, comencé a hacer trabajos subversivos y clandestinos en contra del gobierno de turno que mantenía un sistema cruel y despiadado. El gobierno empezó a reprimir al pueblo, a coartar la libertad de expresión y a amenazar a los opositores, por supuesto yo estaba en la lista.

Antes de comenzar la guerra civil, entraban en las casas y se llevaban presos o mataban a los que no estaban de acuerdo con ellos. Pronto nos convertimos en presa fácil y fuimos sometidos a una persecución intensa. Tuve que recurrir a la clandestinidad y eso me mantuvo alejado de mi casa; lo hice pensando que de esa forma mantendría a salvo a mi familia, pero para ellos éramos sus enemigos. Fue así como una noche llegaron a mi casa, asesinaron a mi esposa, a mi hija y creyendo que yo estaba escondido ahí, quemaron todo dándome por muerto a mí también.

Mi esposa y yo habíamos planeado huir antes de que amaneciera; no contábamos que ellos se me adelantarían. Cuando llegué a mi casa, sólo encontré fuego y cenizas: Fue como llegar al infierno. Quería vengarme, pero cuando vi a tantas personas huyendo, corriendo y tratando de salvarse, el instinto de supervivencia me recordó que sólo podría hacer justicia viviendo y rehaciendo mi vida; finalmente, tú me salvarías de la muerte y yo a ti.

A través de la imprenta, mi familia y yo teníamos documentos falsos y eso supuestamente facilitaría la huida. Mi hija se llamaba Ana Duque, por eso te llamé así cuando te conocí. Estaba desolado y confundido, pensé en utilizarte para pasar la frontera y luego entregarte a la policía del país vecino, pero mi corazón no me dejó y el sentimiento paterno me recordó que había perdido una hija un poco más pequeña que tú... y el resto es la historia que tú conoces.

- Es por todo esto -continuó diciendo-, que insisto en que deberías hacer un alto en tu vida y tratar de encontrar a tu verdadera familia. Recuerda que soy el último eslabón que te ata a tu pasado y el único quizás que te pueda decir de dónde vinimos.

§

Nunca me hubiese imaginado lo que le había pasado a Miguel, habíamos cerrado el pasado y nos habíamos adaptado a nuestra vida juntos, sin embargo, me di cuenta que nunca dejó de pensar en su familia y nunca tendré cómo pagar todo lo que hizo por mí. Me casé al día siguiente de esa conversación; Miguel entregó mi mano en una ceremonia sencilla con pocos amigos.

Durante los años que estuve casada fui muy feliz, tuvimos nuestros altos y bajos como es normal en toda vida de pareja. Aníbal fue un hombre muy bueno, alegre y positivo; con él me convertí en madre; nos respetábamos mucho y nuestras vidas profesionales siempre fueron muy prósperas.

Todo fue perfecto hasta casi el final de la vida de Aníbal. Un día se levantó muy temprano como solía hacer, se preparó un desayuno sencillo y me preparó un café; me dijo que me sentara a su lado, que teníamos que conversar.

Pensé que era la época de cierre de impuestos y eso lo estresaba mucho, cuál fue mi sorpresa cuando me dijo que desde hacía tiempo tenía un malestar en el cuerpo, al cual le había restado importancia y que al pasar los meses iba aumentando.

Como él nunca se enfermaba y para no preocuparme, se realizó unos exámenes médicos sin decirme nada. Lamentablemente los resultados que arrojaron dichos exámenes fueron poco favorables: le quedaba a lo sumo un año de vida. Al escuchar aquello, casi se me cae la taza de café; volví a sentir la punzada en el estómago que sentí el día que me extravié; no atiné a pronunciar palabra alguna. Así sería la expresión de mi cara que Aníbal desconsolado me abrazó y entre sollozos me dijo que viviéramos el tiempo que le quedaba de la mejor forma posible y que no nos ocultáramos nada; así sería un año inolvidable y lleno de buenos recuerdos. Lo que yo no sabía era que, dentro de ese tiempo, yo tendría que pasar por otra separación muy dolorosa.

Se trataba de Miguel, mi querido Miguel murió de forma repentina por causa un infarto mientras trabajaba. Últimamente lo había notado cansado; me visitaba cada semana, veía a mis hijos como sus nietos, disfrutaba de mi vida como si fuese la suya; trabajaba en la imprenta más para mi revista que para otros clientes. La revista se había convertido en una de las principales del país, y eso lo enorgullecía; los dos sabíamos que era resultado del apoyo mutuo en un proyecto creado por nosotros dos.

Durante ese año Aníbal y yo hicimos varios viajes. Entre ellos incluimos el Camino de Santiago. Este peregrinaje activó la conexión de mi espíritu con la verdad.

Así fue como un día Aníbal me tomó de la mano y me pidió que le prometiera que buscaría a mi verdadera familia. También me aconsejó que tratara de hacer mi vida como quisiera, que dejara atrás tantas cosas que me impedían ser feliz a plenitud. Él sentía que durante nuestra vida juntos yo había sido feliz a medias; siempre reservada, siempre conforme, solo buscando hacerlo feliz. Me instó a reconocer que la felicidad era más de lo que yo tenía o creía que tenía, que desnudara mi alma e hiciera lo que nunca me hubiese atrevido a hacer.

La noche antes de regresar de nuestro último viaje, Aníbal me hizo la confesión más dolorosa e impactante que hubiese podido imaginar:

—Ana —me dijo mirándome a los ojos como nunca antes-, me queda poco tiempo de vida. Después de lo que tengo que confesarte, no quisiera que me recordaras con desprecio; sé que esto te causará un gran dolor, pero prefiero que lo sepas por mí, ya que cuando muera no podré evitar que te enteres y a partir de allí tú decidirás si se enteran nuestros hijos.

Con los ojos llenos de lágrimas, siguió mirándome de una forma muy extraña buscando en su mente las palabras apropiadas; tomó aire y finalmente me confesó que había sido infiel por más de veinte años… con otro hombre.

Mi mente entró como en un túnel y a pesar de que él seguía hablando yo no tenía capacidad de escucharle. Me paré y salí de la habitación del hotel y empecé a caminar sin rumbo. Lo único que se dibujaba en mi mente era la imagen de Aníbal besando a un hombre. No podía creer que eso me estuviese pasando a mí.

Él había sido mi esposo por más de veinticinco años, el padre de mis hijos, aparentemente un hombre ejemplar. Sentí rabia, me sentí traicionada, no sabía qué hacer, mis emociones se acumularon al punto de querer golpearlo.

Comencé a cuestionarme: ¿Es que acaso no había sido suficiente mujer para él?

No sé cuánto tiempo estuve caminando y llorando. Luego llamé un taxi y le pedí que me llevara hasta el hotel.

Todavía con sensación de mareo, me acerqué a la recepción y pedí que me dieran otra habitación. Después de llorar, me venció el cansancio y el dolor. Al día siguiente, él estaba a mi lado mirándome con los ojos vidriosos por no dormir en toda la noche. Trató de acercarse y consolarme, pero lo rechacé apartando sus manos de mis hombros. Le pedí que me dejara sola, todavía no había podido asimilar su confesión.

Era difícil comprender aquello, era horrible para mí ya que sentía que como mujer no lo había satisfecho. ¿Qué pensarían nuestros hijos?

Llena de rabia continué hablando intentando con cada palabra castigarlo, quería poder liberarme de ese sentimiento que oprimía mi pecho.

Regresamos a la casa y no hablamos más del asunto. Disimulaba delante de mis hijos que todo estaba bien; decidí entonces que era mejor para ellos que no se enteraran de la confesión de su padre.

La salud de Aníbal continuó desmejorando hasta que cayó en cama. Su estado era muy delicado y requería cuidados especiales. Contraté a una enfermera para la etapa más difícil de su convalecencia. No pude dejar solo así que continué acompañándolo en las noches hasta el último momento. Como presintiendo que se acercaba la hora, un día me pidió que lo escuchara por última vez, que por favor no lo interrumpiera, quería morir en paz sabiendo que yo escucharía sus razones.

Me confesó que desde niño su atracción fue hacia el sexo masculino. Ocultó siempre esa inclinación e intentó sepultarla en el fondo de su ser. Me aseguró que siempre me había querido y que siempre me querría, pero su naturaleza lo acercó a ese hombre y sin darse cuenta terminó amándonos profundamente a los dos.

En ese momento, traté de interrumpirlo, pero con gran esfuerzo el insistió.

—Necesito decirte todo, por favor, no quiero llevarme nada, luego si quieres irte y odiarme lo entenderé; no pretendo que me perdones, recuerda que antes de ser mi esposa, siempre fuimos amigos y en nombre de esa amistad debo confesarte todo.

Yo tenía ganas de salir de allí e irme lejos, pero tenía que aprender a confrontar lo que tenía delante de mí, así que respiré profundo, intenté mirarlo con compasión y permanecí en silencio.

—Conocí a Ignacio hace unos años, fue a una consulta de impuestos a mi oficina; él también estaba casado y tenía hijos. Teníamos muchos temas en común así que de vez en cuando almorzábamos juntos y hablábamos de todo. Fue a través de esas conversaciones que fue aflorando lo que cada uno tenía oculto; te juro que intentamos no dar rienda suelta a lo que sentíamos, pero fue imposible, la atracción de uno por el otro se hizo cada vez más fuerte. Sin embargo, estuvimos de acuerdo en no hacerles daño a nuestras familias; es por ello que nuestra relación tendría que ser secreta y la discreción sería nuestra condición para poder seguir juntos el resto de nuestras vidas. Para el mundo siempre hemos sido sólo buenos amigos.

Aníbal murió esa madrugada. En su vida pudo más el miedo al juicio y al qué dirán, que la lealtad a sí mismo.

A partir de ese día, tomé la decisión de vivir como quiero, un día a la vez. Mis hijos ya son independientes, cada uno tiene su vida y yo por mi parte trato de seguir en la búsqueda de mi familia consanguínea.

Como te habrás dado cuenta, Víctor es un muchacho mucho más joven que yo; necesito en esta etapa de mi vida su entusiasmo, su energía en el sexo y su forma fresca de ver las cosas. No sé si será para siempre, no sé si me dejará o lo dejaré algún día, pero por ahora vivo y dejo vivir; eso lo reconocí y lo acepté el día que Aníbal murió.

—Gracias —dijo Ana levantándose de la silla-, tenía tiempo queriendo contarle a alguien la historia de mi vida, alguien que realmente me escuchara sin juzgar. Por último, ya para cerrar esta conversación, se me olvidaba decirte que Víctor es el hijo de Ignacio…

Ahora sí me voy acostar, ya que mañana tendremos que madrugar para seguir nuestro camino. Feliz noche y de nuevo gracias por escucharme.

§

Me quede sentada reflexionando en cada una de las palabras que había escuchado. Tomé el último sorbo del té de Sagrario pensando que Casa Ananda poseía una energía, magnética, y eso atraería personajes e historias verdaderamente especiales, sin embargo, regresar a mi casa junto a mi hija era lo que hasta ese momento seguía dentro de mis planes futuros. Con esa decisión me fui a acostar.

CAPÍTULO 8

Thereza

Muy temprano en la mañana, Ana y Víctor ordenaron un té y una taza de café respectivamente. Luego salieron dispuestos a hacer el recorrido del Camino de Santiago.

Mientras tanto nosotros en Casa Ananda nos preparábamos para la llegada de los siguientes huéspedes. Todos dábamos lo mejor para ofrecer un buen servicio y mantenernos en armonía ante cualquier eventualidad.

Hoy tendríamos la posada llena, seguramente la cena sería muy amena; estarían Ana, Víctor y los nuevos huéspedes, que según mi agenda era una pareja con dos niños.

Todavía era temprano para que llegaran las personas que esperábamos, así que aproveché para sembrar algunas flores en las macetas de la entrada. De repente, el portón azul se fue abriendo poco a poco; decidí asomarme esperando encontrar algún animalito silvestre, pero no, lo que encontré fue algo diferente. Frente a mí estaba una mujer ya entrada en años, de mirada sabia y profunda. Llevaba un pañuelo alrededor de su cabeza, vestía una camisa blanca y una falda negra con flores de colores; alrededor de la cintura tenía un rosario de madera que le llegaba hasta las rodillas y a su lado, en el piso, un saco no muy grande lleno de quién sabe qué.

La miré y algo en ella me dio curiosidad, sin embargo, en ese momento asumí que era una peregrina y buscaba un lugar donde hospedarse.

- Buen día, ¿a quién busca señora? – le pregunté terminando de abrir el portón.

- A ti hija – dijo levantando sus grandes ojos.

- ¡A mí! – le respondí asombrada.

El gesto sorpresivo de mi cara le debe haber causado cierta gracia pues una pequeña sonrisa afloró en su rostro acompañándola con una apenada voz cuando me dijo que se había enterado de la muerte de Don Eduardo y que ahora en la posada estaba su nieta. De inmediato la invité a pasar y mientras terminaba de sembrar las flores, me contó que mi abuelo le daba albergue varios meses al año.

Su nombre era Thereza, una gitana viajera que muchas veces le había servido de compañía a mi abuelo. Platicaban y se acompañaban por temporadas y cuando éste se había llenado de buena energía, ella partía a otros lugares para seguir ayudando a recobrar esa buena energía a quién la necesitara. Al escuchar esto, pensé "¿Mi abuelo, mantenía a una gitana en su casa varios meses o esto era solo un cuento de camino para sacar algún provecho?".

En ese instante me asaltó la duda, no sabía si aquella mujer me decía verdad o era una viva que quería beneficiarse de mi posada. Mientras yo pensaba, ella parecía leer mi mente.

— En el pueblo se comenta lo de la muerte de su abuelo y que su nieta había llegado; Carmen o cualquiera del pueblo puede decirle que lo que le digo es verdad, pero por mí no hay problema, si usted no se siente tranquila, no se preocupe que yo sigo mi camino.

Escuchar eso me hizo sentir egoísta y a la vez manipulada, le dije que esperara un poco y que, por supuesto hablaría con Carmen, y como era nueva allí no sabía muchas cosas de la posada y tampoco conocía a los amigos de mi abuelo. La invité a entrar en la casa, le pedí a Sagrario que le diera algo de comer y la dejara descansar un rato.

Llegué a donde Carmen; la encontré sentada en la puerta de su hostal; en lo que me vio, se rio con muchísimas ganas.

—Tienes cara de asustada y brava a la vez —me dijo-, sé que vienes hablar de Thereza. No te preocupes, ella es un ser muy bondadoso, tiene un espíritu viajero y como llega se va. Tu abuelo la albergaba hasta que ella quisiera; disfrutaba mucho de sus cuentos, hechizos y hasta se dejaba leer las manos. Él se llenaba de sus ganas de vivir, su compañía le hacía mucho bien.

Al escuchar esto, me sentí un poco más tranquila, aunque no totalmente. Después de agradecerle a Carmen, regresé a la posada pensando que era mucho lo que me faltaba por conocer sobre por la vida de mi abuelo.

Entré a la cocina y me senté al lado de la gitana, mientras Sagrario seguía al frente de los fogones.

- Thereza -le dije—, te puedes quedar aquí sin ningún problema el tiempo que quieras, pero con una condición, quisiera que, durante tu estadía, me hables de mi abuelo. Quiero que me cuentes todo: ¿Qué le gustaba?, ¿qué lo hacía feliz? Háblame de su vida en la posada. ¿Alguna vez te habló de mí?

Thereza dejó sobre la mesa la taza del té de Sagrario que tenía entre sus manos, y me miró con sus ojos profundos.

—Durante el tiempo que me quede aquí, te hablaré de tu abuelo.

Al decirme eso, su encanto fue tan inefable que disipó mis dudas.

Hablé con Juanita para que preparara una de las cabañas a Thereza, allí tendría todo lo que necesitara; quería que se sintiera como en casa, sabía que ella me traería de vuelta un poco a mi abuelo. Aunque no le dije nada, me gustaba esa parte mística que emanaba.

CAPÍTULO 9

Lorenza y Benjamín

Ya pasada las 10 de la mañana, Rodrigo
llegó con los nuevos huéspedes: era una
pareja joven de aproximadamente unos
treinta años, con niños gemelos de cinco
años.

Comenzamos con las respectivas
presentaciones, sus nombres eran Lorenza
y Benjamín, y el de los niños Lucas y
Genaro; ellos dieron rienda suelta a su
inocencia y sin importarles el protocolo
de presentación se adueñaron del patio y
comenzaron a correr por los alrededores.

Mientras tanto me llevé a los esposos a
hacer un recorrido por las
instalaciones. Antes de dejarlos en su
habitación, les expliqué el itinerario
de actividades, así como los horarios de
desayuno, almuerzo y cena.

Les comenté a su vez que la cocina
estaba abierta a toda hora para lo que
quisieran, siempre y cuando Sagrario o
alguna de las encargadas del área
estuviesen presentes. Dicho esto, me

dirigí a la cocina para confirmar si todo estaba en orden. Me pregunté cómo estaría Thereza, así que al salir de allí caminé por el patio hasta llegar a la cabaña verde agua, número dos, asignada a la gitana.

Me acerqué a la puerta y cuando me disponía a tocar, ella abrió antes de que los nudillos de mi mano hicieran contacto con la madera. Era como si me hubiese visto a través de la puerta cerrada y esto me asustó. Ella para tranquilizarme me sonrió.

— ¿Habrá algún momento que al conseguirme contigo no me asuste? —le pregunté-. Pareciera que adivinas mis movimientos, antes de que yo los ejecute.

Echó la cabeza hacia atrás y soltó una carcajada tan estruendosa que me hizo reír a mí también. Cuando se calmó un poco, me tomó por los hombros cariñosamente.

—No mi niña, a ti no te tiene que dar pena conmigo; estoy aquí para cuidarte y no para asustarte.

—Gracias Thereza, venía a preguntarte si descansaste; en un rato serviremos el almuerzo y me gustaría que nos acompañaras.

—Claro mi niña -me respondió—, ¡allí estaré!

Salí de allí y me fui directo a mi oficina. Al cabo de un rato concentrada revisando unos documentos, Pepe tocó a mi puerta indicándome que necesitaba que lo acompañara a ver unos arreglos que teníamos que hacer en el granero. Así pasé lo que quedaba de la mañana hasta que llegó la hora del almuerzo.

Al entrar a la casa grande, se sentía el rico olor a comida casera. En la cocina estaba Sagrario con la radio encendida escuchando sus novelas. Me recordaba a mi madre que también las escuchaba, y a mí me gustaba acompañarla mientras lo hacía.

En el comedor ya estaba sentado Benjamín esperando a Lorenza y a los niños que todavía estaban corriendo por el patio. Me senté al lado de él y comenzamos a conversar, hasta que le pregunté de dónde eran.

—Somos de la capital y allí nos conocimos Lorenza y yo hace quince años. Estudiamos juntos; su padre después que enviudó se mudó muy cerca de mi casa, así que además de ser compañeros de clases, fuimos vecinos. Comenzamos como amigos y al cabo de un año nos convertimos en novios. Tan pronto nos graduamos de la escuela secundaria nos casamos. Luego empezamos a estudiar en la universidad; yo trabajaba de día en una constructora como albañil y Lorenza en una escuela de niños especiales.

Al cabo de cuatro años Lorenza salió embarazada de gemelos; por supuesto en ese momento no estábamos preparados para esa responsabilidad, ya que ninguno de los dos se había graduado, así que tuvimos que decidir quién posponía los estudios y quién continuaría. Lo hicimos por sorteo.

—No entiendo -le pregunté-, ¿cómo que por sorteo?

—Sí, había que cuidar a los niños y no teníamos suficiente dinero para contratar a alguien o llevarlos a una guardería. Analizamos toda la situación y nos dimos cuenta que si uno de los dos se quedaba en casa podría atender a los niños y eso nos ahorraría parte de un sueldo, así que como ninguno de los dos quería perder los estudios lo sometimos a un sorteo. Esto sería sólo por el primer año. Yo estudiaba ingeniería, me faltaba tres semestres para graduarme; Lorenza estudiaba educación especial y sólo le faltaba dos semestres.

—Recuerdo cuando llegó el día de realizar el sorteo —continuó Benjamín-, salí del trabajo y compré una botella de vino para mí y un jugo de moras para Lorenza pues no podía beber licor.

-¿Estás listo? —me preguntó apenas llegué a casa.

Yo estaba tan nervioso que casi me tomé todo el vino de un solo trago. "Si con esto estoy tan nervioso", "¿cómo será cuando nazcan los niños?", pensé entonces.

El sorteo consistía en juntar unos palillos de madera más o menos del mismo tamaño, a excepción de uno que sería mucho más pequeño que el resto y ponerlos dentro de una bolsa de papel. Cada uno tenía que meter la mano, sacar un palillo y comparar su tamaño; el que sacara el más pequeño sería el que se quedara en casa con los niños.

Ella sacó su palillo, yo hice lo mismo; inmediatamente al comparar casi me da un paro cardíaco: yo había sacado el más pequeño, así que era el elegido, el que no tenía ni idea como llevar una casa y mucho menos atender niños.

Muy preocupado, durante el tiempo que faltaba para que nacieran los gemelos, aproveché el reposo que le dieron a Lorenza por maternidad y puse todo mi empeño en prepararme y adaptarme a la idea de ser amo de casa. Lo que más me costó fue cambiar mis creencias y valores arraigados desde niño; como hombre había sido educado para ser el proveedor, mientras la mujer era quien debía encargarse del hogar. Así me habían educado.

Mi padre no entendía por qué yo tenía que sacrificarme si la mujer es la que debería asumir el trabajo del hogar y la crianza de los hijos.

Respeté el distanciamiento de mi padre, y poco a poco me fui adaptando a mi nuevo estilo de vida. Me animaba la idea de que esto no sería para siempre; era un acuerdo temporal y necesario que nos haría progresar más rápido. Pude continuar trabajando fuera de casa hasta que los niños cumplieron dos meses de nacidos.

Al terminar el permiso de maternidad, Lorenza comenzó su rutina de trabajo y estudio. Ella parecía adaptarse muy bien. Por las noches sacábamos la leche de los pechos a ella, y así yo podía tener la porción diaria de comida para los niños. Atenderlos de noche y de día fue un verdadero reto; hice una rutina para poder mantener la casa en perfecto estado. Haciendo esto pude comprender, admirar y considerar la labor de una mujer que trabaja fuera de la casa, ser esposa y madre a la vez.

El primer año fue muy difícil, tanto por la responsabilidad de padres como de esposos. Entre tantas ocupaciones nos alejamos mucho como pareja, pero luego nos fuimos adaptando, ya que era una situación temporal. Tenía la confianza de que con el tiempo recuperaríamos nuestra vida tanto sexual como sentimental.

Cuando Lorenza se graduó, empezó a trabajar tiempo completo como maestra y a ganar un mejor sueldo; logró que recibieran a los niños en el mismo colegio por una cuota razonable. Fue así que pude recuperar mis actividades como esposo proveedor y estudiante. Al cabo de dos años también me gradué y volví a trabajar en la misma compañía que había dejado, pero ahora como ingeniero.

Lorenza y yo aprendimos de todo esto que aparte de ser pareja éramos un equipo, porque al final el amor es el que gana y desde el amor todo prospera.

§

En ese momento Lorenza venía entrando con los niños. Casi detrás de ellos entró Thereza, su presencia se percibía de forma suave y a la vez imponente; si tuviese que describir su presencia con un color, para mí ella sería el amarillo mostaza: imponente y alegre.

Ya sentados en la mesa, Sagrario y Rocío comenzaron a servir la comida. El menú era sopa de granos verdes, papas asadas con mantequilla y queso, acompañadas con chuletas en salsa de orégano, pimientos y perejil. De tomar tendríamos jugo de guanábana y piña, y como postre, masas de harina dulce con nueces y ajonjolí. Por supuesto no podía faltar el té y el café. Como siempre, Sagrario nos deleitaba con un banquete de sabor.

Luego de la comida, Thereza nos animó a pasar al salón de juegos para un partido de cartas españolas.

En ese momento Lorenza se excusó porque debía atender a los niños y preparar todo comenzar el recorrido del Camino de Santiago el día siguiente. Benjamín sí se animó y yo me incorporé también, aunque no tenía ni idea de cómo se jugaba.

Nos sentamos alrededor de una de las mesas, Thereza explicó que haría una pregunta en relación a cada carta, y teníamos la libertad de responderla o no. Ese juego no lo había jugado nunca y Benjamín tuvo la misma impresión, sin embargo, nos pareció interesante aprenderlo.

Thereza sacó un manojo de cartas que tenía envuelto en un pañuelo azul oscuro, las movía y barajaba de una forma muy peculiar; cuando terminó de hacerlo colocó la torre de cartas en el medio de la mesa.

- ¿Quién quiere empezar? —preguntó Thereza.

Benjamín me miró, sonrió y me dijo,

- Usted —dijo Benjamín mirándome y sonriendo-, ¡las mujeres primero!
- Creo que los hombres usan esa expresión cuando les da miedo tomar la iniciativa —respondí riéndome.

Escogí una carta del medio del mazo, era muy bonita, llenas de figuras y colores; tenía unos soles o monedas doradas y un hombre a caballo.

- ¡Bueno! -dijo Thereza-, vamos a ver qué dice esta carta. ¿Conoces a algún hombre que tenga dinero o negocios y que te haya hecho una proposición o venta de algo?
- ¿Qué tipo de juego es este Thereza? —le pregunté extrañada-. Nunca había jugado un juego así. Esto parece una lectura de cartas.

Benjamín también se incomodó y trató de levantarse de la mesa, pero Thereza lo agarró por el brazo.

- Tranquilo todo el mundo -dijo-, ¡esto es una broma!, en realidad vamos a jugar Agilé, consiste en tener en la mano cinco cartas de la misma pinta para ganar el premio, éste sólo puede ser derrotado por otra mano de mayor puntaje.

Me quedé viendo a Thereza como queriendo leer su mente y adivinar lo que quería saber, ya que me pareció que esto no tenía sentido. Para liberarme y no prestarme a esa situación, le dije que mejor iría a la cocina para programar con Sagrario lo que haría para cenar. Ella entendió.

§

Habíamos quedado en cenar a las ocho; la familia de Benjamín, así como Ana y Víctor nos pidieron que fuese a esa hora, porque se retirarían a sus habitaciones temprano; para todos sería su última noche en Casa Ananda. Los primeros en bajar fueron Ana y Víctor, seguidos por Benjamín, Lorenza y los niños; casi de inmediato entro Thereza, muy puntual.

Hice las presentaciones pertinentes, ya que ninguno de los huéspedes se conocía. Cada uno se sentó en el lugar que quiso, quedando entre ellos la silla de Thereza y la mía.

Sagrario y Roció trajeron varios tipos de legumbres sudadas en sal, mantequilla y ajo; presas de pollo horneadas con especies; plátano frito en aceite de aguacate y crema de queso derretido. Ya previamente en la mesa había pan de trigo tostado y para beber agua de linaza y jugo de horchata.

Benjamín nos comentó que el propósito de ese viaje era unirse más a su esposa, que había escuchado muchas cosas acerca del camino. Para él hubiese sido ideal hacerlo sólo con ella, ya que los niños eran pequeños todavía y quizás no entenderían cuál es la búsqueda de la que tanto hablaban, pero no habían podido dejarlos con nadie, así que quizás les tomaría más tiempo la caminata.

Ana y Víctor narraron sus experiencias en el Camino de Santiago; aclararon muchas dudas que teníamos sobre los cuentos y leyendas que se escuchaban. Me di cuenta que Thereza escuchaba con atención, sin decir una palabra, sólo se limitaba a asentir con la cabeza y observaba con detalle a cada uno de los personajes allí sentados.

Por mi parte estaba disfrutando de ese momento ya que era la primera vez que teníamos varios huéspedes al mismo tiempo.

— Me gustaría que cuando terminaran su camino -les dije-, me escribieran y me dieran su opinión sobre la experiencia. Les deseo que logren el propósito que los trajo para hacer este viaje. Mañana los estaré esperando para el desayuno y allí me despediré de ustedes; gracias y buenas noches.

Todos se despidieron y cada quién se fue hacia a sus respectivos aposentos. Yo como siempre salí al corredor de la casa, me senté en la poltrona de retazos a tomar el aire; esos eran los momentos cuando me gustaba analizar sobre los eventos que me ocurrían en Casa Ananda, trataba de comprender por qué el abuelo había hecho todo eso para mí y si debía o no seguir con su legado. Cerré los ojos para disfrutar del silencio y la soledad, estábamos solo la noche, la luna y yo.

Cuando decidí irme a descansar, sentí un ruido entre los árboles del patio, hacia los lados de las cabañas. Agarré un palo que estaba en las escaleras del corredor, pero esta vez, no hablé, ni me asusté. Fui sigilosamente hacia donde había escuchado el ruido y cuál sería mi sorpresa: Eran Pepe y Roció. Los sorprendí en medio de una acalorada escena apasionada.

Al vernos los tres, ninguno supo qué hacer. Di media vuelta y me fui a mi habitación todavía sin reaccionar.

La rapidez con la que trataron de cubrir sus cuerpos, mientras sus ojos de niños traviesos me miraban fue una experiencia muy graciosa, sin embargo, en la mañana hablaría con ellos.

CAPÍTULO 10

Rocío

Me levanté más temprano que de costumbre y aunque lo sucedido la noche anterior con Pepe y Rocío me había causado mucha gracia, no por ello dejaban de preocuparme las consecuencias que podría traer esa situación en la posada.

Al entrar en la cocina estaban Sagrario y Rocío en plena preparación del desayuno; las saludé como siempre, aunque noté el nerviosismo de la joven al verme. Sentía que me pedía que no le dijera nada a su mamá.

En ese momento entró Thereza dándonos la bendición de la mañana y sentándose a mi lado.

- Como todavía tenemos tiempo –dijo Thereza-, antes de que bajen los huéspedes les contaré lo que me sucedió anoche.

En la cocina se hizo un silencio incómodo, desde mi asiento vi como a Rocío le subieron y le bajaron los colores de la cara; por mi parte, sentí una puntada en el estomago, esas que dan cuando eres cómplice de una situación complicada. Sin embargo, con sobresalto y todo, Rocío y yo pudimos disimular tanto que ni Sagrario, ni Thereza se dieron cuenta de nuestra reacción, así que todas nos volteamos a verla y a prestar atención a lo que nos iba a relatar.

- Anoche yendo hacia la cabaña, escuché el canto de un pájaro, eso me extrañó muchísimo ya que los pájaros casi nunca cantan en las noches; sin embargo, cuenta una leyenda que existe un pájaro llamado Pitoqüe o Alcaraván que cuando pasa volando y cantando sobre alguna casa es presagiando que viene un niño en camino; así la mujer tenga muy poco tiempo de gestación o ni siquiera lo sepa él anuncia la buenaventura. Dicen que cuando sucede, todas las mujeres de la casa se preocupan, porque nunca falla.

Después de sus palabras, el silencio se rompió sólo por el ruido de la silla al levantarme. No pude ni terminar de tomar el café con leche. Me disculpé y fui a buscar a Pepe; lo conseguí en el granero tratando de sacar leche a la vaca, al verme casi se mete dentro de la cántara donde vertían la leche recién ordeñada.

- Pepe creo que debemos hablar -le dije-, y tiene que ser ahora mismo porque después será tarde y esto hay que arreglarlo lo antes posible.
- Es cierto -dijo Pepe con cara de asustado y cerrando los ojos-, es mejor hablar ahora.

Se levantó del taburete donde estaba, vino hacia mí y me pidió que camináramos. Me contó que Rocío y él estaban enamorados, pero que habían tenido que disimular su relación, ya que ella era menor de edad y Sagrario le había advertido que si salía preñada antes de casarse, ella misma la enviaría a su pueblo a parir sola, porque las mujeres que no se cuidaban y se ponían a tener tripones de cada hombre se convertían en ignorantes y terminaban como ella limpiando y cocinando en casas ajenas, y eso no era lo que quería para ella.

Rocío era todavía una adolecente, contaba para ese momento con diecisiete años y Pepe le llevaba unos cuatro o cinco años de edad.

- Bueno Pepe -le dije tratando de tranquilizarlo-, entonces tienes que hablar con Sagrario; quisiera que te reunieras con Rocío, entre los dos lleguen a un acuerdo, les agradezco que no pase de hoy. Ya Rocío te dirá lo que Thereza nos acaba de contar en la cocina y eso me tiene sumamente impresionada.

Lo dejé pensativo y preocupado, me fui a la casa grande para verificar si los huéspedes estaban desayunando. Entrando me conseguí con Ana y Víctor, ya tenían el equipaje en la camioneta y Rodrigo los esperaba para llevarlos a su destino.

Al vernos Ana me dio un abrazo y Víctor me dio la mano.

Benjamín y Lorenza ya habían desayunado, en ese momento estaban atendiendo a sus gemelos y preparando sus cosas para estar listos; una vez que Rodrigo dejara a Ana y Víctor en la estación del tren éste regresaría a recogerlos para trasladarlos hasta un pueblo a diez kilómetros de la Casa Ananda.

Al entrar en la cocina encontré a Sagrario sola, le pregunté por Rocío y me respondió que había salido a buscar unas cosas al pueblo con Pepe.

Quince minutos después, Rodrigo estaba de regreso para recoger a la familia de Benjamín, así que ya no había huéspedes en Casa Ananda.

Siguiendo la rutina de los que pertenecíamos a ella, Juanita y Margarita estaban en el segundo piso poniendo al día la limpieza de las habitaciones.

Me fui a mi oficina y minutos después entró Sagrario; por su cara de consternación asumí que ya se había realizado la reunión entre Pepe, Rocío y ella.

- Jossie, necesito hablar con usted —
  me dijo.
- Claro Sagrario, ¿en qué te puedo
  ayudar? —le respondí.
- Acudo a usted, ya que se me ha
  presentado una situación que no sé
  cómo enfrentar y sé que podría
  ayudarme. Resulta que me acabo de
  enterar que entre Pepe y Rocío
  existe una relación desde hace unos
  meses, bueno, casi desde que
  llegamos aquí; la verdad es que me
  tenían los ojos tapados, porque ni
  cuenta me había dado, ¿usted se
  había dado cuenta de algo?

Al ver sus ojos de madre preocupada,
sentí que no podía ni quería ocultarle
nada.

- Sí, Sagrario, me enteré ayer y no
  te lo comenté porque me pareció que
  eran ellos los que deberían
  notificártelo; además, eso es parte
  de la vida, son unos muchachos
  buenos y aunque no conoces mucho a
  Pepe, yo puedo asegurar que tiene
  buenas intenciones.

- ¿Buenas intenciones? —respondió molesta—. ¿Cuáles buenas intenciones?, pues déjeme decirle que Rocío está preñada. ¿Se acuerda lo que contó Thereza esta mañana?, lo del bendito pájaro ese que vuela y… bueno, ¡usted sabe el resto de cuento! Me parece increíble que haya tenido que venir un pájaro para que yo me enterara.
- Tranquila Sagrario, siéntate que te voy a traer un té de los tuyos, espérame aquí y respira que ya buscaremos una solución.
- ¡Gracias, mija! —me respondió con lágrimas en los ojos.

Fui a la cocina esperando conseguir a Rocío, pero no había nadie. La radio estaba encendida con la novela de turno, así que preparé dos tés, uno para Sagrario y otro para mí; regresé a mi oficina. Al entrar conseguí a Sagrario llorando con la cara tapada con el delantal que llevaba puesto.

- No te preocupes, —le dije entregándole la taza de té- esto no es un mal de morir, sé que estás decepcionada, pero tu hija tiene su vida y cada uno escoge lo que lo hace feliz. En este momento todo está gris, pero al nacer ese bebé será la alegría de todos. No te he preguntado, ¿qué te dijeron acerca de su relación y cómo van a solucionar la situación?

- El que más habló fue Pepe, me dijo que él quería a Rocío. Él estaba dispuesto a dar la cara y se casaría con ella -dijo mientras tomaba un sorbo de té.

- Jossie -continuó diciendo entre sollozos-, para mí es muy duro, yo siempre hablé con mi niña para que procurara no tener la misma vida que tuve yo con un hombre que sólo me quiso para acostarse conmigo, preñarme y abandonarme. Gracias a Dios que pude valerme por mí misma y logré salir adelante. Di muchos tumbos hasta que llegue aquí, y aunque tengo muy poco tiempo con usted, sé que estoy estable y feliz. Mi sueño era que Rocío terminara sus estudios y fuese mejor persona que yo, pero la vida es así, te da sorpresas; lo único que me tranquiliza es que no se la llevan para otro lado y podré ver la vida que tiene junto a Pepe, no quiero que mi niña sufra y al empezar tan joven usted sabe que le va a tocar duro, aunque uno quiera protegerla. Ahora dígame -continuó-, ¿qué opina usted de lo que le acabo de contar?

- Sagrario, siempre pienso que el amor es lo que nos mueve cada día, sabes que pueden contar conmigo; cuando ustedes quieran podemos ir preparando la ceremonia de casamiento.

Sagrario se levantó y me abrazó, agradeció mi comprensión y me dijo que hablaría con los muchachos para que me participaran su decisión. De nuevo Casa Ananda me traía una nueva vivencia de la cual yo debería aprender algo.

CAPÍTULO 11

La boda

Después de aquella conversación con Sagrario, los muchachos decidieron que la boda se realizaría al mes siguiente. Pepe me escogió como su madrina, cosa que para mí era un honor y a la vez un compromiso. Con todo aclarado, comenzamos con los preparativos de la boda.

Mientras se acercaba el día del evento, la vida en Casa Ananda seguía su curso; llegaban huéspedes a quedarse por uno o dos días. Yo me encontraba entre los preparativos de la boda y la disyuntiva de si vendía o no Casa Ananda.

Llegó el día de la boda, preparamos el jardín de la casa para la ceremonia y la recepción. Thereza y yo nos encargamos de decorar uno de los caminos que conducía hasta un gran árbol, el que nos brindaba más sombra. A los lados de ese camino colocamos cestas con espigas de trigo y flores de Jara blanca atadas con cintas blancas, moradas y amarillas. Justo bajo el árbol construimos un arco de ramas secas entrelazadas, lo decoramos con las mismas cintas y flores de las cestas del camino. Colocamos seis mesas redondas con manteles de color amarillo y como centros de mesa, pequeños sacos de torzal con amarres de Palos de Rosa.

El vestido de Rocío lo confeccionaron entre Juanita y Margarita. Un lindo vestido de dos piezas, el cual consistía en una blusa de encajes y tela satinada color perla con mangas tipo sisas, y una falda corte campana también de tela satinada. Llevaba un velo sencillo que le cubría la cara y llegaba hasta los hombros, hecho con una tela de encajes transparentes y flores blancas naturales, parecía una princesa. Mi querido ahijado Pepe tenía un traje tipo "chaqué" de color azul marino casi negro. Ambos estaban bellísimos y radiantes de felicidad.

La ceremonia estuvo guiada por el pastor de la iglesia del pueblo. Asistieron casi todos los vecinos de las posadas aledañas. El banquete fue preparado por Sagrario y como siempre estuvo a la altura del evento. Entre vinos, sangría y música, pasamos la tarde, y al caer la noche cuando ya se habían ido todos los invitados, Thereza nos invitó a hacer un círculo y a los novios los colocó en el centro.

Sacó del bolso color marrón que tenía colgado en su cintura un frasco de vidrio que contenía arenilla con destellos brillantes, una pequeña vela roja, otro frasco con un líquido transparente, un pañuelo de encajes y un cordón dorado y blanco. Nos pidió que uniéramos nuestras manos para cerrar el círculo y los novios también debían unir sus manos entre sí. Así comenzó el ritual:

- Quisiera que me permitieran sellar este evento de amor que tuvimos el día de hoy con un ritual que hacemos en mi familia a nuestros hijos, justo antes de que se marchen de la casa. Pido a Dios que me autorice y pueda sellarlo con las energías del sol, la luna y las estrellas.

Desde su garganta salían melodías y palabras de un dialecto extraño; fue atando las manos de los muchachos con el cordón blanco y dorado, luego las tapó con el pañuelo de encajes y allí poco a poco fue virtiendo el polvo brillante.

Los ato, los uno y siempre serán uno.

Los amarro, los bendigo y serán un solo abrigo.

El amor prospera y siempre será su bandera.

Cada día que llueva, siempre saldrán las estrellas.

Cuando la situación arrecie, el sol estará presente

y un beso sellará su suerte.

La brisa fue levantando el polvo y todos nos fuimos impregnados de ese brillo; abrió la botella del líquido transparente y el ambiente se impregnó de un penetrante y agradable olor a rosas; finalmente lanzó unas gotas sobre los novios:

Lluvia, lluvia, lluvia nochera,

haz que estos novios siempre se quieran.

Luna, sol, nube y estrella que cada vez que aparezcan,

la felicidad venga de ellas.

Por último, prendió la vela roja y la pasó por la parte de adentro del círculo mientras iba diciendo:

Sello con esta vela roja, el amor entre estas dos personas que llegarán a ser uno durante toda la vida. Que la llama del amor y la pasión siempre brille y alumbre su camino hacia la felicidad.

Entregó entonces la vela a Rocío y a Pepe:

- Colóquenla en su cuarto y dejen que se consuma sola, esta será la llama que permanecerá viva en sus corazones por siempre.

Dios bendice, bendito Dios, Dios los bendice, Amen.

- Ya pueden abrir el círculo de amor eterno.

Todos estábamos maravillados por lo que hizo Thereza, era tan hermoso lo que se sintió allí; parecía que estábamos dentro de un manto de energía transparente, de felicidad y amor. Definitivamente era de esas personas que tenían un espíritu más elevado y que venía a iluminar nuestras vidas.

CAPÍTULO 12

El hada del camino

Poco a poco fuimos regresando del estado de elevación al que Thereza nos había llevado. Los novios se despidieron y se fueron a su habitación llevando su vela roja y la bendición de Dios.

Sagrario, Rosa, Juanita, Rodrigo y Margarita, comenzaron a recoger las cosas de la fiesta, y yo exhausta me fui a sentar en mi poltrona de retazos. Detrás de mí se vino Thereza, dándome la oportunidad de compartir con ella un momento de calma.

- Thereza, gracias por todo lo que hiciste por los muchachos; no fue sólo arreglar y decorar, también por ese ritual tan bello.
- ¿Estás muy cansada? —me preguntó, y sin darme tiempo a responder continuó—. Después de un día tan especial para todos en Casa Ananda, me gustaría contarte algunas cosas que has debido saber desde hace tiempo y este podría ser el momento oportuno, ¿te parece?

- ¡Claro Thereza!, soy toda oídos —le respondí.

Me arrellané en mi poltrona de retazos y ella acercó una mecedora y la coloco a mi lado.

- Te contaré cómo conocí a tu abuelo y cómo vine a parar aquí:

Hace muchos años tomé como compromiso hacer el Camino de Santiago. Para mí ha sido una liberación. Primero te contaré un poco de mi vida y así verás como todo se entrelaza.

Mis padres se casaron muy jóvenes y comenzaron a tener hijos casi de inmediato. De los cinco hijos yo era la única mujer. No sé si fue por eso que desde pequeña tenía ideas y actitudes diferentes a mi raza, sentía que algunas cosas eran injustas, especialmente para las mujeres; siempre reclamaba cuando algo no me parecía. A mis padres les causaba mucho enojo y preocupación, ya que dentro de nuestro grupo familiar y de amigos mi actitud no era aceptada.

Todo tenía que estar aprobado por mi padre, él era cabeza de familia y todos los derechos los tenían solamente él y cuando él no estaba en casa la autoridad la asumía mi hermano mayor, ni la palabra de mi madre ni la mía era tomada en cuenta. Arreglaron mi boda con el hijo de un amigo de mi padre, a quien consideraba como primo; su nombre era Cappi, nos conocíamos desde niños ya que vivíamos en la misma cuadra; siempre estábamos juntos en las actividades familiares y del barrio donde vivíamos.

Aunque ya habíamos escuchado que nuestros padres nos comprometerían, él siempre estuvo enamorado de mi prima Saraí y los tres éramos buenos amigos. Cuando estábamos solos me decía que hasta los nombres de ellos hacían juego, ya que Cappi significaba "Buena fortuna" y Saraí significaba "Princesa, Soberana, Señora". En forma de juego decía "Llenaré de buena fortuna la vida de mi princesa y señora".

Pero esto no pudo suceder ya que nuestros padres nos casaron cuando Cappi tenía dieciocho años y yo dieciséis. Para Saraí y para él fue muy triste la situación y por supuesto que para mí también; pero en esa época nos obligaban a callar y a obedecer. Para ese momento, ya había aprendido con golpes y porrazos que no tenía otra alternativa, debía aceptar que ese era mi mundo y así debían ser las cosas.

Según nuestra creencia la boda es una de las fiestas más importantes que celebra la comunidad; bajo la tradición gitana, los novios deberían llegar vírgenes al matrimonio ya que la pureza es algo que no se discute, es sagrado y muy valorado.

Uno de los rituales que debemos pasar las mujeres para podernos casar, y el cual nunca fue de mi agrado presenciar, es el del pañuelo blanco. El ritual consiste en que antes de la ceremonia la novia se debe someter a una prueba de virginidad; ese día se agrupan en una habitación a varios testigos -todas mujeres-, acuestan a la novia en una cama o catre y dentro de ese grupo hay una señora muy importante que se le llama la "ajuntaora"; ella lleva un pañuelo blanco envuelto en papel de seda, se usa sólo para esa ocasión; lo abren y adentro se encuentra un pequeño instrumento o pinza; ella lo toma y lo introduce en la vagina de la novia, con este procedimiento debe mancharse de sangre el pañuelo. Luego se abre la puerta de la habitación y se muestra a los invitados que hay sangre en el pañuelo; a esta parte del ritual le llaman "las tres rosas"; luego hay jubilo y algarabía, dando paso a la ceremonia y luego a la fiesta.

- ¿Qué pasaba si no sale manchado de sangre el pañuelo? —pregunté impresionada por esa tradición.
- Bueno mi niña, imagínate el alboroto y la vergüenza a la que sería sometida la novia. Además de ser repudiada públicamente por todos incluyendo su familia, la boda no se lleva a cabo. Después de eso, la única forma que puedas tener pareja es que encuentres un

hombre que no esté casado y se quiera juntar contigo, eso es Ley Gitana. Para mí y para muchas jóvenes eso era horrible; siempre que nos reuníamos para una boda, en vez de ver la cara de felicidad de la novia, lo que veías era la cara de preocupación antes de la prueba, y aunque no haya hecho nada con un hombre, debía exponer su virginidad de una forma tan cruel. En mi caso, todo resultó bien, Cappi y yo llegamos vírgenes al matrimonio y la ley nos hizo jurar que debíamos ser fieles uno al otro hasta la muerte.

Fuimos al matrimonio sin estar enamorados y sin ese amor apasionado, realmente no sabíamos cuál era la diferencia, así que dentro de lo que pensamos que era una vida normal fuimos felices hasta el día que supimos que yo no podía tener bebés. Eso es una desgracia, y por consiguiente no encajaba dentro de lo que es una familia completa y establecida. Por ley, ante esa situación el esposo puede devolver a la mujer a la casa de los padres. Así fue cómo después de tres años de "matrimonio feliz" fui a parar de nuevo a casa de mis padres.

Siempre supe que no estaba realmente enamorada de Cappi, sin embargo, la separación no dejó de ser muy dolorosa para mí; sentía que estaba marcada y además sabía que tendría que quedarme en casa de mis padres para siempre. Me sentí desesperanzada ya que quizás se habían acabado todas las oportunidades de rehacer mi vida.

Así fue pasando el tiempo; me sentía encarcelada en mi casa. Sin deseos de hacer nada, caí en un letargo y para agregar más desilusión a mi tristeza Cappi y mi prima Saraí se comprometieron en matrimonio. Aunque hiciera creer a todos que no me dolía, por alguna razón me sentí traicionada.

Luego de esto, aunque mi familia estuvo en contra, decidí emigrar; así que por medio de otra amiga que vivía en la capital pude salir de mi casa.

Al desobedecer la voluntad de mi padre y hermanos, rompí los lazos que me unían a ellos, ya que siendo mujer estaba prohibido separarse de la familia paterna. Para ellos es una ley nacer, vivir y morir siempre juntos; por eso, para mi familia fue una traición el que yo haya tomado esa decisión.

De inmediato fui despojada de todo vínculo familiar, tanto por la parte afectiva como económica; a partir de ese momento comencé a valerme por mi misma, a estar sola y a no contar con nadie, ni siquiera con mi madre.

§

Llegué a la capital cuando tenía veinte años y ahí me recibió mi amiga Esmeralda. Ella vivía en una pensión; durante el día trabajaba en un restaurant como mesera y en las noches en un bar llamado Calimoncho ubicado en los suburbios de la ciudad; allí me consiguió trabajo, era la única forma que tenía para ayudarme.

El bar Calimoncho servía para dos cosas, la primera para satisfacer a los hombres sexualmente y la segunda para emborracharlos, escuchar sus penas y cuentos de vida. Así que opté por la segunda, para mí era más fácil sentarme con ellos, escucharlos y acompañarlos mientras bebían. Muchos de ellos solo querían ser escuchados. Adicionalmente para ganar un poco más de dinero también limpiaba el local cuando todos se retiraban. Salía todos los días entre las cinco y seis de la mañana; me iba directo a descansar un poco y como no estaba cómoda con el lugar, durante los primeros meses trataba de buscar otro tipo de empleo, pero no pude encontrar otra cosa. Aunque no tuviera sexo con los clientes, por el hecho de trabajar allí ya me catalogaban como prostituta, aunque no lo era.

Entre las cosas que hacía para entretener a los clientes contaba con la lectura de manos; pronto comenzaron a ser tan acertadas mis predicciones que pagaban lo que yo pidiera y con eso ganaba un dinero adicional. En vista de mi éxito quise tener otra forma de entretener y compré un manojo de cartas, entonces comencé a desarrollar mis dotes de cartomancia. Aunque no lo creas a los hombres también les da curiosidad saber su futuro. Así fue creciendo la clientela, algunas mujeres me invitaban a sus casas durante el día, cuando sus esposos no estaban para que les leyera el futuro.

Por mi desempeño en el trabajo y mi honestidad, los dueños del bar me tomaron un especial cariño, además me protegían, porque era la más joven de todas las que trabajaban ahí. Con el tiempo al ver la facilidad que tenía para predecir el futuro, un día al llegar al bar me llamaron a la oficina y me ofrecieron cambiar el lugar de trabajo. Ellos querían ayudarme, así que me ofrecieron una habitación ubicada en la parte lateral del bar con entrada independiente; ahí podría tener un lugar privado para atender a las personas e incluso quedarme a dormir.

Así fue como empecé a ejercer y a desarrollar los dones con los que había nacido. Cuando estaba en casa de mis padres era normal que las mujeres practicáramos esoterismo entre nosotras mismas, al principio no me interesaba; yo quería estudiar, pero eso no era viable por nuestras creencias y leyes. No obstante, cuando me vi en la necesidad de hacerlo, di gracias a Dios que, en medio de mi rebeldía, mi don especial se había mantenido e incluso desarrollado y ahora me ayudaba a salir adelante.

Reconocer y aceptar lo que me estaba ocurriendo me incentivó a querer saber más, a explorar. Mis sentidos se abrieron de tal forma que comencé a recibir mensajes. De repente llegaban respuestas cuando estaba sola y callada, o a través de los sueños.

Con el tiempo fui haciendo mis propias esencias para curar el alma y el cuerpo. Para todo aquel que venía a mí a pedir ayuda o a consultarse siempre había algo que les proporcionaba alivio. Me di cuenta que los seres humanos estamos ávidos de tener una creencia o algo que nos ayude a solucionar cualquier situación que se nos presente. Si bien casi todos creemos en un ser superior, también es cierto que necesitamos tener algo más palpable: un olor, un aceite, una imagen, cualquier cosa que podamos tocar, oler, ver, tomar… Si esto lo acompañas con la palabra adecuada, te confirma que no estás sólo y que todo estará bien.

Así que comencé a leer y estudiar los mensajes de la naturaleza; buscaba todo lo que nos brindaban sus esencias: las propiedades que contienen las flores, la tierra, las plantas, algunos tipos de raíces…

Ya no sólo podía leer las manos y las cartas, me convertí en hierbera. Fue tanta la fe y el amor que puse en cada una de mis mezclas que hasta para aliviar refriados me buscaban y yo encantada les preparaba un "menjurje levanta muertos". Las personas enfermas decían que cuando lo tomaban sudaban tanto que en menos de cuatro horas ya se podían levantar.

Así pasaron varios años, todos los días recetando y consultando. Cada vez que se iba el último cliente, me quedaba sola en aquella pequeña habitación que llegó a convertirse en el único mundo que tenía.

Un día estando en consulta, una persona que se encontraba pasando por una situación económica y sentimental muy difícil me comentó que para alejarse, despejarse y tratar de conseguirse consigo mismo haría una peregrinación por el Camino de Santiago.

Al escucharlo, quise saber más. Así fue como maduré la idea de hacerme peregrina. Mientras buscaba información, me encontré con muchísimas fábulas, cuentos y creencias; algunas de ellas llamaron mi atención, sobre todo la que afirmaban que el camino es el que te llama y si él considera que no estás preparado, nunca lo llegas a realizar. Esa leyenda más adelante la pude confirmar.

En algunas oportunidades teniendo todo listo para salir, algo de último momento me lo impedía y tenía que aplazarlo,

Cuando por fin comencé hacer mi recorrido, sucedió algo que cambio mi vida mundana a una mucho más elevada, más espiritual. Algo enlazó mi vida a las personas, a la Rua de la Paz y al camino de Santiago.

Durante ese recorrido fui aprendiendo que todo tiene su tiempo y su momento, debemos estar dispuestos y abiertos a recibir los mensajes, el camino va procurando las señales. Para mí es como la vida misma: cuando vas distraído y crees que todo será fácil, de repente te encuentras con una subida o una bajada y tienes que sacar fuerza y determinación para superar ese tramo sin lastimarte.

El recorrido del Camino de Santiago es increíble, te embelesas con todo lo que consigues, comienzas a distinguir cosas que antes pasaban desapercibidas. Las caminatas las realizo con calma, sin apuro; senderos que se recorren en dos días, los hago en cinco; si, por el contrario, siento que puedo caminar más rápido y el camino me deja, los completo en menos tiempo. Al final siempre llego a mi destino sin tanto esfuerzo disfrutando lo que el momento me ofrece. Existen posadas gratuitas que reciben a los caminantes hasta llenar su capacidad; te brindan un espacio para dormir y algo para comer; de esta forma, los que van llegando primero tienen más oportunidad de escoger lo mejor que ofrecen.

Thereza se enderezó, tomó un poco de té y aprovechando su pausa le comenté la impresión que generaba en mí.

- Eres un libro abierto para mí —le dije con franqueza-; estoy extasiada haciendo ese recorrido de vida contigo. Continúa Thereza, que aquí puedo estar toda la noche escuchándote.
- Recuerdo que un día no pude llegar a tiempo a ninguna de las posadas - Thereza continuó su relato-; como hasta ese momento todo me había parecido tan seguro y no me había sentido ni sola, ni en peligro,

acepté de buena forma que debía dormir a la intemperie, lo asumí como una experiencia nunca antes vivida. Hice un recorrido visual al bosque que tenía alrededor, observé a varias personas buscando acomodo entre los arbustos; con la buena voluntad de mi estrella en ese momento percibí que un árbol hermoso y añoso llamaba mi atención. Sus raíces sobresalían de la tierra haciendo un efecto de canoas o cuna. En uno de esos surcos coloqué mi bolsa como almohada, saqué mi manta para arroparme, comí unos maníes que tenía guardado y bebí la mitad de un jugo que me sobró del último descanso. Así con la brisa fresca de la noche, la luz de luna llena, y arrullada por el bisbiseo de los grillos y las ranas, me sentí acompañada y me entregué a la experiencia de dormir bajo un techado natural.

- Guao Thereza, ¡que valiente eres! – le expresé asombrada-, yo me muero de susto con solo pensar tener que dormir así.

Thereza sonrió, cerró los ojos como para seguir recordando y atajó de nuevo su historia.

- A eso de las tres de la mañana algo tocó mi hombro, no me sobresalté, pero al despertarme me intrigó que no había ninguna persona a mi alrededor. Una luz clara y suave bajaba directamente desde lo alto y se posaba a mi lado.

-*No te asustes Thereza, te traigo un mensaje* -a través de la luz se escuchó una voz-: *he sido tu guía en esta vida y es hora que debo recompensarte por todos tus logros y aprendizajes. Tu espíritu está ahora más elevado, ya tu esencia como humano trascendió a los niveles más altos, desde ahora en adelante tu misión es ayudar, guiar, compartir, acompañar a las personas que de una forma u otra necesiten nutrirse de tu energía espiritual. Ahora quiero que te levantes y camines hasta el pueblo más cercano, allí en esa plaza espera y dejate llevar por tu intuición, identificarás quienes*

necesiten de ti. Y desde allí
continuarás tu nueva ruta por el Camino
de Santiago.

- ¿Así lo hiciste Thereza? -pregunté con interés- ¿Cómo se llama el pueblo que tenías más cerca?

Thereza se echó hacía atrás y riendo dijo:

- La Rua de la Paz, ese es el pueblo que estaba más cerca mi niña —y continuando con su entusiasmo declaró-: A partir de ese día siempre que puedo regreso a la plaza para llenarme de la buena energía de esa luz de la luna que tanto me ha guiado.

   - ¿Por eso es que me dices que tuviste un cambio de vida? -comenté con curiosidad
   - Sí. Algún día comprenderás mejor lo que te acabo de contar — me agarró por el hombro y como para recuperar el tiempo me dijo-. Sé que me vistes tan animada contándote sobre mi vida que no quisiste interrumpirme.

Efectivamente -pensé-, yo quería seguir escuchando sus historias. Sin embargo, me llamaba la atención que hasta ahora no había mencionado al abuelo; pero como ella siempre se adelantaba a mis pensamientos, me imaginé que comenzaría a hablar de él, y así fue...

CAPÍTULO 13

El abuelo

- Ahora déjame contarte cómo en uno de esos peregrinajes conocí a Eduardo, tu abuelo. Recorriendo el camino, me paré a tomar un té y a comer algo; allí estaba un grupo de personas haciendo lo mismo y comenzamos a hablar, a intercambiar opiniones y a escuchar anécdotas de lo que iban viviendo durante el trayecto, entre ese grupo de personas estaba tu abuelo.

- ¿Mi abuelo hizo el camino? — pregunté.

- ¡Sí, claro!, tu abuelo lo hizo como cuatro veces, de hecho, conmigo lo hizo en dos oportunidades — respondió Thereza-. Inmediatamente que empezamos hablar nos identificamos uno con el otro y sentimos que nos conocíamos de toda la vida, así que me invitó a integrarme a su grupo. Durante la caminata me fue contando su vida, me habló de su esposa fallecida, de su hijo, sus nietos y de ti.

- Cuéntame por favor, que te dijo de mí —le pedí con ansiedad.

- Él te amaba Jossie, decía que tú eras la realización de lo que él no pudo ser. Soñaba que tú serías la única que mantendrías lo que él había logrado; armonizaba para ti este paraíso llamado Casa Ananda.

Me emocionó tanto escuchar lo que Thereza me decía que sentí ganas de llorar.

Durante el trayecto me contó que estaba muy solo, aunque eso no le entristecía porque era parte de lo que había escogido para su vida. Me dijo que después de la muerte de tu abuela, él no supo cómo seguir su vida sin ella y al lado de ustedes trató de adaptarse por un tiempo, pero no era igual; sentía que estorbaba en casa de tus padres.

Por cosas de la vida consiguió esta posada y así fue como se dio la oportunidad de rehacer su vida en el pueblo La Rúa de la Paz. Para él fue un cambio muy drástico, ya que tuvo que trabajar muchísimo. Cuando llegó a la posada había que repararla toda; eso le tomó mucho tiempo y esfuerzo, pero lo ayudó superar su duelo.

Desde esa caminata que hicimos por primera vez tu abuelo y yo, nuestros lazos de amistad se unieron de forma incondicional y desde ese momento me hizo su huésped y confidente especial. La última vez que estuve aquí, leí en sus manos la muerte, no sé si fue por cobardía al dolor de perderlo o por no querer verlo sufrir, preferí no estar presente cuando esto ocurriera, aunque los dos sabemos que espiritualmente lo acompañé en su última morada.

Creo que con esto que te he dicho te respondo la pregunta que con tanta claridad pude leer en tus ojos el día que te conocí, ¿recuerdas? —preguntó mirándome a los ojos.

Al escuchar esto, bajé la mirada avergonzada al confirmar que me había leído el pensamiento.

- Perdóname Thereza, no fue mi intención juzgarte —le dije-, para ese momento todo me tomaba por sorpresa; fueron muchos cambios en pocos días y todavía no había podido asimilar muy bien lo que estaba pasando aquí. Ahora sé por lo que he escuchado de todos que mi abuelo hizo esto pensando en mí. Todavía me pregunto, ¿Cómo supo que podría venir a encargarme de todo esto?

Al decir eso sentí tristeza por la idea de venderla y eso me produjo una sensación de deslealtad hacia él.

—Thereza —le supliqué con lágrimas en los ojos-, tú que puedes ver un poco más allá de lo que un ser normal ve o escucha, dime por favor ¿qué vio mi abuelo en mí?

- Tu nobleza Jossie —respondió.

- ¿Mi nobleza? —pregunté-. ¿De qué me ha servido?, la verdad es que no me siento una persona noble, a veces he tenido malos pensamientos, le he deseado mal a quien me ha hecho daño. No creo que esa nobleza me haya ayudado en nada, he tenido una vida llena de desaciertos; si sumo los buenos ratos y los malos ratos, los malos van ganando por montones.

Thereza se me acercó y con sus manos suaves sostuvo mi cara; sus manos eran de una abuela o de una mamá, y a través de ellas transmitía ternura, paz y consuelo. Estar cerca de ella era como suspenderse en una nube de algodón con olor a lavanda. Cerré mis ojos y disfruté ese momento.

- Tranquila mi niña. Debes tener paciencia.

Me dejé consolar como una niña pequeña; me di cuenta que me hacía falta que alguien me protegiera, había luchado mucho y no me había dado cuenta que tenía cerrada la puerta a mis debilidades. Allí comprendí que yo estaba en una zona de confort, que no quería salir de allí, tenía miedo de comenzar y de estrellarme de nuevo.

- Thereza, tengo miedo, mucho miedo – le dije sintiéndome vulnerable.
- Mi niña —me respondió-, el miedo es falta de fe, lo único que no se debe perder nunca es la fe. Cuando tengas miedo, ofrécelo y entrégaselo a tu Dios.

Creo que ya por hoy ha sido suficiente, ¡esta vieja ya está cansa'!, me voy a dormir, pero no te preocupes, porque siempre habrá momentos para conversar y seguir contándote más cosas de tu abuelo, de mi vida y de la tuya; por ahora, tenemos que irnos a descansar, mañana será otro día.

Antes de irse literalmente me eché sobre ella y la abracé.

- Thereza, no quiero que te vayas nunca de mi lado.
- Mi hermosa Jossie, ¡claro!, por ahora sólo me iré a dormir, pero recuerda que pronto yo debo seguir mi camino —dijo señalando hacia el portón azul-morado.

Capítulo 14

Ananda

Un día en que revisaba unos documentos de mi abuelo que permanecían guardados en un cajón, me llamó la atención una carta con una estampilla pintoresca, el remitente era un hindú llamado Ananda. La curiosidad se apoderó de esa faceta de "niña fisgona" que aún conservo; viendo hacia todos lados y con sumo cuidado -como quién se come un chocolate robado de la despensa- abrí la misiva. En ella el remitente saludaba de forma afectuosa a mi abuelo, le contaba anécdotas de su peregrinar por los caminos recorridos y por último le agradecía el mérito otorgado al ponerle su nombre a su posada.

Con carta en mano fui a buscar a Thereza pensando que todavía me debía la historia de mi abuelo con ese tal Ananda.

Llegué a su cabaña y como siempre parecía estar esperándome, le entregué la carta y al terminar de leerla, me miró con ojos sonreídos y comenzó su relato.

141

§

Para tu abuelo su mayor ilusión era que Casa Ananda fuera para ti. Creo haberte comentado que cuando compró la posada tenía otro nombre que a él no le agradaba. Para bautizarla necesitaba algo que simbolizara lo que él sentía por este espacio.

- ¿Entonces el nombre de Casa Ananda, tiene un significado especial? - pregunté con curiosidad.

Sí, hoy voy a contarte sobre Ananda, el mejor amigo de tu abuelo.

En una oportunidad llegó a hospedarse un hindú llamado Ananda; era una persona muy espiritual y muy sabia según lo que me decía tu abuelo. El huésped hindú adoptó ese nombre cuando se hizo budista, ya que, según esa cultura, Ananda fue primo y discípulo de Buda. Estando siempre al servicio de su maestro y de la humanidad, fue humilde, espiritual, e incondicional. El nombre de Ananda precisamente significa "Fuente y sostén de secretos de toda la existencia. Lugar donde la verdad y la belleza reinan".

§

El día que el hindú llegó a hospedarse hubo un suceso que marcó la existencia de Casa Ananda para siempre. Cuenta que ese acontecimiento se hizo leyenda en toda la comarca.

- Me intriga todo lo que tenga que ver con mi abuelo y Casa Ananda – argumenté con entusiasmo.

- Aunque tu abuelo estaba feliz porque había logrado su estabilidad y sentirse útil, períodos de tristeza y soledad agotaban su tranquilidad, no conseguía dejar de extrañarlos a ustedes. Para sosegar ese sentimiento trataba a cada huésped que llegaba con familiaridad haciéndolos sentir como en casa – Thereza se incorporó en la silla para tomar fuerza y seguir el relato-. El día que

Ananda llegó a la posada, tu abuelo sintió una conexión de hermandad con aquel pequeño hombre de tez aceitunada, rasgos finos, ojos expresivos y profundos, donde la bondad de su sonrisa hablaba más que de su apariencia física. Desde un principio no dejaron de intercambiar conocimientos y vivencias, las horas pasaban y entre una amena conversación y la cena el cielo se encapotó indicándoles que era hora de retirarse a sus habitaciones a descansar. Cuenta tu abuelo que a eso de la medianoche lo despertó un lamento incesante que provenía desde la calle. Inmediatamente se levantó y tratando de espabilarse mientras salía por el pasillo hacia la salida se tropezó con Ananda. Los dos llenos de curiosidad y premura abrieron el portón azul-morado de la posada. Con asombro vieron a un peregrino tirado en el suelo quejándose y en mal estado. Entre los dos lo arrastraron hacia el interior de la casa. Lo acostaron sobre unos cojines en el suelo, tu abuelo buscó toallas y agua, mientras Ananda le preguntaba y lo revisaba para conseguir alguna información o identificación y obtener algo que les indicara quién era, qué le había pasado y cuál era su malestar.

- El hombre casi en estado delirante sólo emitía sonidos de dolor sin poder pronunciar palabra alguna. Entre los dos limpiaron al hombre; cada vez que lo movían daba muestras que le aquejaba un inmenso dolor. Pasó una hora y el malestar no había mermado; Ananda sacó de su habitación un maletín de cuero que por lo gastado, ruyido y decolorado tu abuelo asumió que tanto Ananda como ese maletín eran tan viejos que pudieron haber sido parte de la historia del Doctor Louis Pasteur. En el interior del mismo había una variedad de pequeñas botellas con líquidos multicolores, diferentes tamaños de bolsitas anudadas con sales, palos de inciensos y frasquitos con goteros que al parecer contenían extractos de medicinas naturales. Con sumo cuidado Ananda fue escogiendo cada frasquito, los apartaba para después mezclarlos obteniendo un preparado de infusiones para hidratarlo. Las sales al contacto con el agua caliente emitían un vapor que envolvía el ambiente y al aspirarlo proporcionaba -según recordó tu abuelo cuando me lo contó- una sensación de fuerza y poder.

- Después de mucho esfuerzo y tropiezo lograron acomodarlo en un sofá y a su vez procuraron que el hombre ingiriera gotas del líquido, tras lo cual entró en un sueño profundo y tranquilo, ya sin quejas de dolor.

- Tu abuelo se acomodó en un asiento cerca para observar y ayudar en el momento necesario; Ananda se ubicó a orar al lado del hombre enfermo.

El cansancio venció a Eduardo y se quedó dormido.

- La claridad del sol entrando por las ventanas del salón lo despertó, al darse cuenta que habían pasado unas cuantas horas, se asombró que Ananda seguía en la misma posición al lado del aquejado. Así se mantuvo durante varios días, entregado a esa misión; comía y bebía en pocas cantidades, pasaba el día preparando sus infusiones y orando en voz baja. Eduardo admiraba su devoción, humildad y entrega para con alguien que ni siquiera conocía.

- Al día siguiente del hallazgo dieron parte a las autoridades, asentaron una denuncia para personas desaparecidas; mientras tanto, Eduardo y Ananda solicitaron a las autoridades y al doctor de la zona que lo auscultó dejarlo al cuidado de ellos. El doctor advirtió que su inconciencia podría ser una conmoción causada por un gran golpe y cortadura que tenía en la cabeza. El médico dio su visto bueno al tratamiento que Ananda le había dado al paciente. Así fue como lo arreglaron en una habitación de la posada, le insertaron líquidos por la vena para mantenerlo alimentado e hidratado. Cada hora Ananda con colaboración de tu abuelo, o de alguna de las personas que trabajaba en la posada, le suministraba gotas del brebaje que le preparaba cada día.

- Ananda quiso ponerle un nombre, decía que así el desconocido tendría un sentido de identidad, de pertenencia y capacidad, aunque fuese inconsciente para familiarizarse con lo que lo rodeaba. Tu abuelo lo llamó Adán por ser el primer hombre de la creación.

- Si bien Ananda no había olvidado por lo que un mes antes había llegado allí, recorrer el camino de

Santiago, Eduardo le insistía constantemente encargarse de Adán antes de que continuara su recorrido. Ananda muy sutilmente le explicó que hacía mucho tiempo su misión era ayudar a muchos seres que necesitaban compañía en un momento preciso y que él sentía que esto era un llamado a prestar su ayuda a ese ser que tan desvalido que llegó a donde ellos. No importaba cuál fuese el desenlace, pero él estaba allí entregado en cuerpo y alma para ayudar a esa persona.

§

- Después de mes y medio del hallazgo, Adán murió en brazos de Ananda. Fue el momento más sublime que tu abuelo recordaría en toda su vida. Ananda fue guiando y haciendo que la trascendencia de Adán fuese gloriosa y hermosa. En la atmosfera de la habitación reinó una paz tan etérea e inexplicable que nadie lloró por que sintieron que descansó en armonía.

- Nunca se supo su nombre real, de dónde era y por qué estaba allí en el Camino de Santiago. Ananda con su entrega, consagración y amor desinteresado le brindó a ese cuerpo casi sin vida cobijo y protección, pero más hermoso fue que a su alma le dio la paz y la tranquilidad que se necesita para dejar este mundo sin miedo.

- Adán fue enterrado en el pequeño cementerio de la Rua de la paz. Y Ananda a mano escribió en un madero:

Aquí está quien en algún momento fuiste.
Hoy estarás en cada estrella que ilumines.

A partir de ese día dice una leyenda:

"Nunca estas solo cuando recorres el camino,
un alma siempre te acompaña, te guia y va contigo,
su nombre es Adán".

CAPÍTULO 15

Cipriano

Al día siguiente me desperté una hora más tarde de lo acostumbrado, al salir de la habitación la tertulia y las risas me indicaron que todos o casi todos estaban en la cocina. Al entrar todos callaron, me dieron los buenos días y trataron de reincorporarse a sus labores.

- ¡Ah, no! —les dije-, yo también quiero escuchar lo que estaban hablando, es injusto que hoy me tome mi café con leche sentada aquí sola, así que regresen al punto donde estaban y me ponen al día.

Todos rieron y se sentaron de nuevo, la única que no sentó fue Sagrario que estaba trasteando con el desayuno y preparando parte del almuerzo. Minutos después se acercó con un café con leche calientico y espumoso como a mí me gustaba y una tostada de pan de hojaldre recién hecho con mantequilla y mermelada de ciruelas e higo.

Se sumaron a la reunión Rocío y Pepe, nos extrañó que estuvieran levantados, pero nos comentaron que hoy en la tarde llegaría nuestro nuevo huésped y que todavía quedaba mucho por poner al día en la posada.

A mí la verdad con lo de la ceremonia se me había olvidado que día era, así que me paré de un salto, corrí a mi oficina para ver la agenda.

- ¡Es cierto! Hoy recibiremos al señor Cipriano Vega. Llega a las 5 de la tarde.

Casi de inmediato pusimos orden y cada quién se dedicó a su responsabilidad en los preparativos para la llegada de nuestro nuevo huésped, en este caso era una sola persona así que no sería mucho el corre-corre. Mientras Juanita y Margarita revisaban la habitación en la parte alta de la casa, Sagrario y Rocío hacían una lista del menú y de los víveres que faltaban por comprar, aunque según Sagrario todavía tenía parte de la comida de la boda y podíamos comer eso para la cena.

Me fui a mi oficina para poner al día la contabilidad y para revisar unas cartas que me habían llegado; cuál sería mi sorpresa al ver que una de las cartas era de Olivia. La abrí lo más rápido posible y comencé a leerla:

Mamá

Espero te encuentres bien, sé que han pasado muchos meses desde que te fuiste y confieso que te extraño. Te escribo porque inicialmente te iba a sorprender con una llegada inesperada, pero lo pensé mejor para evitar que te sucediera algo por la emoción al verme en la posada, así que me imagino que cuando estés leyendo esta carta yo estaré casi tocándote la puerta. Tenemos mucho de qué hablar y creo que ha llegado el momento.

Tu hija Olivia

Me levanté de un salto, corrí a la cocina y abracé a Sagrario.

- ¡Sagrario, Sagrario! ¡Viene mi niña, Viene Olivia!

Sagrario emocionada brincaba conmigo, en ese momento entraron Thereza y Rocío, y nos abrazamos todas. Con llanto de alegría les traté de explicar lo que acababa de leer, pero como no atinaba a decir nada coherente le entregué a Thereza la carta de Olivia y la leyó en voz alta.

- Lo mejor apenas empieza -dijo enigmática Thereza.

Llamé a Juanita y a Margarita para que le prepararan una de las habitaciones a Olivia. Yo no podía con tanta felicidad, así que entre la algarabía por su llegada y los arreglos para recibir al señor Vega, el tiempo pasó y yo no pude comer ni arreglarme.

En la tarde Rodrigo salió hacia la estación del tren para recoger a nuestro huésped. Al escuchar el motor del carro regresando a casa, salí como una bala de mi oficina con la esperanza de que allí también viniera mi niña, pero no fue así, en su lugar se bajó un hombre, de unos cincuenta y tantos años, de cabello canoso, delgado y bronceado; estaba vestido con unos pantalones de mezclilla azul oscuro y camisa manga corta de color verde manzana; llevaba mocasines de cuero marrón y un bolso como equipaje, se mostraba visiblemente muy limpio y arreglado. Aunque lo detallé mientras caminaba hacia mí, por momentos mis ojos se desviaban hacia el interior del carro para ver si Olivia estaba allí.

- Mucho gusto, me llamo Cipriano Vega, lamento no cubrir sus expectativas -Debe haberse notado mi cara de desilusión mientras me daba la mano-, pero aquí estoy, seré su huésped por lo menos cuatro días, así que espero que la impresión que tuvo de mí cambie antes de que me vaya.
- Disculpe señor Vega -le respondí apenada y sonrojada-, no fue mi intención, ya sabíamos que usted vendría, pero también pensé que vendría mi hija, estoy esperando que llegue en cualquier momento y pensé que hoy era el día.

Me mostró la sonrisa más espectacular que había visto en mi vida. Teniéndolo tan cerca lo pude detallar mucho más, con su apretón de mano sentí una especie de corriente, fue tan fuerte que pensé que todos se habían dado cuenta, así que volteé a verlos, cada quien seguía inmóvil en su puesto. Acto seguido, le comenté que quería presentarle al personal que le serviría y que trataríamos de hacer su estadía especial e inolvidable.

Con mi mano todavía entre la suya, pude ver la profundidad de sus ojos, su forma de mirar parecía a la de un cielo en el atardecer:

- Desde hace cinco minutos, sé que los días aquí serán inolvidables - me dijo en voz baja y seductora.

En ese momento pude rescatar mi mano, él seguía sonriendo.

- Señor Vega, Margarita y Rocío estarán a cargo de su habitación; sin embargo, para cualquier cosa que necesite, puede dirigirse al resto del personal y ellos sabrán que hacer; así que mejor lo dejo para que le indiquen donde está su habitación y pueda ponerse cómodo; ¿a qué hora le gustaría cenar? —pregunté finalmente.

- Me da igual -me respondió-. ¿A qué hora acostumbran a comer?

- Cuando no tenemos huéspedes ya a las 8:00 todos estamos comiendo, para poder irnos a descansar temprano.

- Entonces, ¡no se diga más! A las ocho estaré en el comedor "como un clavel" —me respondió sonriendo.

Me despedí y seguí a la oficina mientras al señor Vega lo guiaban hacia su habitación. Me tiré en la silla frente a mi escritorio como si fuese una adolescente, tenía años que no sentía mariposas en mi estómago; recordé como era tener dieciséis años y estar enamorada del profesor de la escuela. Salté de la silla y me paré frente al espejo de cuerpo entero y me detallé: el peinado de la boda estaba un poco desarreglado, pero se veía bien; no tenía una gota de maquillaje en la cara, sin embargo, lucía fresca y lozana.

Seguí mirándome como si estuviese conociendo a una nueva persona: Mis ojos color ámbar, las pestañas y cejas oscuras casi negras, herencia de mi madre; mi cabello todavía mantenía el color natural, avellana rojizo, y ya se asomaban algunas canas; pude observar mi contextura delgada, no era muy alta, nunca fui voluptuosa y todavía los años no habían causado estragos en la redondez de mis senos, quizás porque eran pequeños todavía estaban firmes; seguí recorriéndome y noté que mis brazos y piernas todavía tenían una apariencia saludable y atractiva, se lo atribuí al ejercicio que hacía a diario mientras trabajaba en la posada. "¿Pero ¿qué estoy pensando?", me pregunté, "¿acaso estoy haciéndome un análisis para ver si le puedo gustar al señor Vega? La verdad es que la soledad me está volviendo loca, yo haciéndome ilusiones y a lo mejor es casado, a lo mejor ni siquiera le llamé la atención, a lo mejor… ¿qué me está pasando?".

Cuando salí de mi oficina y me fui a mi habitación, me solté el cabello y me di un baño. Saqué un vestido corto azul celeste, lo sujeté a la cintura con un lazo de cinta blanca, me calcé unas sandalias de tiritas con medio tacón y dejé que mis cabellos rizados se secaran al aire; me maquillé las pestañas, un poco de rubor en las mejillas, un suave color de labios y me puse mi perfume favorito.

Salí de mi habitación y al primero que me conseguí fue a Pepe; asombrado me preguntó si iba a salir, y le dije que no. Al entrar a la cocina para ver cómo estaban los preparativos de la cena, Sagrario me aupó y me felicitó por la vestimenta que había escogido para la cena con el señor Vega y para rematar llegó Thereza y me miró con sus grandes ojos de adivina:

- Mi niña, esa felicidad que traes puesta me parece que no es por Olivia, porque ella todavía no ha llegado, ¿por quién será? -su voz sonaba pícara y con un toque de complicidad.

- ¡Ay, Thereza! -Me sentí descubierta ante su mirada- estoy feliz por lo de Olivia -respondí para salirme del asunto-, imagínate que llegue ahorita y me consiga como una zarrapastrosa, no se llevaría una buena impresión de su mamá, y más con el tiempo que tiene que no me ve…

- Mmm... Entiendo. ¿Cuéntame de tu nuevo huésped? - preguntó Thereza con la curiosidad que la caracterizaba.

- No hay nada que contar, lo recibimos y creo que está en su habitación; bajará a cenar a las 8, espero que nos acompañes, me encantaría que lo conocieras.

- Claro, mi niña, aquí me quedo para acompañarlos y darte el visto bueno —respondió Thereza tratando de ocultar la sonrisa detrás del pañuelo que traía en el cuello.

- Thereza, por favor, es solo un huésped -le dije adelantándome a cualquier comentario inoportuno que pudiera hacer delante del invitado-, tú y tus cosas raras… -Sacudí la cabeza en forma de negación y salí de la cocina, a lo lejos escuché las carcajadas no sólo de ella sino también de Sagrario.

Estaba poniendo un florero en una de las mesas de la sala, cuando escuché la voz profunda del Señor Vega:

- ¡Buenas noches! -saludó-, espero no ser inoportuno.

Apenas di la vuelta vi a un hombre guapísimo parado frente a mí y casi se me sale el corazón; me agarró de nuevo la mano y volví a sentir esa emoción electrizante ahora en todo mi cuerpo. Me quedé sin palabras y en un acto desesperado de cordura sentí que tartamudeaba:

- Ho… Hola, buenas noches, señor Vega.
- Por favor, no me digas señor Vega, dime Cipriano, porque yo no te voy a decir señora Jossie, no acostumbro ser tan formal, así que empecemos a tutearnos y dejemos la formalidad para otros.
- Okey -atiné a contestar recuperándome de la embestida de su

mirada-, está bien Cipriano, como usted diga, perdón... cómo tú digas.

Caminamos hacia el comedor y en ese momento apareció mi hada madrina.

- Cipriano, te presento a mi consejera mi querida Thereza.
- Hola Thereza, es un placer conocerla.
- Gracias Cipriano -Por un momento temí lo que Thereza diría-, para mí también es un gusto.-respondió finalmente.

Mientras esperábamos que nos sirvieran la cena, Cipriano nos contó que venía de un país donde no había respeto por la vida. Había pasado por tantas cosas que con sus experiencias podía escribir un libro. No habló nada de su vida privada.

Cuando finalizamos la cena, le pregunté si quería tomar un té en la terraza.

- Sí, gracias, un té me vendría estupendo para digerir un poco la comida -Mirando a Thereza continuó-, ¿le gustaría acompañarnos?

- Me gustaría, pero no —respondió Thereza—, muchas gracias; ayer tuvimos un evento hasta muy tarde y hoy quisiera retirarme temprano a descansar. Mañana con gusto los acompaño a desayunar y así compartiremos una taza del té especial que hace Sagrario -Entonces me giño un ojo.
- Así será -respondió Cipriano.
- Buenas noches, hasta mañana —dijo Thereza.
- Lo propio -respondimos Cipriano y yo al mismo tiempo; eso nos causó risas.

CAPÍTULO 16

El secuestro

Sagrario llegó con su té y en seguida comenzamos a conversar Cipriano y yo. Una atmósfera de confianza se posó sobre nosotros y le comencé a hablar de mi relación con Luis -el papá de Olivia, de lo que mi abuelo había hecho con Casa Ananda y de mi duda en venderla. Él escuchaba atentamente.

- ¿Para qué vienes a hacer el camino? —terminé preguntándole-. Te lo pregunto, porque casi todas las personas buscan algo especial. Todavía no he hecho el recorrido del camino, pero muy pronto creo que lo haré con mi hija Olivia.

- No soy de perder tiempo -comentó Cipriano y tomando aire prosiguió-, porque no lo tengo de sobra, tengo que vivir el hoy, porque no se mañana. ¿Quieres saber de mí?, te lo diré entonces.

- Con el tiempo he aprendido a no amarrarme a nada, ni a nadie – continuó con esa frase que me generó inquietud-. Tampoco quiero sonar grosero, pero la vida y las circunstancias han hecho de mí una persona sin dobleces: digo lo que pienso y siento en el momento.

Me gustó su sinceridad, así que, fascinada por su determinación, me entregué a una noche que parecía ser especial.

- Me encantaría saber lo que quieres contar de tu vida, no tengo apuro por irme a ningún lado, aquí estoy muy atenta, dispuesta a escucharte.

Después de decir esto, él me miró como si le pareciera extraño que yo pudiera estar interesada en su vida, sin embargo, se puso cómodo en su silla y comenzó a contarme:

- Nací en un país donde la vida era bella, todo era perfecto; hasta que la envidia y las ansias de poder de algunos contaminó el destino de la nación e intoxicó a todas las clases sociales. De ser un gran país, pasó a ser un territorio sin ley; la lucha se hizo sangrienta, no sólo por la falta de comida o medicinas, sino por el irrespeto a la vida. Esa catástrofe empezó hace más de veinte años y creo que no va a parar todavía. Luché mucho, hasta que casi acabaron conmigo.

- Jossie —Continuó Cipriano-, soy casado desde hace veinticinco años, tengo tres hijos, una está casada y los otros dos son estudiantes; todo iba en marcha a pesar de la situación del país, hasta que comenzó la gran diáspora y fui sacando a cada uno de mis hijos para alejarlos de lo que veía venir. La familia se fue desmembrando con la separación, hasta que quedamos mi esposa y yo viviendo con dos perros en una casa grandísima. Cada cierto tiempo salíamos juntos o nos turnábamos para viajar y visitar a nuestros hijos, quienes se encontraban viviendo en diferentes lugares; con el tiempo fueron haciendo sus vidas y estableciendo sus propias familias. Se hacía cada vez más difícil reunirnos; mi esposa Rebeca comenzó a viajar muy a menudo para no perder el contacto con los hijos. A pesar de nuestros esfuerzos por hacer viajes juntos, eso cada vez fue más difícil. Al pasar los años, poco a poco nos fuimos alejando y nos convertimos en amigos; padres de nuestros hijos, abuelos de nuestros nietos, pero nos separamos como pareja.

- A veces coincidimos en casa de alguno de los muchachos —siguió relatando—, pero sólo como amigos. Durante mucho tiempo estuve solo y traté de mantener aquello que fue nuestro hogar; contraté a una persona para que mantuviera la casa limpia y cocinara, pero cuando llegaba a la casa, después del trabajo, ella ya se había retirado, así que siempre comía solo. Busqué en la calle alguna que otra compañía, casi siempre encuentros casuales; sin que eso me diera ninguna satisfacción; al final, la soledad era mi única compañera. Después de un tiempo, tomé la decisión de trabajar menos y tratar de vivir un poco más para mí; ya no quería tener la preocupación de estar pendiente de mi empresa. La razón por la que había construido todo eso ya no estaba y yo ya no lo disfrutaba. Puse en venta la compañía y las propiedades con la intención de irme del país; la situación de inseguridad social y política para ese momento eran insostenible. Logré vender rápidamente todo menos la casa principal, eso era lo único que todavía me ataba; sabía que, si la cerraba y la dejaba sola, el gobierno me la podría confiscar; prefería quemarla antes de que esos desgraciados se quedaran con lo que tanto esfuerzo me costó tener. Así que me mantenía en casa esperando algún comprador, hasta que un día me llamaron y me dijeron que una pareja estaba interesada en ver la casa. Me pidieron una cita; recuerdo que la reunión sería en un día acordado a las 3 de la tarde; la señora que me ayudaba tenía llaves y me dijo que ese día justamente se iría más temprano para una cita médica, así que me quedé sólo en casa. Me distraje viendo la televisión y no escuché el sonido de la alarma de seguridad que se activaba tan pronto se abría alguna puerta. De repente, en un pestañear de ojos, ya tenía dos hombres enmascarados, uno de cada lado, apuntándome la cabeza con sus armas.

—¿Usted es Cipriano Vega? —me preguntaron.

—Sí -les respondí.

—¡Esto es un secuestro!, si se resiste lo mataremos, así que mejor colabore en todo.

Sólo asentí con la cabeza. De inmediato me ataron las manos en la espalda, y los pies no tan apretados para poder caminar cuando me lo pedían. Me vendaron los ojos y me taparon la boca con un adhesivo.

Ahí empezó mi calvario. Cada vez que me preguntaban algo y yo les decía que no sabía, me daban con la culata de la pistola en la cabeza. Me preguntaron dónde estaban mis hijos y mi esposa; y también dónde estaba el dinero de las ventas de mi negocio y mis propiedades. Ahí me di cuenta que todo estaba planeado y que sabían todo de mí.

- Señores, aquí en la casa no tengo nada —les dije-, todo lo tengo en el banco. Si ustedes han investigado mi vida se habrán dado cuenta que siempre estoy solo, así que con la única persona que pueden negociar es conmigo —les dije.
- Señor Vega, creo que usted no ha entendido la situación, esto es un secuestro y queremos un rescate; va a tener que darnos algún teléfono para que podamos negociar su entrega, si no conseguimos el dinero lo mataremos —me dijeron

mientras me apuntaban con el arma—. Si no se apuran sus familiares, lo que viene es malo para usted.

Unos segundos después de sentir un pinchazo en el cuello ya no supe de mí. No sé cuántas horas o días estuve inconsciente, lo que sí recuerdo es que cuando me desperté estaba en algo parecido a un granero; eran como unas cuadras de caballos convertidas en celdas. No podía ver bien y poco a poco se me fue aclarando la vista. Fui detallando lo que estaba alrededor; por las voces supe que no estaba solo, lo que no sabía era si se trataba de otros secuestrados o de los secuestradores. Cada vez que sentía que alguien se acercaba me hacia el dormido para escuchar lo que decían, de esa forma tratar de identificar lo que hacían y dónde estaba.

Por más que aguanté tratando de hacerme el dormido, las ganas de orinar no me dejaron, así que tuve que pararme, y me di cuenta que para ese momento no estaba atado. Tan pronto escucharon el ruido que hice al pararme mis raptores se acercaron.

- Qué bueno que el señor se despertó, ya estábamos preocupados pensando que creyera que estaba de vacaciones. Es hora de trabajar, aunque ya adelantamos algunas diligencias y sus familiares ya saben que para verlo otra vez con vida tienen que pagar una bella suma de dinero —me dijeron en tono de burla, los secuestradores.

Pasaron muchos días, sólo me daban de comer una vez al día; entre el cansancio, la tristeza y el hambre, lo que hacía era orar y dormir, hasta que un día se asomó en la puerta de mi celda uno de los secuestradores a informarme que nos íbamos.

- ¿Nos vamos, a dónde? –le pregunté.
- Sí, nos vamos —me respondió—, pero no vas para tu casa, en tu casa no te quieren. Así que tenemos unos amigos que dicen que ellos sí tienen una manera de cobrar por tu cabeza: te vendimos a una banda en otro país.

- ¿Qué día es hoy? —le pregunté.
- ¿Para qué quiere saber el señor que día es hoy? Si a ti te debe dar igual, hoy es cualquier día, total, mejor que vivas cada día como venga, por qué mañana quién sabe… —me respondió con ese insoportable tono burlón.
- Necesito saberlo, ¡es lo único que pido! — le rogué.
- Bueno, déjame ver —me dijo y buscó con la mirada a uno de sus compañeros—. Piquijuye, ¿qué día es hoy? —gritó.
- Hoy es 14 de junio, —respondió el tal Piquijuye.

Me di cuenta que tenía diecinueve días secuestrado. Me preguntaba a mí mismo con quién habrían hablado. Me vendieron a otro grupo, ¿ahora qué sería de mí? Eso era lo único que pasaba por mi cabeza.

Al día siguiente me despertaron cuando todavía estaba oscuro; me taparon la cabeza y era tanta mi debilidad que ni ganas de caminar tenía; ellos lo sabían, por eso ni siquiera me ataron las manos.

La diferencia entre este traslado y el anterior fue que no me durmieron; esta vez no era el único al que estaban movilizando; escuchaba a otras personas diciendo que los soltaran y suplicando que los mataran porque ya no podían más. También escuché cuando los golpeaban porque no querían caminar o para que se callaran.

Nos montaron en una especie de camioneta de carga y nos encerraron allí adentro; cuando el vehículo comenzó a moverse me quité la bolsa de tela que tenía en la cabeza y pude ver que conmigo había cuatro personas más. Mientras duró la odisea, hubo momentos en que cada quién tuvo su turno para llorar.

- ¿Estas cansada Jossie? —me preguntó Cipriano—. Desde que empecé a contarte mi historia, no has articulado palabra.
- No —le dije — esta es la historia más increíble que he escuchado en

mi vida. Por favor sigue, ¿y qué pasó después?

- Estuve secuestrado con el nuevo grupo cuatro meses. Luego intervino el gobierno: como estuve involucrado en la política opositora y al ver que podían involucrarlos con mi secuestro trataron de negociar. Mi secuestro se hizo una noticia internacional. Hubo momentos en que pensé que me matarían. La situación se les fue saliendo de las manos. Un día uno de los raptores me despertó, me dijo que iríamos a dar un paseo; en ese momento pensé que ese sería mi último día. Recordé lo que me había dicho mi primer captor, "cada día es tu último día". Así que me encomendé a Dios, pedí mentalmente perdón a todos los que de una forma u otra pude haber hecho daño y hasta me perdoné a mí mismo por dejarme llevar muchas veces por el ego y el qué dirán sin pensar en lo que me hacía feliz. Seguimos caminando bosque adentro, yo iba adelante y el secuestrador detrás de mí:

- ¡Detente!, escucha muy bien lo que tienes que hacer, debes seguir caminando sin mirar hacia atrás, si veo que volteas te mato.

Sin creerlo, comencé a caminar como me dijo, no miré atrás. Cada paso que daba, me imaginaba que todavía estaban apuntándome y que en cualquier momento me dispararían.

Caminé alrededor de tres horas. Hubo un momento que casi me di por vencido; pensé que quedaría atrapado en el bosque y cuando ya casi estaba sin fuerzas, a lo lejos, como un milagro, divisé un claro y al llegar allí escuche los motores de unos vehículos que pasaban cerca.

En ese momento dentro de mí despertó una fuerza inmensa y corrí desesperado hasta el medio de la carretera y al verme con los brazos levantados haciendo señas el chofer de un camión se bajó y me preguntó quién era. Le dije mi nombre y que había estado secuestrado; me ayudo a montarme en su camión me dio una manta, agua y me llevo al primer pueblo que consiguió para dejarme en la estación de policías. Me llevaron de allí a un hospital, y cuando ya tenía un poco más de fuerzas me regresaron de nuevo a mi país. Mi foto salió en todos los periódicos.

Ya en mi casa, estaban todos allí, mis hijos y mi esposa, quienes me contaron toda la odisea que tuvieron que vivir para negociar y presionar el gobierno de mi país para que los ayudaran con mi rescate. Nunca pudieron llegar a completar la millonada de dinero que pedían, sólo pudieron lograr entregar una parte y el gobierno de mi país negoció a su manera.

Durante mi cautiverio me sostuve sólo de la fe. Es lo único que te hace que respires y abras los ojos cada día, aunque no sepas ni la fecha, por eso fue que te dije que yo vivo el hoy, y si mañana existe bienvenido.

En cuanto a mi familia, después de mi regreso cada quien siguió con sus vidas; mis hijos con sus familias y mi esposa viviendo por temporadas en casa de algunos de ellos. Como diría Facundo Cabral, "Yo no soy de aquí, ni soy de allá", soy de donde me toque, creo que no podría estar mucho tiempo en un solo lugar.

Para responder a tu pregunta de por qué estoy hoy aquí, te diré que algo me decía que iba a conocerte y también me han hablado mucho del Camino de Santiago. Decidí hacerlo para soltar muchas cosas que sin querer tengo arraigadas en mi corazón. Quiero caminar por los senderos, los bosques y sanar el trauma que me dejó el secuestro. Quiero que la naturaleza me brinde esa paz que perdí

CAPÍTULO 17

Mirada de cielo atardecer

- Jossie —pronunció mi nombre seductoramente-, creo que por hoy ha sido suficiente, me voy acostar, comenzaré la caminata en dos días, así que tendremos un poco más de tiempo para conocernos mejor. Pero antes de irme acostar, quiero darte un beso.

Dicho esto, se acercó, puso mis mejillas entre sus manos y me dio un beso profundo, tan divino y placentero, que se despertó en mí la magia del deseo y las ganas de decir sí a todo. Sentí que estaba encerrada en una burbuja de melodiosas pasiones. Cipriano poco a poco se fue separando de mí, y yo seguía con los ojos cerrados.

- ¿Quieres que nos vayamos a dormir juntos en tu cuarto? —me preguntó.

En ese momento pensé "¿por qué no me lleva de la mano para donde él quiera?, pero no, es muy pronto". Quería darle una respuesta madura, pero no podía pensar claramente. La verdad es que moría por estar con él.

- No Cipriano —le dije tratando de recuperar la compostura—, me encantó que nos besáramos, pero mejor esperamos un poco. Gracias por esta velada tan especial.

Caminamos hacia el pasillo que daba a las habitaciones, él se fue hacia su cuarto y yo hacia el mío. Cuando llegué a mi habitación me tiré en la cama, me sentía feliz, como colegiala con su primer enamorado; tenía una sonrisa que no podía ocultar y el corazón galopando a cien mil por hora.

De repente escuché que la puerta se abría: Cipriano había venido. No me preguntó si podía entrar, yo tampoco se lo impedí. Sin hablar se acercó, me levantó con fuerza, me apretó contra su pecho y me volvió a besar.

Sus besos eran más apasionados, no podía creer que el príncipe con mirada de cielo atardecer había venido a robarme el aliento.

Cipriano estaba en mi cuarto, en mi cama, dispuesto hacerme suya... Cada minuto de la noche se llenó de pasión desenfrenada; sin tapujos, sin limitaciones, éramos simplemente dos desconocidos explorando y exaltando los puntos que nos hacían rendirnos en las manos del otro. Cada uno sabía dónde tocar, donde acariciar. Cada rincón de nuestros cuerpos se deleitaba en el fuego más íntimo de la pasión. Yo sólo sabía que quería más. Deseaba entregarme por completo y lo necesitaba dentro de mí.

- Todavía no —me dijo entre susurros-, necesito tocarte hasta donde no puedas más, déjame llevarte al infinito que yo voy contigo… -Sus manos seguían la búsqueda y su lengua dejaba rastros en todo mi cuerpo.
- ¡No puedo más, por favor, te necesito! -le supliqué.

Quedé sumergida en su respiración acelerada y los latidos de mi corazón. Él era lo que necesitaba, supo despertar en mí la pasión que tenía dormida. Recordé lo que me dijo al conocernos: "no se mañana, pero hoy viviré lo que me toque y así cada día como si fuera el último.

§

Amaneció y nosotros sin dormir. Cada vez que nos envolvíamos entre las sabanas la entrega era más sublime. Qué hermoso fue amar su virilidad y sentir su fuerza. Lo demás no existía.

La realidad de la posada volvió cuando comencé a escuchar los trastos en la cocina y los pasos del personal en sus actividades cotidianas. Nadie me tocaba la puerta para levantarme, pero como siempre hay una excepción ese día lo hicieron.

- Señora Jossie -me llamó Margarita desde el otro lado de la puerta.
- Dime Margarita, ¿qué pasa? - respondí sobresaltada.
- Señora, disculpé si la desperté, hace un rato fui arreglar el cuarto del señor Vega y creo que no durmió anoche en su cama, ¿usted sabe si se fue a la caminata desde anoche?

Miré a Cipriano, estaba todavía dormido, no sé si era más bello así o cuando estaba haciéndome el amor. No quería despertarlo, quería que siguiéramos, así como estábamos, solo él y yo.

- Margarita, hoy no me siento bien, creo que algo me cayó mal, pero no te preocupes que voy a descansar aquí en mi cuarto toda la mañana. En cuanto al señor Vega, me comentó que regresaría hoy en la tarde, así que no te preocupes. Por favor dile a Sagrario que no voy a desayunar y que me quedaré aquí a descansar.

- Está bien señora, ya se lo comunicaré a Sagrario.

Dicho esto, volví a admirar a mi príncipe de mirada de cielo atardecer. Tenía una espalda musculosa con algunas cicatrices. Fui recorriéndolo todo con mis dedos. El color bronceado de su piel parecía arena dorada; sus brazos y piernas fuertes, bien torneadas; y su olor, ¡qué delicia su olor!, llevaba una fragancia como una mezcla de cedro y bergamota.

Vi cómo se iba despertando. No queríamos ni comer, ni separarnos, no queríamos que la realidad nos diera en la cara; queríamos disfrutar un poco más de nosotros dos. Así pasaron las horas hasta que al mediodía Sagrario tocó mi puerta

- Jossie, ¿estás bien?, ¿quieres que te traiga algo para almorzar?, no has comido nada en toda la mañana. Margarita me dijo que habías pasado mal la noche, y por eso te hice un caldo de gallina, de esos que reconfortan el estómago.
- Gracias Sagrario -le dije desde la cama-, por favor, si puedes acompáñalo con unos panes tostados de esos que siempre tienes para mí.
- En seguida lo traigo Jossie.

Cipriano y yo nos levantamos de la cama, él se fue al baño y yo puse una bata sobre mi cuerpo desnudo. Desde la noche anterior, lo único que me había arropado era el cuerpo de mi amado.

Pasados unos minutos ya estaban Sagrario y Rocío en la puerta de mi habitación, me entregaron una bandeja con un tazón grande de sopa, una cesta con diferentes tamaños de pan tostado y mantequilla, una jarra de té y dos vasos, eso me extrañó, pero me hice la que no entendí.

- Doña Thereza preguntó por ti -dijo Sagrario-. Te dejó dicho que hoy saldría para el pueblo vecino y que regresaría mañana, que no te preocuparas; la llamaron porque hay alguien que necesita de su ayuda, así que se quedará a dormir por allá. Regresará mañana en la tarde para cenar contigo… y el señor Vega.

Me dirigí entonces hacia el baño para decirle a Cipriano que podía salir, me tomó por el brazo y juntos nos metimos en la ducha, allí nos bañamos y volvimos hacer el amor.

Ya sentados en la cama y enrollados en toallas, nos dispusimos a tomar la sopa, la cual nos devoramos. Luego recogí la bandeja y la puse en la parte de afuera de mi cuarto para que cuando pasaran algunas de las muchachas la recogiera, regresé a mi cama y nos acostamos a descansar, esta vez sí nos quedamos dormidos.

§

Cuando desperté ya estaba anocheciendo y Cipriano no estaba a mi lado. Me volví a poner la bata, me lavé la cara lo más rápido que pude, salí del cuarto y me dirigí hacia la cocina siguiendo el murmullo de voces, al entrar vi a Sagrario sirviéndole un té a Cipriano y recogiéndole unos platos, él estaba muy vestido y arreglado como para a salir.

- Buenas noches, me dijeron los dos
- Buenas noches, respondí.
- ¿Cómo se siente? -me preguntó Cipriano—. Llegué hace un rato y me comentó Sagrario que estuvo en cama todo el día, ¿qué sería lo que comió, que le cayó mal?, ¿sería exceso de algo? -dijo con picardía.
- Ven Jossie, -me dijo Sagrario—, te puedo dar otro plato de caldo.

Me senté frente a Cipriano, mientras me tomaba mi taza de té y esperaba mi caldo.

- Cipria..., señor Vega, ¿ya comió? - pregunté.

- Sí, claro, Sagrario quería servirme en el comedor, pero no acepté, ya que no me gusta comer solo, así que le pedí comer aquí en la cocina en su compañía. Quería preguntarle Jossie, ¿quisiera acompañarme al pueblo?

- Creo que me sentará bien una caminata —le dije tratando de ocultar la emoción-, así estiro las piernas y el aire fresco me reconfortará.

Terminé el caldo y me levanté.

- Voy a vestirme y en unos minutos nos vamos, ¿le parece?

- Perfecto, te espero —me contestó con un guiño.

Me tomó diez minutos bañarme y vestirme; el cabello lo dejé suelto y mojado, apliqué sólo un poco de rubor y brillo en los labios. Agarré mi bolso y salí, Cipriano me esperaba sentado en la terraza en mi butaca de retazos. Al verme sonrió e hizo un gesto de aprobación con la cabeza. Yo embelesada lo vi y pensé: ¡Tus ojos me derriten!

Me dio paso para salir y empezamos a caminar por la vereda hacia el pueblo. Nos conseguimos a la señora Carmen con Roco y a su compañero fiel Tío.

Casi todo estaba cerrado, así que sólo dimos unas vueltas por la plaza.

Allí volví a ver aquella extraña estatua que me recibió el primer día que llegué al pueblo. Recordé que todavía no había preguntado quien era ese personaje. En ese momento sentí cierta familiaridad hacia el personaje y por supuesto más curiosidad por saber quién era.

Camino de regreso a la posada, Cipriano se paró frente a mí.

- Jossie, tengo que decirte algo.
- ¿Qué pasó? -le respondí.
- Nada que no puedas entender. Hoy quiero contarte algunas cosas que

no te he dicho y necesito que conozcas de mí.

En ese momento sentí que el camino donde estaba se había vuelto resbaladizo, casi no podía sostenerme en pie.

Cipriano me abrazó y comencé a temblar, no quería que viera que intuía malas noticias.

Fuimos caminando en silencio hasta la casa; hubiese querido que el trayecto fuese más largo. Al llegar a la posada me detuve por un instante delante del portón azul, no quería atravesarlo y perder la conexión que traía con Cipriano.

Pasamos a la terraza y me senté en mi butaca de retazos, Cipriano arrimó una silla y la puso muy cerca a mí.

- Jossie, sé que es muy pronto —dijo tomando mis manos,—, sólo tenemos horas de habernos visto por primera, pero quiero decirte que me estoy enamorando de ti.

Mi reacción al decirme esto fue abrazarlo y llorar.

- Jossie, necesito que te calmes, quisiera terminar de decirte algo importante y así tú tomaras la decisión de lo que sea mejor para ti -continuó mientras me veía a los ojos-. Como te conté ayer, no soy un hombre libre, sabes que tengo esposa e hijos. Debo volver y arreglar algunas cosas. Jossie, ¿aceptas esperarme?, ¿aceptas casarte conmigo? -terminó diciendo.

- ¡Sí! -respondí y lo besé.

Me llevó de nuevo a mi cuarto. Dormimos abrazados como si no nos pudieran separar jamás.

§

Al amanecer desperté y nuevamente estaba sola en la cama, pensé que Cipriano estaría sentado en la cocina con Sagrario. Me levanté con toda calma, me puse mi bata, me sentía plena de felicidad. Al entrar a la cocina me extrañó sólo ver a Sagrario y a Rocío escuchando la radio.

- Buenos días —dije.

- Buenos días —me respondieron las dos.
- Sagrario, ¿sabes si el señor Vega se despertó?

- Sí Jossie, él se levantó muy tempranito, recogió sus cosas y se despidió; por cierto, me dijo que te había dejado una carta en tu oficina.

En lo que Sagrario me dijo eso, sentí que mi corazón se detuvo.

Bajé a mi oficina y conseguí la carta en mi escritorio. En ese momento no sabía si abrirla, sentía que no iba a ser bueno lo que leería allí. Me senté, respiré profundo y abrí la carta.

CAPÍTULO 18

La carta

Amada Jossie

Al estar lejos de tus brazos se me hace un poco más fácil escribirte esto.

Primero te agradezco que me hayas hecho volver a creer en el amor, gracias por confiar en mí y entregarte sin pedir nada. Quiero que sepas que dejo mi corazón a tu lado, que cuando quieras estar conmigo sólo huele la almohada en la que reposé.

Me voy sin despedirme, porque sé que no hubiese podido hacerlo frente a frente. Sé que el camino de la vida nos volverá a unir.

Quiero confesarte algo: sufro una enfermedad. Estamos dando la batalla para vencerla, pero todavía no podemos cantar victoria. Mi pedido al Camino de Santiago ha sido lograr conseguir mi cura. Ya me brindó otra oportunidad para el amor, esa eres tú.

Te dije que hoy era el día de vivir intensamente, por qué mañana no sabemos.

No te pido que me esperes. Luego de vencer esta enfermedad te buscaré para entregarte finalmente mi corazón. Cuando veas cada luna llena sabrás que mi pensamiento está a tu lado.

Tuyo siempre, Cipriano V.

§

Mis lágrimas caían en la carta, las letras eran borrosas. La leí varias veces para estar segura de que era cierto: Cipriano se había ido.

Doblé la carta, la deje sobre mi escritorio y salí de mi oficina; mientras caminaba hacia el patio me conseguí a Pepe. Sé que me habló, pero no lo escuché, mi mente repetía lo que Cipriano me había escrito. Fui hacía mi poltrona de retazos y me quedé allí esperando a que llegara Thereza. Llegando la noche ésta apareció; me abrazó y yo me desplomé en llanto.

- Se fue, ¿verdad?
- Sí -le respondí.

- Vamos a ver mi niña, primero debes tranquilizarte un poco, y luego me cuentas qué pasó, así podré ayudarte.

Me paré, caminé hacia mi oficina y traje la carta que me había dejado Cipriano.

- Toma, y léela.

Thereza la leyó y me la entregó devuelta.

- Jossie, lo único que puedo decirte ahora es que vivas tu dolor. Solo el tiempo te ayudará a mitigarlo. Me quedaré aquí cuidando de ti, esa es mi misión, se lo prometí a tu abuelo.

Yo la observaba sin verla, lo único que quería era llorar y que alguien me consolara. Dejé que Thereza me cobijara entre sus brazos.

En varias oportunidades Sagrario y Thereza me hicieron tomar un preparado con sabor muy suave y dulce que desprendía un agradable aroma a flores; eso me fue relajando y así me llevaron a mi cuarto y me acostaron.

Amaneció y el sol brindó su luz por la ventana de mi cuarto. Al despertarme vi a Thereza arropada en una poltrona al lado de mi cama; dormía como un ángel y no quise despertarla. Me metí en el baño, dejé que el agua se llevara mis lágrimas.

§

No sé cuánto días pasaron. Cada amanecer encontraba a Thereza a mi lado cuidando mi sueño. Hasta que una mañana ésta no estaba, en su lugar estaba mi niña, mi querida hija. Extrañada pensé que era una ilusión de mi mente, pero no, pronuncié su nombre y ella me mostró su hermosa sonrisa.

- Mamá, ¡aquí estoy!

CAPÍTULO 19

El camino

Traté de reincorporarme para abrazar a Olivia, pero no pude, estaba muy débil; ella al verme en ese estado de inmediato llamó a Thereza que estaba afuera.

- ¿Viste mi niña? —me dijo Thereza—. Dios no te desampara, mira quién llegó a darte amor.
- ¿Hija, desde cuándo estás aquí? ¿Cuánto tiempo tienes que llegaste? —pregunté—. Mira como consigues a tu madre.
- Por ahora no te preocupes por eso, ya Thereza me contó lo que sucedió, ahora lo importante es que te recuperes. Vengo con una proposición, cuando estés lista haremos juntas el Camino de Santiago; siento que es lo que ambas necesitamos.

Entre Olivia y Thereza me ayudaron a levantar; Sagrario ya estaba preparándome el baño. Después de arreglarme un poco me dirigí a la cocina. Me sirvieron un plato especial que según Sagrario era hecho para fortalecerme. Creo que funcionó pues salí con más ánimo. ¿Sería la comida o la llegada de Olivia?

A partir de ese día la alegría empezó a florecer en mi alma. Aunque Olivia seguía tratándome con cierta distancia, sentía que algo se estaba suavizando su interior. Lo notaba en su mirada. Llegamos a un acuerdo tácito de evadir por un tiempo el hablar de lo que tiempo atrás se convirtió en un punto incontrolable de combate entre ambas.

Mi vida se había detenido durante dos semanas, ahora lo recuerdo como un paréntesis, como si hubiese mordido la manzana de la bruja. Estaba agradecida con todo el personal que siguió adelante con la posada como si yo hubiese estado al frente.

Cada vez que veía a Olivia, observaba como había crecido, aún conservaba su cara de niña, su cabello negro azabache, sus ojos ámbar como los míos, su piel como una porcelana; no era muy alta, delgada y bien proporcionada. Era hermoso lo que Luis y yo habíamos logrado en ella.

Ya estaba mucho más recuperada, algunas noches me sentía acongojada, pero cada vez eran menos. En los días de luna llena, me sentaba en mi poltrona de retazos y lloraba la ausencia de Cipriano.

Una noche de luna llena tuve la sensación de que él podría escuchar mis pensamientos por medio de ella.

Saqué una manta de color azul del salón, busqué una vela blanca y un poco de incienso; pasé por mi cuarto, recogí la almohada de Cipriano -había prohibido que la lavaran-; salí al patio, caminé hasta encontrar un lugar apartado de la casa donde la luz de la luna llegaba con su más hermoso esplendor. Allí extendí en el césped la manta, prendí la vela y los inciensos, me acosté y descansé mi cabeza sobre la almohada. Con su olor me transporté y hablé con la luna:

"Luna, tú que sabes dónde está y lo cubres con tu luz, dile que lo amo, dile que estoy aquí esperándolo con los brazos abiertos".

A medida que pasaba el tiempo, iba perfeccionando mi ritual: la siguiente vez me vestí de blanco haciendo honor al color de la luna, otro día le pedí a Thereza que me preparara una esencia de cedro y bergamota -el perfume de Cipriano-. Cada vez que la luna estaba llena, todos en la casa se paraban para ver con qué ceremonia nueva saldría. En varias ocasiones, Thereza y Olivia me acompañaron; compartimos ratos amenos, por un momento sentí que mi hija había olvidado su molestia hacia mí, reímos e hicimos que los rituales tuvieran una magia especial.

§

Una mañana al levantarme, estaba Olivia en la terraza desayunando y me invitó a sentarme con ella.

- Mamá —me dijo—, ahora viendo lo que has hecho en la posada entiendo por qué el abuelo Eduardo te entregó su legado. Ya es hora de marcharme, pero quiero antes de irme hacer el Camino de Santiago contigo. Vamos a prepararnos para caminar los ciento veinte kilómetros que se requieren para hacernos merecedoras de la Compostela.

- Mi niña, sí, es hora de hacer la caminata, acepto la propuesta. Voy arreglar las cosas aquí en Casa Ananda, me imagino que en una semana podremos salir, de esa forma me dará tiempo regresar para estar presente en el parto de Rocío, que por los números y la predicción de Thereza será como dentro cuatros o cinco semanas.

Dicho esto, me levanté, llamé a Sagrario y a Pepe, les comuniqué mis planes de hacer el camino con Olivia. Arreglamos todo de manera que ellos pudieran cubrirme, mientras estaba ausente.

- No te preocupes —me dijo Sagrario— aquí todo seguirá funcionando igual que si estuvieras aquí.

Al conseguirme con Thereza le expliqué lo mismo y se alegró muchísimo.

– Mi niña amada —me dijo—, qué alegría que ya estés preparada para recorrer el camino. Todos aquí cuidaremos de tu posada.

§

Así fueron pasando los días, Olivia y yo practicamos caminando con diferentes tipos de tenis para llevarnos los más cómodos.

Olivia compró unos bastones de madera que nos servirían como soporte en los tramos más complicados; a dicha varas les pusimos nombres, ya que se convertirían en nuestros mejores aliados; la mía la llame Cachiporra y Olivia llamó a la de ella Canuto.

Teníamos que llevar un morral liviano, por lo menos con dos o tres mudas de ropa y algunas cosas de higiene personal. Por comida y bebida no nos preocupábamos ya que durante la travesía había albergues donde podríamos descansar, comer y tomar algo.

§

Llegó el día esperado, por fin íbamos a realizar el Camino de Santiago. Nos levantamos muy temprano, habíamos preparado todo lo que llevaríamos. Salimos muy animadas.

Cada una se colgó su morral en la espalda, yo agarré a Cachiporra y Olivia a Canuto. Al salir por el portón azul Morado nos encomendamos a Dios; aunque estábamos preparadas, la ansiedad por lo desconocido se hacía sentir.

Saliendo del pueblo, comenzamos a ver las flechas amarillas que señalaban el camino. Cada cierto tiempo nos encontrábamos con los *mojones* que señalaban los kilómetros que faltaban hasta la ciudad de Santiago de Compostela.

No hicimos ninguna parada durante las dos primeras horas de caminata. Fuimos divisando unos molinos, nos encontramos con sus estructuras impresionantes. Les llamaban Los molinos de la Sierra del Perdón.

Escuchamos a unos peregrinos que pasaban y comentaban que era un buen día para atravesar esa parte del camino, porque cuando el viento es intenso podría convertirse en un tramo muy estresante.

- Sigamos -le dije a Olivia-, ya que no quisiera que el señor viento le dé por enseñarnos algo que no quiero aprender.

Olivia se reía por mi comentario. En ese momento sentí el efecto del Camino de Santiago en ambas. Sentía que el amor entre madre e hija se estaba reconstruyendo. Así seguimos adentrándonos al bosque por el camino señalado.

Algunos trayectos los caminábamos juntas y otros cada quien lo hacía sola; nunca nos dejábamos de ver, pero sí había momentos de espacios entre las dos: sé que era parte de lo que representa el camino, haces comunión contigo misma y reflexionas en lo que quieres hacer en un futuro.

Durante la caminata nos paramos en varios lugares a descansar y compartimos con otros caminantes, era una fiesta cada vez que hacíamos una parada y llegaba alguien, algunos adoloridos por alguna ampolla o torcedura de tobillo, sin embargo, la buena energía se compartía y todos estaban dispuestos a ayudarse en lo que sea necesario.

Ya casi cuando el sol estaba por retirarse comenzamos a buscar una posada para pasar la noche; cuando entramos a la primera, llamada Retorno, estaba llena, así que nos dirigimos hacia la siguiente cuyo nombre era Arropao. Si no conseguíamos plaza allí no sabía dónde dormiríamos. Recordé la experiencia de Thereza cuando durmió a la intemperie y me sentí más confiada, el camino nos protegería.

Afortunadamente nuestra preocupación se esfumó, ya que sí había disponibilidad. Pedí dos camas, una para Olivia y una para mí; el personal fue muy servicial, al instalarnos nos ofrecieron algo de tomar y de comer, yo estaba tan cansada que no quise.

Entramos al baño para asearnos y prepararnos para dormir, el día había sido agotador; caminamos aproximadamente diez kilómetros, pero estábamos satisfechas con lo que habíamos logrado.

- Buenas noches hija, que descanses – le dije a Olivia sin percatarme de la presencia de los otros peregrinos.
- Buenas noches —respondieron en coro los demás peregrinos, lo que me dio gracia, aunque me sentí apenada por incomodar su descanso.

§

Nos levantamos antes del amanecer y salimos con el rocío. Caminamos por senderos y parajes donde los paisajes parecían pintados a mano.

- Mamá, esto es tan bello que pareciera que Dios descansó aquí el día que terminó el mundo, esto no tiene comparación con nada. Siento que hacer esta peregrinación contigo es lo que mi alma necesitaba —comentó Olivia.

Así fuimos haciendo el recorrido día tras día: nos reímos, lloramos de cansancio, hablamos, peleamos, nos abrazamos, y nos emocionábamos cada vez que veíamos algo que nos impresionaba.

Mientras nos encontrábamos sentadas a la orilla de un riachuelo, tomé la iniciativa de hablar de lo que tanto nos costaba enfrentar; el único tema que nos alejaba. Quería aprovechar la paz del lugar y la comunión que las dos habíamos recuperado durante este viaje.

- Olivia, quiero que aclaremos la contrariedad que nos ha perseguido durante tantos años. Muchas veces me has reclamado que no hice nada por mejorar la relación tuya y de tu padre. Cuando Luis y yo tomamos la decisión de separarnos, quedé a cargo de tu cuidado, ya que para Luis el divorcio fue una liberación de responsabilidades. Al principio, traté de obligarlo para que compartiera contigo algunos días, además del dinero que tenía que aportar, pero estos se fueron haciendo cada vez más esporádicos. Al regresarnos a casa de tus abuelos, tomó como excusa la distancia y no hacía ni el más mínimo esfuerzo para verte. Me canse de pedirle, de suplicarle que tú necesitabas de él. Me dolía verte llorar de decepción cuando te prometía que iría a verte y lo esperabas hasta entrada la noche y él nada que aparecía. Eso no lo soportaba y lo llegue a odiar. Nuestras discusiones se fueron haciendo intolerantes hasta que lo obligue que no te buscara más, que se olvidara de ti. Esta es la verdad por la cual tú no compartiste más con tu padre. Quizás fue egoísmo de mi parte decirte que se había ido para otro país a trabajar y por ello no lo veías. Olivia, hoy día sé que no supe manejar la situación y quiero pedirte perdón.

– Mamá, gracias por aclarar esta situación que tantas discusiones nos ha traído. Hoy en día sé que tu intención no fue mala, y mucho menos egoísta. Sin que supieras tuve la oportunidad de buscar a mi papá y en varias ocasiones nos vimos y también fueron muchas las que no apareció. Las veces que compartimos pude comparar cosas que escuché de ti y lo que escuché de él. Me di cuenta que él no es un hombre malo, pero si equivocado. No supo aprender a ser esposo y padre. Mamá, gracias por sanar ese eslabón entre nosotras que habíamos perdido. No hay nada que tenga que perdonarte, porque sé que has hecho lo mejor que has podido.

Continuamos disfrutando el recorrido, ahora más animadas liberadas de la tensión que soportábamos antes, compartimos con personas desconocidas, ayudamos a algunos y otros nos ayudaron a nosotras. Nos conseguimos con rebaños de ovejas o con ganado arreado por perros.

Así fue que anduvimos más de ocho pueblos por de más de cien kilómetros.

Siempre conseguimos donde dormir y comer, no teníamos que preocuparnos por nada, el camino te servía lo que necesitaras.

§

Por un momento me detuve a pensar que iba a terminar el camino y no había sentido la conexión de la que tanto hablan, ¿sería que no era digna de sentir en mi corazón a Dios?

Olivia seguía caminando distraída unos cuantos pasos delante de mí. Hasta ese momento habíamos atravesado riachuelos y montañas, y todo lo habíamos logrado sin ni siquiera caernos; esto se lo debemos a nuestros fieles bastones Cachiporra y Canuto.

Faltando pocos kilómetros para llegar a nuestro destino, nos conseguimos un cerro muy alto. Me impresionó lo que me faltaba por caminar, mis manos me comenzaron a sudar mojando a Cachiporra quién parecía también llorar.

- ¿Mamá, viste esa montana? —señaló Olivia-, creo que tendremos que demostrar que somos fuertes.

Ante tal actitud y determinación de mi hija, no me quedó más remedio que acompañarla en su energía.

- ¡Claro hija! esto no es nada para nosotras, hemos podido con situaciones mucho más difíciles.

A pesar del temblor en las manos, agarré con fuerza a Cachiporra: "Vamos amigo, no me abandones en estos momentos", le susurré.

Comenzamos a subir y yo iba a paso de tortuga.

- Mamá, voy a imprimirle velocidad. Te espero allá arriba, pero no te apures, toma tu tiempo, que yo te esperaré el tiempo que necesites. Prefiero salir de esto de un solo aventón.

No esperó ni que le respondiera, de una vez empezó su rápida subida. En un abrir y cerrar de ojos se fue perdiendo en las curvas del camino hacia la montaña y yo cada veinte pasos me paraba y hacia ejercicios de respiración. Sentía que a Cachiporra y a mí esa montaña nos había agarrado muy cansadas.

Para llegar a la cima, la ruta iba cambiando; atravesé veredas y riachuelos, tuve que adentrarme en el corazón de la montaña; sin embargo, la perfecta señalización me iba indicando hacia dónde ir.

Después de haber subido un buen trecho, mis piernas me estaban pidiendo descanso; traté de buscar donde sentarme.

Me encontraba en un bosque con muchos árboles, los rayos del sol pasaban entre ellos haciendo un juego de luces que me hacía sentir tranquila.

No muy lejos pude ver unas piedras ubicadas bajo un árbol milenario. Era un roble, hermoso, fuerte e imponente.

Llegué hasta las piedras y me senté en una de ellas; la sombra del árbol arropaba todo el espacio, sin embargo, se filtraban rayos de sol entre sus ramas.

Pese a estar sola no me dio miedo, todo lo contrario, sentí una paz suave y agradable. Una sensación extraña me abrazó con calidez, sentí que Dios estaba a mi lado. No supe si fue un

sueño o un breve adormecimiento, pero
recuerdo que a mi lado había una luz y
desde esa luz emanaba una suave brisa.
Cerré los ojos para dejarme acariciar y
mientras estaba en estado de meditación,
escuché una voz.

- *Hola, Jossie, sólo quiero decirte*
  que tu vida es bendita, y debes
  vivir tranquila. No te opongas a lo
  que viene, nunca te abandonaré.
  Debes estar pendiente de los
  mensajes, yo te hablo en el
  silencio y debes saber interpretar
  lo que te envío. Te bendigo.

La luz se fue desvaneciendo poco a poco.
De repente sentí que me sacudieron por
los hombros y volví en mí; eran unos
peregrinos que al verme allí pensaron
que estaba durmiendo y se preocuparon ya
que en pocas horas oscurecería.

Lo que sentí fue tan real que no creo
haberme dormido, estoy segura que lo
viví.

Los peregrinos esperaron hasta que me
reincorporé al camino, no querían
dejarme sola, de todas maneras, ya el

recorrido que faltaba para llegar era corto. Decidí apresurar el paso ya que Olivia estaría esperando por mí. La paz que tenía por dentro era genuina. Había logrado mi anhelada conexión con Dios.

Por fin llegué a la cima. Olivia estaba esperándome con un chocolate caliente. Unos minutos después ya estábamos frente a la catedral de Santiago de Compostela.

- ¡Por fin, llegamos! ¡Lo Logramos, mamá! —gritó Olivia, acostándose de largo a largo en la Plaza del Obradoiro frente a la catedral.
- ¡Vamos hija! ¡Vamos a entrar! —le dije emocionada.

Olivia seguía acostada bocarriba en el piso con los ojos cerrados, al verla así tan relajada recapacité y me acosté a su lado.

Pusimos a Cachiporra y a Canuto a un lado y nos quedamos viendo al cielo por un largo rato.

§

Pasado un rato entramos a la imponente catedral de Santiago: imágenes religiosas, trípticos, lienzos antiquísimos, ventanales con vitrales por donde la luz de sol gozaba alumbrando los pasillos... Así nos recibieron.

Había unas columnas de piedra, los muebles de madera tenían incrustaciones y arabescos en oro y plata. En el altar se destacaba un enorme incienciario que medía aproximadamente un metro sesenta de alto, lo llaman el Botafumeiro; lo usan como instrumento de purificación para los fieles, lo columpian para que su humo se riegue por toda la catedral, es algo esperado por todos. Subiendo por una angosta escalera está la inmensa imagen de Santiago de Compostela, todos esperan su turno para tocarlo; se ve a la gente llorar, suplicar, reír, rezar, arrodillarse, o simplemente hablarle, me imagino que también aprovechan y le piden algún milagro.

Cuando tocó mi turno aproveché y le hablé en voz baja: "Hoy he venido a ti y no había planeado pedirte nada, ya que solo pensaba agradecerte por lo que vivo y tengo cada día, pero pensándolo bien, sí quisiera pedirte un favor; este pedido es por Cipriano Vega: haz que su enfermedad se disipe, que pueda vivir sano y feliz. Toqué sus manos, le agradecí por escucharme y salí de la catedral.

§

Ya habíamos terminado nuestra travesía, así que recibimos con mucho júbilo nuestra Compostela. El recorrido por el Camino de Santiago me permitió reencontrarme con mi hija y con Dios.

CAPÍTULO 20

Jai

Mientras regresábamos en tren a Casa Ananda, Olivia y yo nos propusimos descansar un poco, sacamos nuestras pequeñas mantas de los morrales y nos acomodamos en los asientos del vagón. Llegamos muy rápido, al bajar del tren, Rodrigo ya estaba allí con nuestro carrito para llevarnos a casa; nos saludó con gran alegría y nos dio la bienvenida. Ya montadas en el carro comenzó hablarnos de cosas que habían pasado mientras estábamos fuera, una de ellas era que teníamos un nuevo miembro en la familia.

- ¿Nació él bebé de Rocío? —pregunté sorprendida.
- No, qué va. Ese bebé todavía no está listo, tenemos un nuevo perro señora Jossie.

Me contó que habían rescatado un pastor alemán, el pobre se había quedado atrapado en una trampa que estaba en un terreno baldío cerca de la posada, nos contó que Pepe había escuchado los aullidos noches atrás y salió con el rifle pensando que era un lobo, y al acercarse se dio cuenta de que era un perro; con sus ojos y quejidos suplicaba que lo ayudaran a salir de allí. Con mucha paciencia, Pepe pudo zafarle la pata de la trampa y como estaba un poco herido lo llevó a la casa, lo curó y le dio de comer; el animalito no quería alejarse de Casa Ananda y me estaban esperando para ver si yo aprobaba su estadía permanente en casa.

- Pero del resto todo normal, señora Jossie —me dijo Rodrigo.
- Te parece poco Rodrigo —le dije—, imagínate ahora con un perro en casa, espero sea manso y no se ponga nervioso con los huéspedes.

Minutos más tarde, llegamos a casa; todos estaban allí parados en fila como si estuvieran recibiendo a un huésped muy especial, ¡hasta el perro nos recibió!

La alegría de todos al vernos fue grande, allí comprobé que familia no es solamente la sanguínea, es también la que se forma durante el día a día, en el camino de la vida.

Juanita llevó los morrales a nuestros cuartos, Margarita se mantenía ocupada apartando al perro para que no le brincara encima a Cachiporra y a Canuto mientras los guardaba. Sagrario quiso que fuéramos a comer en la cocina un plato especial que nos tenía preparado, Thereza solo me abrazaba y sonreía, Rocío tenía la barriga más grande y Pepe me recibió con una sonrisa, pero apenado por lo del perro.

- Quisiera explicarte lo del perro —me dijo Pepe—, prometo que lo cuidaré, es muy manso, pero a la vez está siempre alerta.
- No te preocupes, si tú te comprometes a cuidarlo y a estar pendiente de él, por mí no hay problema, eso sí, no quiero que haya quejas de ningún huésped.
- Está bien Jossie, gracias. Ah, se me olvidaba, todavía no le hemos puesto nombre, queríamos esperarte para que lo bautizaras.

Me fui a mi cuarto, me di un baño de novia, ¡cómo me hacía falta! Al terminar de arreglarme, regresé a la cocina, estaba hambrienta, era muy temprano para la cena y muy tarde para el almuerzo, le pedí a Sagrario que me sirviera algo y como Thereza estaba allí aproveché para ponerla al día con lo acontecido en el camino.

Sagrario preparó mi plato preferido, así que me sentí como una reina; primero me sirvió crema de auyama, y como plato fuerte un pastel de carne molida guisada en una cama de plátanos con queso, acompañado con arroz blanco y jugo de guanábana bien frío, y como postre una copa de arroz con leche y canela.

Se observaba movimiento del personal en el patio y la terraza, ya que se había anunciado una tormenta eléctrica con mucha lluvia. Todo indicaba que debía recogerme más temprano para dormir con el sonido de la lluvia sobre el techo.

Al acostarme caí rendida, ni cuenta me di cuando empezó a llover. Pasada la media noche escuché un estruendoso rayo que alumbro toda la casa y tras ello unos fuertes golpes en la puerta de mi cuarto. Me levanté sobresaltada; al abrir la puerta estaba Pepe empapado, pidiéndome que lo ayudara ya que a Rocío se le había adelantado el parto.

Me vestí con la primera ropa que conseguí y salí detrás de él; afuera llovía torrencialmente, no podíamos escucharnos entre nosotros por el ruido de la lluvia y los truenos. Le pedí entre gritos que buscara a Thereza y la llevara hasta donde estaba Rocío, mientras tanto me iba abriendo camino desde la casa grande hasta el cuarto de ellos. Al llegar allí, estaba Sagrario al lado de la cama, arrodillada y agarrándole la mano a su hija; Rocío al verme se puso a llorar.

- Tranquila Rocío -le dije intentando calmarla—, aquí estamos todos para ayudarte -Luego me dirigí a Sagrario-. Vamos a esperar a Thereza, seguro ella sabrá qué hacer, de aquí no podemos salir, la tormenta está muy fuerte y sería muy peligroso sacarla en este momento.

Empapada por la lluvia mojé todo el piso, traté de secarme con una toalla que tenían allí ya que quería estar preparada para lo que necesitaran. Thereza y Pepe llegaron cubiertos con un poncho. Thereza me miro con cara de preocupación.

- Qué bueno que tu niño viene hoy —le dijo a Rocío-. La lluvia augura limpieza y abundancia, así que tu príncipe vendrá con todas esas bendiciones. Ahora necesito que me prestes atención Rocío, esto lo tenemos que hacer en equipo, yo voy a decirte lo que debes hacer, eres una guerrera y tienes todas las posibilidades de que salgamos rápido de esto. Cuando te diga, puja, debes pujar con fuerza; ahora voy a revisarte y calcular el tiempo que falta para que venga al mundo tu bebé.

Sagrario se levantó y se acomodó al lado mío, Pepe se puso a un lado ya que no quería ver y Thereza se colocó en el medio de las piernas de Rocío; previamente se había lavado las manos con el agua de un aguamanil que estaba allí. Al revisar se volvió hacia nosotros con cara de preocupación.

- ¡Tráiganme agua, trapos y sábanas, todo debe estar limpio y alcohol también! Esto está casi listo - señalando a Rocío-, Pepe ayuda a Sagrario, Jossie tú te quedas aquí conmigo.
- ¿Yo? Pero si nunca he asistido en un parto. Sólo tengo la experiencia de parir a mi hija Olivia.
- Ponte a mi lado derecho y sujétale una pierna.

Le hice caso agarrándole la pierna a Roció. Ya Sagrario estaba entrando con las toallas y sabanas, la pobre estaba más mojada que pollo chiquito. Pepe empezó a traer agua en garrafones.

- Rocío -le dijo con firmeza Thereza-, ya es hora, escúchame muy bien, cuando yo te diga puja, tienes que pujar con todas las fuerzas de tu alma.

Thereza se sentó y acomodó una cantidad grande de trapos entre las piernas de Rocío. Entre Sagrario y yo le teníamos agarradas las piernas para que no las cerrara cuando le vinieran las contracciones más fuertes, mientras tanto Rocío se retorcía del dolor.

- ¡Puja mi niña, puja! —gritó Thereza mientras afuera los relámpagos retumbaban.

Rocío pujaba hasta quedar casi inconsciente, pero las contracciones no la dejaban descansar, así que ese proceso duró aproximadamente quince minutos.

- Ahora sí Rocío. Tu bebé está a punto de salir. ¡Puja!

El bebé fue recibido por los brazos de Thereza, la madre recién parida cayó agotada en la cama casi sin sentido.

- ¿Thereza, qué pasa? ¡Él bebé no llora! ¿Qué pasa?

Thereza rápidamente se apartó de la cama con el niño entre sus brazos; lo arropó con las toallas y empezó a hablarle y a darle palmaditas en la espalda.

Rocío agotada por el esfuerzo le rogaba a su madre que salvara a su niño.

Thereza le chupó la boca y la nariz al bebé intentando succionar lo que le impedía respirar, pero nada.

En medio del silencio sepulcral, no sé de donde me salió, pero con voz firme grité,

- Thereza —le grité para que me escuchara por encima de los truenos-, dáselo a su madre. Rocío, háblale a tu bebé, dile que no se vaya.

Thereza se lo entregó con lágrimas en los ojos. Rocío tomó a su bebé con la ternura más grande que haya visto y lo acurrucó en su pecho.

- Amor mío, por favor no te vayas —le dijo Rocío a su bebe-. Te necesito.

Besó sus diminutos ojos y le sopló muy suavemente la nariz y la boca. El bebé rompió a llorar.

CAPÍTULO 21

Retinto

Pasado el susto todos nos abrazábamos.

Pepe no salía de su impresión y Rocío no quería que le quitaran a su bebé de los brazos.

- Ahora debes dejar que termine el procedimiento -le dijo Thereza-, debo lavar a tu bebé mientras tu madre te asea a ti, luego debemos presentárselo a su padre para que le ponga el nombre con el que será bautizado.

Rocío le entregó el bebé a regañadientes. Thereza se trasladó a otra área del cuarto para limpiarlo y revisarlo; al destaparlo dio un pequeño grito, todos nos quedamos petrificados, y ella sonriendo nos miró a todos.

- ¡Es una niña! -grito contenta Thereza.

La hermosa bebita era de piel morena clara, con ojos almendrados color negro azabache y abundantes cabellos color castaño oscuro; según la ley gitana, pertenecía a la raza de los moros. Ya bañada y envuelta en una mantilla blanca de encajes y cintas amarillas, Thereza procedió a entregársela a Pepe.

- Recibe a tu hija, bendícela y ponle un nombre.

La niña en sus brazos se veía más pequeña aún.

- Hijita -dijo Pepe-, gracias por venir y quedarte con nosotros, menudo susto nos hiciste pasar, pero te agarraste de la vida y ahora vamos a vivir por ti. Te llamaremos Jai que significa Vida, el mejor nombre para una criatura a la que le tocó luchar por su vida desde antes de nacer.

Le dio un beso en la frente, se levantó y fue a entregársela a su madre.

Thereza nos hizo un gesto indicando que era momento de dejarlos solos. Como ya había escampado, pudimos salir de la habitación sin problemas.

§

Al amanecer comenzó el movimiento normal de Casa Ananda. Mi primera parada era en la cocina; cuando entré ya estaban todos allí, menos Rocío y Jai. Pepe estaba tomando café, Sagrario se movía como si tenía un motor encendido pues tenía ganas de terminar sus quehaceres para ir a ver a su hija y a su nieta. Consideré su premura y le pedí a Juanita que le diera una mano hasta que Rocío se reincorporara.

Mientras estábamos ahí, se me acercó el perro negro que había llegado hace poco a casa.

- Jossie —me dijo Pepe-, este pobre animal no tiene nombre todavía, ¿has pensado en alguno?

Con tantas cosas no había pensado en ello.

- Hoy mismo le escogemos un nombre. Aún no se me ocurre ninguno —le respondí.

Sagrario se acercó refunfuñando:

— Con el apuro de hoy el café me quedo muy fuerte, muy tinto -dijo.

Volví a mirar al perro negro que estaba frente a mí y de inmediato supe cómo llamar a la nueva mascota de Casa Ananda.

- Retinto, así le diremos de hoy en adelante a nuestro nuevo perro, ¡Retinto!

CAPÍTULO 22

Carlos

Habían pasado tres meses desde el nacimiento de Jai, no era raro escuchar risas y llantos de la bebita en casa; todos estábamos enamorados de ella. Sus ojos almendrados junto a su sonrisa sin dientes, para mí eran un sol en pleno amanecer.

Lo primero que hacíamos al despertar era correr a la cocina donde la tenían acostada en su canasta-moisés y allí todos la contemplábamos como si fuera niño Jesús. Retinto también buscaba saludarla cada mañana, esperaba el momento en que Sagrario estuviese entretenida para acercar su hocico hasta la manito de la bebita y lamerla.

Llegó el día de la partida de Olivia.

La noche antes de irse conversamos.

- Mamá, estoy feliz por ti; siento que estás más tranquila. Te confieso que me preocupó mucho el estado emocional en el que te conseguí cuando llegué. Desde ese

momento hasta ahora, has vuelto a
ser la mamá que siempre conocí.

- Gracias, hija —le dije abrazándola-
, aunque mi corazón se fue con
Cipriano, eso no significa que no
pueda amarlos a ustedes.

Por esos días, Thereza retomó el tema de
que pronto se iría, y eso sí me causaba
gran tristeza; y como me había
acostumbrado a su presencia, esa
inminente partida de ella me activaba mi
indecisión de vender o no Casa Ananda.

Cada caminata juntas o conversación era
para mí un oasis de sabiduría. Ese día
después de la cena, nos fuimos a nuestro
rincón en la terraza.

- Mi niña, todavía me quedan algunas
cosas por contarte, cosas en
relación a tu abuelo. Antes de irme
quisiera decírtelas.

- Thereza, no me digas eso, me duele
en el corazón cada vez que dices
que te vas, sabes que no quiero
escuchar eso. Tu compañía ha
aliviado mi soledad y no concibo
pensar que no estarás a mi lado.

Cipriano dejó una herida profunda en mi alma que tu palabra oportuna me ayudado a sanar.

- Eso lo hablaremos después —dijo Thereza—, hoy quiero contarte cosas que debes saber de tu abuelo. Eduardo estaba enfermo... su corazón estaba muy débil y cansado.

- Eduardo tenía un secreto —continuó su relato—, me lo confió bajo el juramento de revelártelo solamente cuando él muriera.

- Siendo muy joven, consiguió empleo en una finca; el dueño le tomó mucho cariño y rápidamente lo hizo capataz, sin pensar que él se enamoraría de la niña de la casa, Emperatriz. Ella tenía quince años y tu abuelo dieciséis. Un día fueron descubiertos por la madre de ésta, pero ya era muy tarde: su niña estaba embarazada. Cuando su padre se enteró entró en cólera la encerró en su cuarto, haciendo creer a todos que la había enviado a la ciudad. A tu abuelo lo echaron a la calle. Eduardo la buscó por mucho tiempo y no pudo encontrarla. Retornó luego al pueblo y supo que la finca había sido vendida: todos se habían ido del país. Entonces fue a la iglesia a preguntarle al padre sobre su amada.

– Tú eres Eduardo, ¿verdad?, te estaba esperando. Quiero decirte que a Emperatriz se la llevaron muy lejos, pero su madre y su padre te dejaron conmigo un encargo que te pertenece —Caminando hacia el cuarto contiguo trajo entre sus brazos a un niño—. Aquí te entrego a tu hijo. Tu abuelo recibió a ese bebé sin la más mínima idea de cómo asumir esa responsabilidad. Sin embargo, se las arregló para regresar a la ciudad con su hijo. Consiguió trabajo en un taller mecánico. Su jefe le alquiló una habitación en su casa y la esposa de éste aceptó encargarse del bebé mientras tu abuelo trabajaba. El dueño del taller se llamaba Carlos, y tu abuelo en agradecimiento, le puso ese mismo nombre a su hijo. La familia de su jefe le tomó especial cariño al bebé. Pasado un tiempo le dijeron a Eduardo que estaban dispuestos a adoptar al niño. Era difícil para él pensar objetivamente, pero debía decidir por el bienestar de su hijo. Hasta ese momento, el niño ni siquiera había sido presentado en el registro civil, así que ni siquiera tenían que adoptarlo, con presentarlo como hijo de ellos se resolvería todo. Sin duda, este niño podría tener una vida mejor, un hogar y cosas que él no iba a poder darle. Con tristeza accedió a la propuesta, así que fueron al registro civil y la familia lo presentó como Carlos José Retrepo. Después esto, tu abuelo decidió regresar a su país y conoció a quien fue tu abuela; con ella intentó comenzar una nueva vida.

- Al pasar los años, después de nacer tu padre, Eduardo sintió nostalgia y curiosidad por saber qué había pasado con aquel niño. Sintió remordimiento y volvió al lugar donde lo había dejado. No quiso anunciarse, ni que supieran que él estaba allí. De esa forma sin que lo vieran supo dónde estudiaba su hijo, qué deportes practicaba y cuáles eran sus amigos. Eduardo me decía que lo veía feliz; para él fue muy difícil, pero a la vez le dio tranquilidad saber que estaba bien. Intentó justificarse pensando que quizás él no le habría podido dar esa vida confortable a su hijo.

- Cuando Carlos tenía aproximadamente veinticuatro años, tu abuelo viajó a esa ciudad y pasó tres o cuatro días observándolo desde lejos. Afortunadamente, no había cambiado de dirección. Un día sentado en la plaza, lo vio acercarse y como cosas del destino, el muchacho se acercó a él.

- ¿Señor, le importa si me siento aquí a tomar un refresco y a descansar? —le dijo-, es que acabo de salir del trabajo y cada tarde me siento aquí para despejarme un poco antes de regresar a mi casa.

Eduardo entre sorprendido y entusiasmado le dijo que estaba bien, que se sentara el tiempo que quisiera y le extendió la mano como muestra de amistad.

- Hola mi nombre es Eduardo Álvarez – le dijo tu abuelo–, ya que vamos a compartir el banco de la plaza lo mejor será que al menos sepamos nuestros nombres.
- El mío es Carlos Restrepo, mucho gusto.
- Así empezó una amistad entre ellos y cada tarde mientras tu abuelo visitaba la ciudad se encontraban. Por sus conversaciones supo que el ex jefe que adoptó a su hijo había muerto hacía unos años, y que su esposa estaba delicada de salud. Carlos estaba terminando la carrera de ingeniería mecánica y había ayudado en el taller de su padre, pero en ese momento estaba trabajando como pasante en una fábrica de automóviles. Tenía una novia con la que quería casarse cuando se graduara y hacer una familia.

- Era un muchacho muy agradable, según me comentó, tenía gran parecido al padre de tu abuelo Eduardo. De Emperatriz y su familia, nunca volvió a saber.

- Así fueron pasando los años, ni tu abuela, ni tu padre, supieron de la existencia de Carlos Retrepo. La amistad entre ellos perduró por años, incluso aún después de mudarse a Casa Ananda en La Rúa de la Paz.

- En una oportunidad, Carlos Retrepo vino a la posada para disfrutar unos días junto a su gran amigo. Eduardo nunca pudo decirle que su verdadero padre era él.

§

- Nunca imaginé que mi abuelo tuviera un secreto y mucho menos de esa magnitud —le dije sorprendida-, ¿tú lo conoces?, digo, a Carlos Retrepo.

- No Jossie, no lo conozco —me respondió Thereza—. Él venía esporádicamente. Tu abuelo tenía su

teléfono, tengo entendido que
hablaban a menudo.

En ese momento me quedé en silencio,
pensando en mi abuelo. Tomar la decisión
de entregar a su hijo debe haber sido
muy doloroso, pero a su vez muy
valiente; él no hubiese podido salir
adelante con un bebé siendo tan joven,
sin ningún tipo de experiencia y sin
apoyo familiar. Siento tanto que todo
eso haya pasado especialmente sabiendo
lo especial que era mi abuelo.

Al día siguiente me puse a buscar entre
las cosas de mi abuelo el teléfono de
Carlos Retrepo. Recordé que Thereza me
comentó que Carlos Retrepo había estado
alguna vez en la posada, así que fui al
cajón donde se guardan las bitácoras de
huéspedes de todos los años. Busqué por
cada año poco a poco y entonces lo
encontré: Carlos Restrepo, julio 25 a
julio 30, teléfono 02-995861.

  - ¡Bingo! —grité—, ya tengo el
    teléfono.

Lo anoté en un papel y lo metí en mi
bolsillo, ahora tenía que buscar una

excusa para llamarlo y no sonar sospechosa, así que me puse a maquinar cuál era el siguiente paso.

Pasé parte de la tarde en mi sillón de retazos dejando que la brisa y la paz de la posada me llenaran de buenas ideas y de un argumento creíble cuando hiciera la llamada a ese tío desconocido.

Después de meditarlo bien, me levanté y fui directo al teléfono que se encontraba en mi oficina, alcé el auricular e intenté marcar el número que tenía en el papel; cada vez que empezaba a repicar, colgaba la llamada, ya que el corazón parecía que se me saldría por la boca. Al cuarto intento, dejé que repicara no sé cuántas veces y al escuchar que contestaron del otro lado el teléfono casi me quedé sin voz.

- ¡Aló!, ¿diga?

La persona al notar que nadie respondía, preguntó con insistencia.

- ¿Quién es? ¡Por favor responda! — era una voz de mujer joven.

- Sí, buenas tardes —alcancé a decir— , ¿se encuentra el señor Carlos Restrepo?
- Sí, ¿de parte? -me preguntó la mujer.
- Mi nombre es Jossie Álvarez, dígale que es de parte del señor Eduardo Álvarez.
- —Un momento por favor —respondió y se escuchó que conversaba con alguien-. Abuelo, una persona llamada Jossie Álvarez, quiere hablarte.

Pasó como un minuto, que para mí fueron diez, y luego escuché una voz de un hombre mayor.

- Buenas tardes, habla Carlos Retrepo, ¿en qué puedo ayudarle?
- Hola señor Retrepo, espero que se encuentre bien, usted no me conoce, pero si conocía a mi abuelo, Eduardo Álvarez. Lo estoy llamando para informarle de la muerte de mi abuelo, ya va a ser un año de su partida y estamos llamando a todos los huéspedes que están registrados para participarles que Casa Ananda

sigue funcionando; si usted estuviese interesado en pasar alguna temporada aquí lo estaremos esperando.

- Hola —me respondió—, ¿cómo me dijiste que te llamabas?
- Jossie Álvarez, a sus órdenes —respondí rápidamente.
- Hola Jossie, sí, me enteré de la muerte de Don Eduardo, lamentablemente vivo muy lejos y no pude asistir a su funeral. Quiero decirte que me alegra muchísimo que te hayas encargado de su posada, él la atendía con muchísimo gusto, era muy feliz allí. En varias ocasiones me habló de su vida y en ella siempre tú estabas presente. Déjame decirte que para mí fue una persona muy especial; nos conocimos por casualidad en un parque y a partir de allí nos hicimos buenos amigos; aunque él era un poco mayor que yo la afinidad que teníamos era muy especial, así que te puedo decir que para mí fue como un padre.

- Cuánto me alegra saber que todas las personas me corroboran lo especial que fue —respondí.
- Sí, fue una persona muy sabia. Es cierto que como todo el mundo pudo cometer errores, pero trató de enmendar sus equivocaciones.
- Muy amable por atenderme señor Restrepo. Ya sabe que estamos a la orden —le dije para terminar la llamada.
- Gracias Jossie, me puedes decir Carlos, ya que para mí eres como una sobrina, recuerda que tu abuelo fue como mi padre.
- Si no puede venir, puede llamarme cuando quiera -le dije tomando confianza.
- Hasta luego —me dijo.
- Hasta pronto —le respondí.

§

Así fueron pasando los días, hasta que una tarde antes de la cena, estaba en mi oficina y recibí una llamada.

- ¡Aló! buenas tardes, es Carlos Retrepo, ¿podría hablar con Jossie Álvarez, por favor?

- Soy yo, Carlos, ¿cómo estás? ¡Qué sorpresa! —le contesté.

- Hola querida, ¿cómo te encuentras? Te llamo porque desde el día que hablamos no he podido estar tranquilo; sé que no me llamaste por estar en la lista de huéspedes, me llamaste por curiosidad.

- ¿Por curiosidad? No entiendo —le respondí pretendiendo no saber a qué se refería.

- Jossie, tú no me conoces, pero hay algo que tú debes saber; yo soy hijo de tu abuelo, por ende, soy tu tío.

- ¿Cómo? —pregunté haciéndome la sorprendida.

- Tu abuelo nunca se enteró de que yo lo sabía; cuando lo conocí, nos veíamos cada cierto tiempo y conversábamos. Me intrigaba la forma en que desaparecía y al cabo de pocos meses volvía aparecer; de repente me lo conseguía en la plaza o en algún restaurante de los que yo frecuentaba. En una oportunidad lo vi al salir de mi trabajo, siempre lo hacía parecer casual, pero me comenzó a llamar la atención su interés en mi vida, en mi familia; sin embargo, nunca quiso ir a casa de mis padres o aceptar alguna invitación; muchas fueron las veces que le insistí y siempre tuvo una excusa.

- Un día en casa de mis padres, comenté algo sobre él y lo nombré; la expresión de la cara de los dos me indicó que algo ocultaban, no pudieron disimular los nervios. Percibir la incomodidad de ellos, cada vez que lo mencionaba, y, por otra parte, notar la insistencia de Don Eduardo para verme y compartir conmigo cuando estaba en la ciudad despertó mi curiosidad.

- Allí comenzó mi investigación: buscaba en los álbumes de fotos algo que me indicara alguna relación de Don Eduardo con la familia; hacía preguntas al azar sin ninguna respuesta; así pase varios meses, hasta que murió mi padre de crianza. Después del funeral, ya en casa, mi madre y yo estábamos recordando a mi padre, cuando de repente nos quedamos callados, y algo me impulsó a preguntarle: ¿Madre, usted conoció a Eduardo Álvarez?, es que de un tiempo para acá he sentido que ese nombre está como vetado en esta casa; la impresión que me he dado es que usted y mi padre se incomodaban con el solo hecho de nombrarlo. ¿Hay algo que debo saber?, si es así, yo un soy adulto y cualquier cosa que usted me diga no me va a ser que deje de quererla.

- Hijo, creo que es tiempo de que sepas la verdad, especialmente ahora que tu padre ha muerto. Él siempre se opuso a que habláramos contigo con respecto a Eduardo Álvarez, y como ya no está creo que es hora que sepas todo.- Tomándose su tiempo y un poco acongojada me contó la historia de Eduardo y Emperatriz.

- ¿Si sabías que eras su hijo, por qué no se lo dijiste cuando aún estaba vivo? -le pregunté con asombro.

- No quise que se sintiera avergonzado. Quería que fuera feliz cuando estábamos juntos y sin remordimientos: Hay situaciones que uno no sabe cómo afrontar o que decisión tomar, así que lo mejor es entregarse y dejar que la vida haga lo que tiene que hacer.

Carlos me habló de su familia y un poco de su vida; me prometió que no perdería contacto conmigo, que iría a visitarme con su esposa y que desde ese momento en contara con él cómo familia. Se lo agradecí, me despedí, dejé todo lo que estaba haciendo y salí corriendo a contarle a Thereza lo ocurrido.

CAPÍTULO 23

El tarot

Un día fui a la cabaña de Thereza, después de tocar varias veces, en vista que no me respondía abrí la puerta y entré. Todo estaba en completa paz, pero no había rastro de ella. Pensé que estaría dando una vuelta. Al entrar en aquel lugar que me quedé embelesada observando su refugio.

Había una pequeña mesa y dos sillas de mimbre al lado de una ventana, del techo guindaban pequeños candiles que hacían el efecto de luciérnagas; sobre su cama descansaba un mosquitero de donde colgaban diferentes tamaños y estilos de atrapa sueños. En el piso una alfombra persa de arabescos con degradé en colores tierra; en los rincones del cuarto reposaban diferentes tamaños de briseras con velas y sahumadores de barro, también de diferentes tamaños; de esos tarros emanaba un olor a lavanda y jazmín, con mixtura de algo cítrico.

No sé en qué momento me había sentado en un cojín que estaba a un lado de la puerta, estaba como embobada o hipnotizada asumo que, por tan armónico aroma, cuando de repente como por arte de magia Thereza estaba frente a mí.

- ¡Thereza! -le dije con susto-, ¿cuándo entraste?, ni cuenta me di que habías llegado.
- Desde hace un rato mi niña, parecía que estabas meditando.
- Ay Thereza, tú y tus cosas. Te vine a buscar porque necesito que me leas las cartas. Sabes que aquí en la posada me siento feliz, pero cada mañana espero que entre por el portón azul mi príncipe de mirada de cielo atardecer - le dije con resignación.

- Siéntate en la silla y respira -me dijo posando su mirada profunda en la mía.

- Qué rico huele aquí -le dije—, se respira paz y tranquilidad, provoca quedarse sentado con los ojos cerrados y dejar que la vida pase, así sin más.

- Jossie, cuando quieras tener una sensación especial, colocas en una escudilla unas gotas de alguna esencia como sándalo, por ejemplo, le pones un carboncillo o un incienso eso al quemarse sirve de ambientador y antes de acostarte lo colocas sobre tu mesa de noche. Eso te conectará con la sensación que tanto buscas.

- Entonces voy a buscar la esencia de Cipriano que me hiciste para los rituales de luna llena, la pondré en mi mesa de noche y así tendré esa sensación de que está a mi lado.

- Aquí cerca de la mesa puse lavanda para aplacar los nervios y es perfecta para ti ya que te siento muy ansiosa. En ese envase que ves allí a un lado de mi cama, vertí unas gotas de jazmín, limón y naranja; el jazmín además de tener las mismas propiedades de la lavanda, también combate la depresión y te revitaliza, dándote optimismo y energía. Para completar, el limón te equilibra el ánimo y la concentración; la esencia de naranja o mandarina se asocia con la hormona de la felicidad, por eso cuando entraste aquí me dijiste que querías quedarte a descansar; siempre digo que las esencias sí funcionan y curan energética, espiritual y físicamente.

Thereza se sentó en la silla frente a mí, había en la mesa un pañuelo envolviendo el manojo de cartas, recordé que eran las mismas que había sacado cuando estuvo Benjamín en casa; de un lado había una vela blanca encendida, una rama que luego puso sobre las cartas. Mientras las frotaba con ella, dijo unas palabras en voz baja.

- ¿Y esa rama de qué es? —le pregunté.
- Esta rama se llama romero; limpia, purifica y quita las malas energías. Esta otra que me voy a meter a la boca se llama laurel,

según las viejas tradiciones induce a un estado de trance y ayuda a conectar con los espíritus.

Después de frotar las cartas con la rama y decir una cantidad de palabras y rezos,

Thereza procedió entonces a colocar el mazo de cartas boca abajo, sobre la mesa; colocó su mano y la mía sobre ellas:

- Mi espíritu sube, mi espíritu baja -comenzó a conjurar las cartas-, las estrellas caminan, el sol alumbra y la luna protege; llamo a quien quiera ayudarme a predecir el futuro de Jossie Álvarez. Sólo quiero escuchar la verdad, que mi boca sea canal de buenos mensajes, venga a mí la sabiduría y la claridad. Por favor, Jossie —me dijo cuando terminó su oración-, pica las cartas en dos grupos, escoge cinco cartas y las dejas boca abajo.

Así lo hice y empezó a distribuirlas sobre la mesa en filas   de tres con las figuras hacia arriba. Yo estaba maravillada e hipnotizada con los colores e ilustraciones de las cartas.

- Te hablaré del presente y del futuro, el pasado ya pasó -Respiró profundo y continúo diciendo—. Te vienen muchas alegrías, pero también noticias tristes que te harán reflexionar y tomar decisiones importantes. Tu hija Olivia será feliz y se realizará como mujer, estarás muy orgullosa de ella.

- Thereza, no me des más vueltas y háblame de Cipriano por favor, sin más rodeos.

- Tú siempre impaciente e impulsiva.

Thereza, agarró el otro grupo de cartas.

- Camino, naturaleza, ríos, espíritus y duendes del amor, hagan de estas cartas la respuesta que Jossie requiere.

Al desplegar todas las cartas de la misma forma que lo había hecho con el mazo anterior, las vio fijamente, le pasó las manos por encima y cerró los ojos. Luego me miró de forma penetrante, al verla así me eché hacia atrás recostándome del respaldar de la silla.

- Pronto el corazón de tu amado tocará a tu puerta —señaló Thereza—, pero antes deberás ser valiente y dejarlo partir.
- ¿Toca a mi puerta, pero antes debo dejarlo ir?, no entiendo Thereza le dije parándome de la silla.
- No te puedo asegurar que sea Cipriano, eso no me lo dicen las cartas —me dijo agarrándome la mano.

La vi con ojos de incredulidad y salí de la habitación de Thereza un poco frustrada. Mi mente y mi corazón no aceptarían a otro hombre que no fuera Cipriano, mi príncipe de mirada de cielo atardecer.

CAPÍTULO 24

Raphaela

Los días pasaban, algunos lentos y otros rápidos; Jai iba creciendo y robando la atención de todos. Por Casa Ananda algunos huéspedes pasaban sin pena ni gloria, otros dejaban parte de su estela entre nuestras paredes aliviando temporalmente mi soledad.

Un día estando en mi oficina llegó un telegrama con la noticia de que ese mismo día estaríamos recibiendo un huésped; sólo necesitaba pernoctar una noche, ya que tenía un compromiso en la ciudad más cercana y por ser temporada alta, en ningún hotel cercano había disponibilidad. La agencia de viajes que envió el telegrama sabía que en Casa Ananda siempre había la posibilidad de una vacante, por las cortas estadías de nuestros huéspedes, incluso ya teníamos fama de proporcionar alojamiento de última hora, siempre y cuando fuera por corto tiempo.

Llamé de inmediato a Pepe y a Juanita, les expliqué lo que estaba pasando y por supuesto nos pusimos a la orden del día. Juanita me indicó que la parte de arriba estaba llena y que las cabañas que quedaban disponibles eran las grandes, sin embargo, podíamos hospedarlo en una habitación pequeña que había al lado de mi cuarto, un espacio que casi no utilizábamos, pero siempre estaba acondicionado para cualquier ocasión, así que me pareció una estupenda idea.

- De todas maneras, revisa que esté todo en perfecto estado y envía a Rodrigo a la estación —le dije a Juanita mientras yo organizaba algunos documentos de la oficina—, ya que el tren estará llegando dentro de veinte minutos; la persona debe venir allí porque ese es el último tren de hoy.

Cuando Rodrigo vino a pedirme la información del huésped para recogerlo en la estación, me di cuenta que esa información no la habían enviado; no sabíamos si era hombre o mujer, entonces le dije a Rodrigo:

- Llévate el cartel de bienvenida de Casa Ananda y será la persona quien te encuentre; a estas alturas no puedo conseguir esa información.

Por otra parte, le avisé a Sagrario que sirviera un plato adicional en la cena, y una vez que todo estaba bajo control, me fui al cuarto para refrescarme un poco y cambiarme de ropa.

§

Poco tiempo después, escuché el motor del carro entrando en la posada, así que salí de inmediato y tomé mi posición para recibir al nuevo huésped.

Una mujer bellísima bajó del carro, parecía una reina de belleza; tendría no más de treinta años, una cabellera larga y dorada, unos ojos color verde esmeralda, un cutis de porcelana, un cuerpo y unas piernas que parecían esculpidas por un artista. Todos nos quedamos sin palabras ante tanta belleza.

Nos saludó con la mano y se acercó a nosotros como si estuviera desfilando por una pasarela. Cuando la tuve cerca le extendí la mano para saludarla.

- Hola, mucho gusto, soy Jossie, bienvenida, y éste es el grupo que le atenderá durante su estadía, por favor, siéntase en su casa.
- Encantada, mi nombre es Raphaela –me dijo con voz melodiosa-, espero que no haya sido un inconveniente para usted recibirme hoy con tanta premura.

Aunque todos mis huéspedes son especiales, el aspecto de esta mujer me hizo pensar en que el cuarto pequeño que le había reservado no era el apropiado.

Parecía una princesa o una actriz de cine. No podíamos meterla en el pequeño cuarto. No es que piense que hay personas mejores que otras, lo que sucede es que aquella mujer era exuberante. Una persona como ella seguramente estaría acostumbrada a palacios y hoteles cinco estrellas. Disimuladamente le hice un gesto a Juanita para que se acercara mientras

Pepe le mostraba los jardines a Raphaela.

- Juanita, por favor no se te ocurra llevarla para el cuarto que teníamos dispuesto para ella, ve inmediatamente y revisa una de las cabañas que está desocupada y ubícala allí, ese personaje no puede llevarse una mala impresión de nuestra posada — le dije hablando rápido y bajito.

Juanita -una chica bajita y gordita- se puso en acción mascullando algunas frases que no pude oír bien. Entendí que se sintió molesta por el trato preferencial que se le daba a la nueva huésped. Mientras tanto me acerqué a donde estaba Raphaela con Pepe para decirle que le mostraría algunos lugares de la casa y que ella se hospedaría esa noche en una de las cabañas.

Pepe se quedó extrañado, pero él sabía que cuando había cambios de última hora no se preguntaba nada, solo se acataban las órdenes y luego explicaríamos lo sucedido. De inmediato Juanita vino hacia nosotros y junto a Pepe llevaron a Raphaela a sus aposentos, no sin antes mirar a la nueva huésped de arriba abajo con cara de irritación. Luego le indicaron que la esperaríamos para cenar a las 9 en la casa principal.

Entramos de nuevo a la casa principal y aproveché para supervisar algunos detalles. Cuando me disponía a entrar a mi oficina, vi a Raphaela parada delante de la chimenea en el salón; me acerqué extrañada ya que suponía que estaría en su habitación.

- ¿Está todo bien? —le pregunté.
- Sí —me dijo mostrando su hermosa sonrisa-, todo perfecto, es que no me gusta estar mucho tiempo sola y preferí salir de la cabaña para venir aquí y escuchar las voces de las personas.
- ¿Quieres que te acompañé? -le pregunté.

Asintiendo con la cabeza me respondió

- Sería un placer, pero no quisiera molestarte, ni causarte incomodidad. La tranquilidad de tu casa es lo que busco. Mi antiguo trabajo no me permitía estar mucho tiempo en un lugar. Era actriz de películas, unas muy particulares…

Al escuchar esto, sabía que Raphaela realmente necesitaba alguien con quien conversar. Creo que le ayudaría mucho tomar uno de los tés de Sagrario, así que la invité a que nos sentáramos en el sofá para conversar. Todavía faltaban unas horas para la cena, así que tenía tiempo suficiente para atenderla. Luego de beber su infusión Raphaela abrió su corazón:

§

Llegué a este país cuando apenas era una niña ya que mi padre fue nombrado embajador aquí. Desde pequeña estuve relacionándome en altas esferas de la sociedad. Estudié internada en los colegios más prestigiosos, nunca supe lo que era un hogar: Nunca disfruté de un desayuno en familia, un día de campo, un cuento leído por mi padre o mi madre al acostarme.

Mis padres se dedicaron a alimentar su ego de personas públicas y reconocidas, nunca pensaron en lo sola que yo me sentía. Llegué a pensar que era un estorbo. Hacía cosas para que me tomaran en cuenta y me aceptaran, pero no lo lograba. A los once años ya tenía relaciones sexuales con los hijos de la servidumbre. La droga y el alcohol fue más que un escape, fue una forma de vida. A los dieciocho años ya me había hecho dos abortos. Para ese entonces mi padre y mi madre se habían divorciado y mi madre se había vuelto a casar con un príncipe. Así que seguía teniendo acceso a dos mundos poderosos, el de mi padre en la política y el de mi madre en la realeza.

Cuando tenía 22 años conocí a Pierre, un exitoso empresario mucho mayor que yo; me convertí en su amante, me enamoré como loca. Con él conseguí la atención que siempre había deseado. No vi que su verdadera intención era utilizarme.

Teniendo menos de un año de relación, me introdujo en el mundo de los tríos, cambios de pareja y orgias, lo cual aceptaba para que no me abandonara. La manipulación se convirtió en obligación y de allí me llevó al mundo del cine. Él y su amante -era bisexual- hacían producciones pornográficas.

Mi adicción, codependencia y obsesión hacia él fue tal, que mi vida se tornó ingobernable; pensaba que sin él no podía vivir. Entre él y su pareja me explotaban. Me di cuenta que la droga y el alcohol me desinhibían, me ayudaban a aceptar todo y sin importarme me entregaba a lo que pasara en cada episodio o encuentro sexual. Cuando estaba high me dejaba llevar y no tenía ningún tipo de barrera, ni filtro, pero cuando despertaba al día siguiente, me entraban cargos de conciencia. En ese momento no sabía que había otro mundo mejor, más sano y tranquilo, como tampoco sabía que podía cambiar y escoger el tipo de vida que quería vivir.

En una oportunidad, durante la grabación de una de las tantas películas que hice, en un pueblo muy pequeño, conocí a Agustina y a Manolo. Ellos y su casa fueron contratados para hospedarme y atenderme; ella estaba pendiente de mí como dama de compañía y él era quien me cuidaba y servía de chofer; ambos eran unas personas relativamente mayores y muy sencillas.

La filmación de la película duraría aproximadamente tres meses, y mientras estuve allí me tomaron mucho cariño. Con ellos pude conocer lo que era un hogar, aunque eran muy modestos. Entendí que para ser feliz no se necesitaba tanto. Cada mañana Manolo y yo nos sentábamos a desayunar en su pequeña cocina y Agustina con mucho amor y paciencia nos atendía. Esto era algo realmente nuevo para mí; los miraba como abuelos.

Las filmaciones se hacían en otra casa que estaba alquilada para la película; los demás integrantes de la producción se quedaban en esa casa o en el motel del pueblo. Cuando salía de la filmación, sólo tenía contacto con Manolo y Agustina; con ellos tuve una libertad desconocida para mí hasta ese momento, me sentía que no era vigilada ni cuestionada.

Ellos no sabían lo que sucedía dentro de aquella casa donde yo trabajaba. Me dejaban en la mañana y al cabo de unas horas, cuando les avisaba, me recogían. Yo prefería que fuera así, ya que me daba mucha vergüenza lo que hacía.

Al pasar las semanas, me fui dando cuenta que no me gustaba la vida que tenía, quería cambiar, pero no sabía cómo huir de Pierre. Me sentía atrapada.

Pierre no se quedaba conmigo en la casa de mis viejitos Agustina y Manolo. Con esa breve separación, entendí que para él yo solo era una máquina de hacer dinero.

Un día saliendo de la filmación, me dijo que él tenía que regresar a la ciudad para comenzar a negociar la venta de esa película que estaba por terminar; me dijo que volvería en dos semanas, algo que para mí era normal. Siempre me dejaba con el personal de producción y con los artistas que me acompañaban. Últimamente, el no verlo por un tiempo me hacía sentir tranquila, liberada y feliz.

A la siguiente semana, ya la filmación había terminado. Le avisamos a Pierre y él ordenó que recogiéramos todo, entregáramos la casa alquilada y nos devolviéramos a la ciudad.

Yo no quería regresar todavía y así se lo hice saber; le informé que me quedaría dos o tres semanas más en casa de mis viejitos para descansar, ya que tenía mucho tiempo que no tomaba unas largar vacaciones; él molesto por mi decisión me respondió: "Haz lo que te dé la gana, total ya hiciste tu trabajo".

Todo el personal se fue, yo me quedé sola y feliz, sin nadie que me recordara lo que era y sin el vicio de la droga o el alcohol. Me di cuenta que podía controlarlo, que, si no estaba en el trabajo o con Pierre, no tenía que fingir nada, ni aceptar lo que no quería; podía ser esa que muchas veces soñé.

Me levantaba en la mañana, desayunaba y caminaba hacia   la playa. Me llevaba un libro, mis audífonos y mi grabadora;

allí pasaba horas entretenidas leyendo, escuchando música y tomando sol. Al cabo de una semana estaba bronceada y con un color que para mí era el perfecto, me sentía bella y saludable.

Faltando una semana para que se acabaran mis vacaciones, me llamó Pierre diciéndome que necesitaba que regresara, ya que quería presentarme a los ejecutivos de una productora transnacional muy exitosa y reconocida; ellos querían verme personalmente, porque estaban muy interesados en mí para realizar un proyecto en otro país.

§

— ¿Cómo es eso?, ¿yo no estoy contratada en tu productora?, ¿yo no soy tu estrella y protagonista principal?".
— Raphaela —me respondió fríamente-, recuerda que yo soy un empresario; ellos me están ofreciendo una fortuna por ti, y sería un suicidio para ti y para mí no aceptar esa jugosa oferta.

- ¿Cómo? —le dije-, ¿qué estás diciendo?, ¿me estás vendiendo Pierre?, ni siquiera has tenido la delicadeza de informarme primero, además, ¿quién te dijo a ti que yo estoy en venta?, recuerda que tú no eres mi dueño.
- Escucha Raphaela, te regresas en el próximo avión y no se diga más, te quiero mañana temprano en la oficina. ¡Ya lo sabes! — Y colgó la llamada.

§

Mi corazón no dejaba de latir a mil por hora y la sangre me palpitaba en las sienes. Con lágrimas en los ojos y todavía aturdida por la llamada, salí de la casa y me fui a la playa; cuando llegué allí me senté bajo una palmera y empecé a llorar.

Mientras me encontraba en ese trance, no me había percatado que a poca distancia se encontraban unos pescadores; uno de ellos se acercó.

- ¿Señorita se encuentra bien?, ¿necesita algo?, ¿la puedo ayudar?

- Gracias, pero prefiero estar sola.

En ese momento se acercó otro hombre llamando la atención del que se me había acercado primero.

- Nemesio ¿qué pasa? —le dijo de forma autoritaria—, ¿por qué dejaste el trabajo sin terminar?, recuerda que los botes tienen que estar en el agua dentro de quince minutos.
- Disculpe patrón —respondió el muchacho—, pero es que escuché el llanto de esta muchacha y vine a ver si necesitaba algo.
- Nemesio tú no cambias, cuándo ves unas piernas bonitas se te olvida todo.
- Bueno señorita —me dijo—, disculpe usted si la he ofendido, pero como escuchó, el patrón me regañó y tengo que volver a mi trabajo —Dio media vuelta y regresó por donde había venido.

Analizando la escena que acababa de pasar frente a mí e identificándome con Nemesio al ser explotado por su jefe, entré en estado de cólera. Me paré de un salto.

- Usted es un explotador y ha sido injusto con ese pobre hombre que tan gentilmente sintió compasión por mí; usted no tiene derecho a pisotearlo o a humillarlo delante de mí; ese muchacho lo único que quería era saber si me pasaba algo. Usted no merece tener personas como ese muchacho a su lado.

Después de decir eso, di media vuelta y me fui. No llevaba ni dos metros recorridos, cuando sentí que su mano agarraba mi brazo; giré con fuerza sobre el cuerpo rescatando mi brazo con furia y con esa misma mano le di una bofetada. Su reacción me asombró y me irritó mucho más; con su cara enrojecida por la bofetada comenzó a reírse a carcajadas. Sentía ganas de matarlo; él al ver mi reacción, trató de acercarse y pedirme disculpas:

- Sí, me vuelve a tocar o se me vuelve acercar llamaré a la policía.

El volvió a soltar otra carcajada:

- Bueno, si es con amenazas, aquí estás perdida. Éste pueblo es tan pequeño que no hay policías, y para su información, yo soy la autoridad aquí, así que, si tiene alguna queja, puede empezar por contármela y yo tomaré cartas en el asunto —dijo con ironía.
- Olvídelo, con usted no voy a perder mi tiempo, no vale la pena —le respondí indignada.

Di la vuelta y corrí a la casa. Cuando llegué, le dije a Agustina que me dolía la cabeza y que iba a descansar; subí a la habitación, me refresqué con un baño rápido y me acosté.

Mi primer pensamiento antes de dormir fue hacia ese patán sin nombre; todavía furiosa, en mi mente decía que era un abusador, un estúpido y un pedante.

Entonces Agustina tocó mi puerta, abrí los ojos, y me reincorporé en la cama,

- Sí, Agustina, puedes entrar —le dije.

- Raphaela —dijo Agustina con voz de preocupación—, allá abajo hay un policía que necesita hablar contigo.

- ¿Conmigo? Qué raro, si hoy me enteré que aquí no hay policías —le dije asombrada.
- Bueno, no es que no hay policías, lo que pasa es que aquí son ciudadanos del pueblo que se turnan voluntariamente haciendo guardias, y cuando es necesario ellos son los que hacen cumplir las leyes. ¿Hiciste algo malo? ¿Quieres que Manolo esté contigo cuando hables con el policía?
- No mi viejita querida, no es necesario, creo saber quién está abajo. Dile que me espere cinco minutos y voy.

Me lavé la cara, me puse unos jeans, una camiseta y unas sandalias; me cepillé el cabello, me perfumé, y por supuesto me vestí con mi mejor sonrisa; no le daría el gusto a ese patán sin nombre de que me hiciera rabiar, así que recibiría un toque de su propia medicina.

Al bajar estaba un hombre de espalda cerca de la puerta de salida, fue tal mi sorpresa que la sonrisa se me borró, ya que no era el patán sin nombre; creo que me desilusioné un poco pues en el fondo quería volverlo a ver.

- Buenas noches -dije.
- Buenas noches —me respondió y agregó—. Señorita, me informaron que usted tuvo un pequeño inconveniente hoy en la tarde por el área de la playa, ¿es eso cierto? Disculpe que no me haya presentado, soy el inspector Cedeño, el encargado de turno de la seguridad del pueblo Todasana; estaban unos turistas en la playa y me dijeron que usted tuvo un altercado con el señor Santino.
- ¿Santino? -pregunté en voz alta. Y pensé: El patán sin nombre, tiene un nombre, patán Santino.
- Sí, el señor Santino —me respondió—. ¿Es cierto lo que me dijeron?, lo que pasa es que me extraña muchísimo porque él es un hombre

muy educado y servicial. ¿Usted me podría aclarar qué fue lo que pasó?

- Bueno, no pasó nada, creo que fue una confusión de parte de las personas que le contaron —le dije.

- ¿Señorita...? -preguntó poniendo el oído para escuchar mi nombre.

- Mi nombre es Raphaela, a sus órdenes; ahora explíqueme como llegó hasta mí.

- Señorita Raphaela, aquí no son muchos los turistas que llegan y como el pueblo es tan pequeño todo se sabe; quienes están, quienes llegan, quienes se van y sobre todo si son desconocidos; tratamos de garantizar la seguridad del pueblo y por eso todos estamos pendientes de cualquier eventualidad.

- Bueno, inspector Cedeño, gracias por su preocupación, pero no ha pasado nada. Dígale al señor patán, disculpe, al señor Santino, que fue una confusión de parte de los turistas, así que buenas noches y muchas gracias por venir -Me dirigí hacia la puerta, abrí y lo despedí.

Al salir el inspector, casi de inmediato aparecieron Agustina y Manolo; parecía que estaban detrás de la puerta de la sala. Al verlos sonreí y nos fuimos a la cocina para cenar, les conté con pocos detalles el altercado que había tenido con el patán Santino, y les hice ver que era un hombre despreciable.

Manolo me comentó que lo conocía, siempre había sido muy especial con todos; opinaba que seguramente había tenido un mal día. Además de ser un inspector voluntario, era el dueño de la distribuidora de pescados de toda esa comarca, trabajaba muchísimo y varias veces se montaba en los barcos para salir a pescar con sus colaboradores, que por cariño le decían "Patrón", pero que realmente se llamaba Santino Vitale.

§

Esa noche estuve tan inquieta que casi no pude dormir; no sabía cómo enfrentar la situación con Pierre, no quería seguir viviendo en el mundo de la pornografía.

Pensé en diferentes posibilidades; afortunadamente había ahorrado una buena cantidad de dinero y con eso podría comenzar una nueva vida, tener mi propio negocio, independizarme o quizás podría irme a un pueblo remoto en Latinoamérica, donde nadie pudiera reconocerme. Quería tener una vida diferente, aunque sabía que enfrentarme a Pierre sería terrible.

§

Bajé lo más temprano que pude para evitar que mis viejitos me vieran. Salí al patio con mi celular, quería llamar a Pierre, necesitaba salir de esa conversación de una vez.

- Hola Raphaela —me dijo apenas respondió mi llamada-, buenos días, espero que ya estés en el aeropuerto, mira que hoy te espero y no estoy de humor para tus vainas.
- Hola Pierre, primero te aclaro que no estoy en el aeropuerto y déjame decirte que no quiero seguir en esta vida que llevo contigo;

búscate otra muñeca porque yo estoy cansada y necesito rehacer mi vida sin el estigma que llevo desde hace más de quince años. Renuncio a todo, a ti, a tus manipulaciones, a tus órdenes, a tus negocios y sobre todo a esa vida que no quiero seguir viviendo.

- Raphaela —me dijo—, tú sabes que no puedes hacer eso, tienes un contrato conmigo y no lo puedes anular; si quieres un tiempo te lo daré, de lo contrario, si sigues empeñada en esa estupidez, no te dejaré en paz hasta hundirte, jamás estarás fuera de mi alcance.

- Haz lo que quieras Pierre, yo me voy de aquí a un lugar donde nunca me encontrarás, así que prepara tu presentación con otra persona y olvídate de mí.

- No lo hagas Raphaela, no se te ocurra dejarme así, tú sabes que conmigo no se juega...

No lo dejé terminar y le colgué el teléfono, pero en vez de sentir miedo sentí una gran liberación.

Sabía que no sería fácil, pero también estaba segura de que valdría la pena. Estaba decidida a vivir una vida sin ataduras.

§

Pierre me llamó tantas veces que perdí la cuenta. Apagué el teléfono y me fui caminando hasta la playa decidida a tirarlo al mar. Pensé que, si iba a comenzar de nuevo, sería con todo, desde un nuevo número de teléfono en adelante.

Estando en la playa, me senté en unos riscos que estaban cerca del malecón, desde ese lugar se podía contemplar el mar en toda su extensión. Esto me daba mucha paz; su olor, su color y el sonido de las olas, sentía que una energía especial me rodeaba y me decía que todo saldría bien.

Me encontraba sumergida en ese hechizo marino, cuando sentí una presencia que me hizo volver a la realidad; al voltear se encontraba muy cerca de mí el patán Santino.

- ¿Se puede saber por qué me está siguiendo?, creo que la última vez que nos vimos quedó muy claro que usted y yo no tenemos más nada que hablar.

- Disculpe Raphaela, no fue mi intención asustarla, sólo quería pedirle disculpa por todo lo sucedido; quisiera además empezar presentándome y olvidar lo que nos pasó ayer: Mucho gusto, mi nombre es Santino Vitale.

Me sentí hipnotizada y le extendí mi mano. Era un hombre alto de tez muy bronceada, casi tostada; con los ojos rasgados de color verde oscuro; se le asomaban unos destellos claros en las sienes; tendría unos cuarenta años más o menos; tenía la barba y los bigotes muy tupidos con vellos oscuros; no era un hombre buenmozo, pero su porte lo hacía ver muy varonil y atractivo; lo más avasallante era su personalidad: enigmática y segura.

- Hola señor patán, no tiene que presentarse, ya sé quién es usted.

- ¿Cómo me llamó? ¿Señor patán? -me dijo inclinando la cabeza hacia un lado- ¿quiso decir señor patrón?

Ahora era yo quien se reía con fuerza y al mismo tiempo rescataba mi mano, la cual hasta ese instante estaba presa en la mano de él.

- Mire Raphaela, sé su nombre porque me lo dio el inspector Cedeño, así que por eso es que la llamo por su nombre; para mí es muy desagradable esta situación, ya que no acostumbro a tener ningún tipo de discrepancias con nadie y mucho menos con una turista. El nombre que me acaba de decir me lo merezco, pero tampoco creo que deba arrodillarme y suplicarle, así que, usted me disculpa, pero creo que ya por mi parte era lo que tenía que hacer.

Dio media vuelta y comenzó a caminar, en ese instante me di cuenta que él era el hombre que mi corazón necesitaba.

§

- ¡Jossie! —me dijo Raphaela haciéndome volver a la realidad—. Me da pena contigo, me adueñé de tu tiempo y me imagino que debes atender a tus otros huéspedes.
- Tranquila Raphaela, estoy maravillada con tu historia.
- Gracias —dijo y siguió con el relato de su vida.

§

De pelearnos pasamos a querer estar juntos. Santino y yo estuvimos saliendo por unos días para conocernos: Comíamos juntos, íbamos al cine, a la playa y poco a poco le conté mi pasado.

Traté de ir despacio pero su personalidad me fue atrapando, al cabo de un tiempo ya me había mudado para su casa; él también era un hombre muy solo.

- ¿Aceptó tu pasado sin problema? ¿No te puso ninguna objeción? —le pregunté.
- Jossie, no fue nada fácil; cada día iba posponiendo contarle mi vida porque no quería romper el encanto de nuestra relación, hasta que paso

lo inevitable. Un día me conseguí con Pierre en el pueblo. Ya había pasado casi un año sin verlo. Lo peor fue que Santino estaba allí, a mi lado. Aunque me aparté para hablar con Pierre, él se dio cuenta por mi cara y mis gestos que estaba sucediendo algo malo y esa misma noche me confrontó.

- Raphaela, he colocado en tus manos todo lo que soy, sin reservas; pero lamentablemente, siento que de tu parte no ha sido igual; necesito que me digas toda la verdad de tu pasado.

Me senté frente a él, le tomé las manos y con lágrimas en los ojos, le fui contando cada detalle de mi vida.

- Santino, estás en todo tu derecho de rechazarme.

Santino se levantó sin decirme nada y se dirigió hacia un ventanal de la casa, desde el cual se veía el mar, allí se quedó parado con los brazos cruzados.

En la habitación no se escuchaba ni un ruido, ni siquiera el de mis sollozos porque los mantenía ahogados dentro de mi garganta. De repente, vino hacia a mí:

- Raphaela, no soy quien, para juzgarte, no sé si me arrepentiré por la decisión que voy a tomar, lo único que sé es que te amo. He podido sentir que tú también me amas y para poder seguir juntos, debemos terminar con ese pasado de una vez por todas. Necesito hablar con el tal Pierre y borrarlo de tu vida para siempre.

Después de decir eso, se acercó todavía más, me tomó de las manos, me levantó del asiento, y me besó con el beso más profundo y sincero, que jamás haya sentido.

Días más tarde Pierre regresó al pueblo, Santino le dio una indemnización para callarle la boca.

§

Mi vida cambió de tal forma que pasé de ser mujer independiente a ama de casa. Con el tiempo sentí que algo me faltaba, sabía que debía de retomar el camino hacia una vida más productiva. Estaba acostumbrada a tener control de mi dinero y mi espacio, así que comencé la búsqueda de un negocio, algo que me dejara disfrutar de mi vida como mujer y también como empresaria.

Santino me insistió que montara una productora de videos, y eso fue lo que hice; a través de mi organización ahora puedo ayudar a muchas personas. Buscó fundaciones y por medio de entrevistas y videos las promociono para que la gente conozca los servicios que prestan. Con esto sigo en el mundo de la producción; un mundo que conocí delante de las cámaras y que ahora disfruto detrás de ellas.

Me siento tranquila porque de una forma u otra pude rehacer mi vida ayudando a muchas personas.

Cuando Raphaela terminó de hablar, su cara resplandecía. Con una sonrisa de satisfacción, le di la mano:

- Gracias Raphaela, por compartir tu historia. Contigo compruebo que la vida está llena de sorpresas. Ahora vamos a comer, que se enfría la cena.

A la mañana siguiente, Raphaela se iría muy temprano. Nos despedimos con la promesa que en algún momento volvería a la posada con su "amado patán" que al final se convirtió en su ángel guardián.

Esa noche sentada en mi butaca de retazos, me hice de nuevo la pregunta que tanto martillaba mi cabeza: si es que Raphaela regresa, ¿estaré todavía aquí en la posada?; mi respuesta fue "solo el tiempo lo dirá".

CAPÍTULO 25

Próspero y Ernestina

Habían pasado varios días desde que Raphaela se había ido. No pude evitar contarle su increíble historia a Thereza. Las dos coincidíamos en que lo que uno anhela tarde o temprano llega. Quizás no exactamente de la forma que esperas.

No pude evitar soñar como una adolescente y preguntarle a Thereza, mi amiga y confidente:

- ¿Será que la luna llena traerá a mi príncipe de mirada de cielo atardecer? -No pude evitar soñar como una adolescente-. Aunque me veas tranquila, todavía tengo la esperanza de que Cipriano entrará en algún momento por el portón azul.
- Confía en el destino mi niña: El corazón de Cipriano tocará a tu puerta. Pero por ahora concentrémonos en disfrutar todo lo que nos brinda Casa Ananda. Jai va

a cumplir su primer año y no la hemos bautizado.

- ¿Quiere decir que no te vas? -Le pregunté abrazándola. Cómo me alegra saber que te quedas.

En ese momento recordé que había pasado casi un año desde que nació Jai, la niña que nos había traído a todos nuevamente la alegría, empezando por Sagrario. También estaba Retinto, que se había ganado el corazón de todos al convertirse en el guardián de Jai.

Le di un beso a Thereza por decirme que no se iría y nos dirigimos hacia la cocina para hablar con Sagrario y Rocío con respecto al bautizo de Jai; al entrar también estaba Pepe tomándose un café.

Saludamos al entrar y todos voltearon a verme. Miré hacia nuestra pequeña Jai, que se encontraba jugando dentro de su corral, con Retinto haciendo de las suyas, corriendo alrededor de ella queriendo agarrar la pelota que la niña tenía en sus manos.

- Qué bueno que estamos casi todos
  aquí —dije sentándome en la mesa—,
  me recordó Thereza que se acerca el
  cumpleaños y bautizo de Jai.
  Debemos planificar una fiesta.

Sagrario me acercó mi taza de café con
leche, como siempre, espumoso y
calientico, mientras tanto, Pepe se puso
de pie.

- Me disculpan, tengo que ir a buscar
  materiales para reparar una cerca
  que se rompió. Ustedes son las
  expertas de este tipo de eventos, a
  mí me dicen lo que debo hacer y con
  gusto lo haré, especialmente
  tratándose de mi querida Jai.

Le dio un beso a Rocío, otro a Jai en la
cabecita, la bendijo y salió.

- Bueno, entonces hablemos: a ver,
  Rocío y Sagrario, ¿qué han
  pensado?, Thereza y yo también
  haremos lo que ustedes nos
  indiquen.
- Jossie, queremos que usted y
  Thereza sean las madrinas de Jai.
  Hemos pensado en hacer una

ceremonia muy pequeña, algo entre nosotros nada más; quizás hacerlo debajo del samán, invitar al pastor del pueblo, recoger agua del manantial para que la bendiga, y con esa agua bautizar a Jai. Podríamos preparar un desayuno y si hay huéspedes, que desayunen con nosotros, así no hay que trabajar de más y todo será sencillo. Estoy segura que todo será muy bonito.

Thereza quedó encantada con la invitación y yo por supuesto feliz con este lazo espiritual que nos uniría todavía más a nuestra pequeña Jai. El bautizo sería en cuatro semanas, tiempo suficiente para los preparativos.

§

Ya llegando el atardecer, con menos calor, me animé a salir al pueblo vecino con Thereza para dar una vuelta; en el camino nos conseguimos con algunos vecinos.

Después de curiosear por las tienditas, nos sentamos en la plaza a tomar unos helados. Nos entretuvimos viendo cómo iban y venían los pueblerinos y turistas; algunos saludaban con una señal, otros se paraban e intercambiaban algunas palabras con nosotras, algunos seguían el camino sin detenerse.

Cuando comenzó a oscurecer, emprendimos el regreso a Casa Ananda; ya casi entrando en el camino hacia las posadas, vimos una pareja que estaba como perdida, nos acercamos y les preguntamos si necesitaban ayuda. Eran unos señores como de setenta años, cada uno llevaba una maleta, se notaban cansados.

- Hola, buenas noches, somos Próspero y Ernestina Prado, muchas gracias por preguntar. Sí, estamos perdidos, veníamos en el tren y creo que nos bajamos en la estación equivocada, no conocemos nada de este lugar y teníamos que llegar hace más de una hora al pueblo de Allariz. Estamos recién casados y nos dijeron que ese era uno de los pueblos más bellos y románticos de Galicia. Para allá íbamos, pero preguntamos en la estación del tren y nos dijeron que hasta mañana no

se reanudan los viajes, así que no
sabemos dónde quedarnos, ni que
hacer.

- No se preocupen, eso pasa con
  frecuencia en esta área; tenemos
  una posada cerca de aquí y allí
  podrán quedarse esta noche, comer
  algo y descansar; mañana con más
  claridad, veremos cómo hacer para
  que puedan llegar a su destino. Por
  ahora están en buenas manos y los
  ayudaremos.

Incrédulos se volvieron a mirar el uno
al otro y nos agradecieron el haberles
ayudado.

- Vamos, síganos que estamos cerca,
  los ayudaremos con las maletas y en
  poco tiempo llegaremos a Casa
  Ananda.

Al entrar a la posada nos dirigimos
primero a la casa grande; allí llamamos
a Rocío y a Margarita; Sagrario ya
estaba terminando de preparar la cena.

Invitamos a Próspero y Ernestina a
sentarse en las poltronas para que
descansaran, y por supuesto, les

ofrecimos el té de Sagrario; tan pronto lo tomaron, les volvió el color a sus cansados rostros.

—Les presento a los Señores Próspero y Ernestina Prado —les dije a Rocío y Margarita cuando se acercaron—, ellos se van a quedar esta noche aquí, así que por favor ubíquenlos en una de las cabañas y explíquenles el horario y las facilidades de la casa.

- Señor Próspero si necesita hacer alguna llamada con gusto me puede acompañar a mi oficina y llamar al hotel en Allariz para explicarle lo sucedido, así ellos también estarán informados y podrán hacer los arreglos necesarios para ajustar sus reservaciones —Le dije.

Rocío y Margarita acompañaron a Ernestina hasta la cabaña y Próspero me siguió a la oficina. Tan pronto hizo la llamada al hotel, la persona que lo atendió fue muy amable y receptiva, entendió lo sucedido y se dispuso a hacer los cambios necesarios. Él ya más tranquilo, me agradeció las atenciones.

- ¿Quiere que lo acompañe a su cabaña, o quiere tomarse algo primero?
- Prefiero que me diga dónde está la cabaña, pues no quiero que Ernestina esté sola tanto tiempo; ella se pone un poco nerviosa cuando no conoce el lugar, y cuando yo no estoy a su lado; usted sabe, cuestiones de la vejez y de recién casados — dijo Próspero sonriendo.
- No hay problema, es un placer, sígame por aquí.

Atravesamos el patio. Ya había varios huéspedes sentados en las sillas y columpios debajo de los árboles; nos saludaban al pasar. La brisa refrescaba el ambiente, la luz de la Luna se colaba entre las ramas y las pequeñas luces del camino daban un toque romántico, muy dulce y acogedor.

Al llegar tocamos la puerta y una Ernestina risueña nos recibió.

- Hola, mi amor, ¿cómo te sientes aquí? -Le dijo Próspero

- Bien, mi vida, esperándote — Le respondió Ernestina.
- Bueno los dejo para que puedan descansar, si necesitan algo no duden en llamar, sólo levanten el intercomunicador, marquen el cero y de inmediato cualquiera de nosotros les atenderá. Les recuerdo que en media hora estará lista la cena, y para nosotros sería un placer que nos acompañaran - Les dije retirándome.

Al cabo de media hora, Thereza y yo entramos a la casa y vimos que Sagrario y Rocío estaban sirviendo la cena; los huéspedes estaban sentados en el comedor, mientras que otros quisieron que les sirvieran en las mesas de la terraza. La casa estaba llena, eso me hacía sentir alegría y satisfacción, ya que la labor encomendada por mi abuelo se estaba llevando a cabo como él quería y eso Thereza se encargaba de recordármelo.

- Mi niña, que bien se siente Casa Ananda, está como en los viejos tiempos, cuando tu abuelo la atendía; donde esté debe estar satisfecho de haber dejado todo en buenas manos.

Notamos que Sagrario y Rocío no se daban abasto para atender a todos los huéspedes; enseguida Margarita y Juanita salieron a dar una mano. Nosotras para no molestar, decidimos sentarnos a comer en la cocina, dando espacio a los huéspedes y al personal para que trabajaran sin la presión de atendernos a nosotras también.

En la cocina se apreciaba el ambiente festivo y colorido que reinaba; había música, risas y pisadas de felicidad. El sonido de la cristalería al servir la comida y el ruido de las sillas al rodarse para dar asiento. Cuando ya todos estaban haciendo la sobremesa y cada grupo fue terminando, la mayoría fue saliendo al patio a disfrutar del clima fresco y agradable que la noche ofrecía generosamente. Cada rincón se fue coloreando del mismo sonido de risas y murmullos de las personas que habían estado antes en el comedor, convirtiéndose todo esto en música para mi alma.

Thereza y yo estábamos por levantarnos de la mesa, cuando Próspero y Ernestina se asomaron por la puerta de la cocina sonriendo.

- Disculpen que no hayamos llegado a tiempo para la cena, pero es que estábamos tan agotados que quisimos tomar un baño y descansar media hora; vencidos por el cansancio nos quedamos dormidos mucho más de lo que pensábamos.
- Vengan por favor, siéntese aquí con nosotros -les dije-. Si prefieren, podemos hablar con Sagrario para que les sirvan en el salón comedor.
- Muchas gracias, pero si no les importa estaremos más cómodos con ustedes aquí —nos dijo Ernestina con la dulzura tímida que la caracterizaba.

Sagrario ya estaba regresando del comedor con la última parte de los platos y el servicio de la cena; con una sonrisa se dirigió hacia la pareja de viejitos.

- Buenas noches, ¡qué bueno es verlos de nuevo!, bienvenidos a la cocina, me parece que escogieron el lugar más cómodo para cenar, déjenme decirles que tanto el lugar como la compañía es de primera —dijo Sagrario amablemente.

- Sagrario, ¿qué le ofreceremos a Próspero y a Ernestina? -pregunté tratando de disimular mi preocupación ante la posibilidad de que se haya terminado todo.

Sagrario, dirigiéndose al fogón de la cocina y al horno, revisó cada olla.

- Creo que hay de todo un poco. Vamos a ver… por aquí hay pastel de hojaldre con tomate, champiñones y queso de cabra, por este otro lado nos queda un poco de tarta de atún en una cama de arroz blanco y por aquí terrina de salmón y aguacate, y de postre tenemos tarta de calabaza y bizcocho con dulce de leche y crema de mantequilla.

Ustedes me dirán, puedo ponerles un poco de todo en la mesa y ustedes comen lo que quieran, ¡ah! y de beber tenemos jugo de mora, frambuesa y agua de limón con caña de azúcar. ¿Les parece?

- Sí, muy agradecidos, así estaría bien —dijeron al mismo tiempo Próspero y Ernestina.

Sagrario sirvió todo lo que ofreció; ellos disfrutaron del banquete, mientras nosotras contábamos nuestras anécdotas más jocosas; ellos reían y de vez en cuando contaban pequeños episodios de sus vidas.

- Ernestina, cuéntenos ¿cómo es que ustedes están recién casados? – preguntó Thereza-, disculpen mi curiosidad. Sé que el amor no tiene edad, pero me encantaría saber un poco más con respecto a eso.
- Bueno, les contaremos —dijo Ernestina tomando un sorbo del té de Sagrario y sirviéndole una taza también a Próspero-. ¿Tú me ayudas a recordar?, ¿verdad Próspero?

Empezaré por decirles que nosotros nos conocemos desde hace muchos años, sesenta para ser exactos; yo tenía quince y Próspero diecisiete, vivíamos en el mismo pueblo e íbamos a la misma escuela, en grados diferentes por supuesto.

Un año fui la reina del Carnaval y aunque tenía pretendientes a mí siempre me había llamado la atención Próspero, ya que era el deportista destacado y el cantante de la escuela; incluso tenía un grupo de rock. Fue a escondidas de mis padres y con la ayuda de unas amigas que empezamos a salir, pero como el pueblo era muy pequeño siempre nos conseguíamos con algún amigo de la familia, así fue que llegó a los oídos de mis padres que me estaba viendo con el "cantantucho y bueno para nada de Próspero" como despectivamente lo llamaban mis padres.

Nos hicieron la vida imposible, no me dejaban salir ni a la esquina sola. Sólo nos comunicábamos por medio de cartas que me enviaba con mis amigas y en complicidad con la muchacha de servicio de mi casa. Por un año lográbamos vernos los domingos desde lejos en la misa. Durante ese tiempo mi padre enfermó y murió, así que la situación tanto emocional como económica de nuestra casa desmejoró al punto de que mi madre decidió mudarse a la casa de mis abuelos lejos del pueblo donde vivíamos. Esto nos obligó a separarnos, hasta que cada quien hizo su vida.

Al cabo de dos años me gradúe de bachiller y comencé una carrera como bibliotecaria; a todas estas ya no tenía noticias ni sabía nada de Próspero. De vez en cuando me preguntaba ¿qué sería de su vida?, me imaginaba que estaría en el pueblo cantando, con muchas novias, y sin darme cuenta, me acostumbré a la idea de que él ya no sería para mí.

§

Aquel tiempo -continuó Próspero- para mí fue muy difícil; mientras Ernestina creía que yo estaba de "playboy" yo estaba tratando de salir adelante en mi carrera y ayudando en casa con los gastos.

Durante el día estudiaba mecánica de aviación, en las tardes y algunas noches trabajaba en una fábrica de repuestos de aviones; allí fui ahorrando dinero para poder irme a uno de los aeropuertos del país. Mi meta era conseguir trabajo allí, hacerme profesional, siempre pensando en poder ofrecerle a Ernestina un futuro mejor.

Aunque ya no nos comunicábamos, yo estaba comprometido de corazón con ella, y estaba seguro que al buscarla, ella volvería conmigo; pero el destino me jugó una mala pasada y los sueños de estar con ella se rompieron en el vientre de una muchacha con la cual salía sin intenciones de casarme; si bien no era mala mujer, no la amaba y al salir embarazada, tuve que cumplir dejando todos mis sueños a un lado. Sé que no fue culpa de ella solamente, también fui un irresponsable.

Así fue que dos años después de haberse ido Ernestina del pueblo, yo estaba graduándome de papá y viviendo un amor inmenso que no conocía, el amor de padre. No me llevaba bien con la madre de mi hija, pero de igual forma me hice responsable.

Mientras pasaba el tiempo, por no querer estar en casa con   mi mujer tomé trabajos extras y eso me convirtió en un adicto al trabajo; era más feliz escuchando a mis amigos y compañeros de trabajo que compartiendo con mi familia.

Pasaron ocho años y como era de esperarse, mi esposa se enamoró de alguien más. Nos divorciamos sin tantos problemas, en el fondo eso era lo que queríamos; ella se fue a vivir con su nueva pareja a otra ciudad y yo tenía permitido ver a mi hija durante las vacaciones de colegio y días festivos, sí mi trabajo me lo permitía.

Con el paso del tiempo me fui alejando más de la niña hasta que no la vi más; al principio la llamaba, hasta que sentí que ella no quería hablar conmigo. La fui a visitar varias veces y lo que hacía era reclamarme cosas que la mamá le decía en mi contra. Un día me dijo que quería más a su nuevo papá que a mí, porque yo nunca estaba con ella; eso me dolió mucho, y pensé que lo mejor era alejarme por un tiempo, para luego darme cuenta, del gran error que había cometido.

Hoy en día sé que he debido luchar y hacer valer mi amor de padre, ayudarla a cambiar de opinión, aunque ella me rechazara. Sólo el tiempo le ayudaría a entender cuánto la quería.

Después de mucho tropezar y buscar, logré conseguir el trabajo anhelado, ejerciendo la carrera que con tanto esfuerzo había logrado.

§

Mientras tanto -interrumpió Ernestina—, yo terminé mi carrera de Filosofía y Letras y comencé a trabajar en una Biblioteca. Me sentía muy bien ahí; podía hablar con la gente de diferentes temas, investigar cada género literario y aprender de las diferentes culturas. Me apasionaba mi trabajo, así que el mundo bibliotecario me atrapó, el lugar donde mi mente podía volar libremente y soñar en las páginas de cada libro.

Mi madre y mis tías bromeaban con sus dichos populares "te vas a quedar para vestir santos", me decían. Casarme o tener novio ya no estaba en mis prioridades, y no era que me había quedado dolida o decepcionada por lo de Próspero, aceptaba que el destino me había guiado hacia allí, no sabía que el destino lo busca uno mismo.

§

Mientras Thereza y yo los escuchábamos muy entretenidas; observábamos que entre cuento y cuento se miraban con ojos de amor y de complicidad; era hermoso ver que para el amor la edad no era un impedimento, ese sentimiento te vuelve espiritualmente joven.

§

Con los años me fui acostumbrando a estar sola con mi gata Paquita - Ernestina entonces continuó su relato-. Entre el ir y venir de la biblioteca a la casa y mis salidas los domingos a misa pasaron muchos años.

Un día murió mi madre y me quedé sola. Trabajar en la biblioteca se había convertido en mi único mundo.

§

Próspero la veía embelesado y sonriente mientras ella hablaba; le hacía gestos con la cabeza afirmando lo que ella decía y ella a su vez le sonreía y se entusiasmaba narrando su historia.

- Vas muy bien mi amor, vas muy bien
  —le decía Próspero, aupándola a seguir contando más.
- ¿Viste que lo he recordado todo? No he olvidado nada y si algo se me escapa sé que tú me ayudaras a recordar - Le decía con ternura Ernestina a su amado Próspero.
- Es que a veces tengo la cabecita un poco mala —nos dijo Ernestina volviéndose hacia nosotras-, hay días que no recuerdo algunas cosas; el médico dice que me tome unas pastillas para la memoria porque

tengo cansancio mental causado por la edad.

Próspero le pasó el brazo por los hombros y le dio un beso en la frente.

- ¡Ay, mi viejita encantadora, hasta con la cabecita así, te amo!

Yo estaba encantada, no había visto nunca un amor así y menos a la edad que tenían ellos, mi espíritu romántico estaba en las nubes.

§

Fueron pasando los años, más nunca pude tener contacto con mi hija y eso me entristecía —continuó Próspero—, quizás por ello seguía trabajando todo el tiempo sin cesar, no quería entender que me estaba quedando solo y además me estaba poniendo viejo.

De vez en cuando me reunía en un bar de la ciudad con unos compañeros de trabajo, recuerdo que en uno de esos encuentros comencé a hablar de mi pueblo; al escuchar el nombre, uno de los amigos que estaba allí comentó que la señora que estaba encargada de la

biblioteca en el área donde vivía era de
ese mismo pueblo y que lo sabía porque
su esposa trabajaba con ella. Cuando
escuché eso, le pregunté si conocía su
nombre.

- Creo que se llama Ernestina
  Palacios, bueno, le dicen Señorita
  Ernestina.

Casi brinqué de la silla, mi corazón se
aceleró y pensé "¿será mi Ernestina?, no
puede ser que viviendo en la misma
ciudad nunca nos hayamos encontrado". Me
quedé con la duda, así que para
despejarla al día siguiente me fui a la
biblioteca para confirmar si se trataba
de la misma persona.

Próspero hizo una pausa en ese momento,
le tomó la mano a Ernestina, se la besó
suavemente y continuó su historia.

Al día siguiente no fui a trabajar,
tenía tantos días acumulados sin usar
por vacaciones que me podía dar el lujo
de llamar y tomarme el día libre; así lo
hice, me arreglé y después de desayunar
fui directo a la biblioteca pública
donde me habían dicho que estaba la

Señorita Ernestina. Al entrar, fui a información y pregunté por ella, me dijeron que se encontraba en su oficina en el segundo piso.

Cuando me dispuse a caminar hacia las escaleras, escuché una voz que me llamó por mi nombre:

—¿Próspero? ¿Próspero, eres tú?

Al voltearme pude ver que sin duda era ella, mi querida Ernestina. Yo había ido a buscarla y ella me encontró a mí.

Me puse tan nervioso que casi no podía hablar.

- ¿Cómo estás?, ¡vine a buscarte!

La madurez de los años la hacía lucir más bella que como la recordaba; tenía el cabello completamente cano y atado en un moño; su cuerpo delgado, sus ojos brillantes y su bella sonrisa se mantenían intactos; me parecía mentira que la tenía frente a mí. En mi corazón sentía que el tiempo no había pasado, me latía tan fuerte que hasta las manos me temblaban, sin embargo, la vi tan serena que pensé que el único emocionado era yo.

- ¡Ah, no, Próspero! -interrumpió Ernestina—, ¿vas a seguir con eso?, eso no fue así, les contaré cómo fue:

Justamente es ese momento me encontraba en el primer piso dando una información a alguien. Casi nunca bajaba a ese piso, a menos que me necesitaran como ese día. Fue una coincidencia maravillosa, no sé si lo que voy a decir es cuchillo para mi garganta —dijo riendo— pero nunca lo dejé de amar y mi cuerpo sintió que era él, la persona que había pasado al lado mío. ¡Claro que me emocioné Próspero!, y también sentí que me temblaban las manos, pero es que todavía lo recuerdo como si fuera hoy. Soñé tantas veces reencontrarme con él, que me parecía mentira que estuviese sucediendo. Por un momento pensé que era producto de imaginación y por eso me detuve y esperé unos segundos hasta confirmar que era real.

- Mijo —le dijo a Próspero con cara de niña juguetona—, sigue tú que ya yo me estoy cansando, si quieres me voy a la cabaña y me acuesto, no te preocupes que le digo a la señora Sagrario que me acompañe.

Próspero la miró como recordándole su compromiso de protegerla.

- No, ¿cómo va a hacer eso?, yo me voy contigo, sabes que no me gusta que estés sola y mucho menos en un lugar que no conoces; sé que a Jossie y a Thereza no les importará que siga el cuento mañana. Prometo que lo terminaré antes de irnos para Allariz.
- Tranquilo mi amor —le dijo Ernestina—, sabes que mientras tomo mis medicinas para la memoria mi cabecita permanece controlada, además la estás pasando muy bien y sé que la señora Sagrario me acompañará con mucho gusto.
- Así es, señor Prado —dijo Sagrario—, quédese un rato aquí tranquilo que yo me ocupo de la Señora Ernestina.

Dicho esto, salieron conversando Sagrario y Ernestina como grandes amigas y se fueron alejando hasta que ya no se escucharon más sus voces.

- Disculpen —dijo Próspero—. Me quedo muy preocupado cuando no estoy al lado de Ernestina, aunque es cierto que cuando está bajo los efectos de su pastilla está controlada. Todavía me asusta que pueda tener otra reacción como las que ha sufrido anteriormente. Por respeto a su petición voy a terminar de contar lo que falta, que realmente no es mucho y luego me voy acostar. Al terminar de escuchar esta parte de la historia entenderán mi preocupación.

§

Desde ese día, nunca más nos separamos, al cabo de unos seis meses viviendo juntos nos casamos por insistencia mía; por mí nos hubiésemos casado al día siguiente de encontrarnos, pero Ernestina no quiso. Ella pensaba que no era necesario, sin embargo, no todo fue color de rosas:

Cuando teníamos dos meses juntos, un día al despertarme no la conseguí en la cama; salí a buscarla en la sala, en la cocina y no estaba, entonces abrí la puerta de la entrada de la casa y estaba allí sentada sola y asustada; la abracé y le pregunté qué le había pasado; me dijo que no sabía porque cuando se había despertado ya estaba allí. Ella pensó que había sido un hecho aislado, algo así como sonambulismo.

Desde ese momento me quedé muy preocupado.

Obsesionado, no quería ni dormir; aseguré todas la ventanas y puertas, no la dejaba ni un instante; pedí todos los días que podía tomar en el trabajo, hasta que una tarde salí a comprar una hogaza de pan y cuando regresé conseguí la puerta abierta. Entré a casa desesperado; al ver que no estaba en la casa, salí a la calle, paraba a cada transeúnte y le preguntaba si la había visto.

En medio de mi desesperación trataba de dar una pequeña descripción de ella, pero nadie la había visto; traté de tranquilizarme y pensar a dónde podría haber ido si hubiese sido ella, así que me senté en la acera, respire profundo, tratando de apaciguar el corazón y la mente

- ¿Dónde estás Ernestina?, por favor Dios mío mándame una señal, dime algo que me indique su paradero.

Una persona distraída no se dio cuenta que estaba allí sentado en la acera y tropezó conmigo, dejando caer un libro.

Esa era la señal que necesitaba. Agradecí al señor que me había tropezado y salí corriendo hacia la biblioteca; al llegar, estaba cerrada y era tal mi ansiedad que forcé la puerta para que abriera; el agente de seguridad me vio desde adentro, me reconoció y vino a abrirme.

Tan pronto abrió la puerta, sin saludar le pregunté si había visto a la Señorita Ernestina y me respondió que sí, que había llegado unos minutos antes y que estaba en su oficina. Subí como un loco desesperado y al verla sentada en su escritorio, tan tranquila y apacible, me regresó el alma al cuerpo. Ella al verme me dijo: "Buenas tardes, ¿lo puedo ayudar en algo?".

Supe entonces que las cosas no estaban bien en su cabecita. Ernestina no me reconoció, sentí un dolor inmenso.

- Buenas tardes —le seguí la corriente-, ¿usted es la Señorita Ernestina?, mucho gusto, mi nombre es Próspero Prado, disculpe que la moleste, pero me gustaría invitarla a un café, ¿cree que sería posible?, es que soy nuevo por aquí y no sé a dónde ir; el agente de seguridad me dijo que usted conocía el área y que podría ayudarme.
- Señor Prado, es que yo no lo conozco y la verdad que estoy un poco ocupada, si quiere regrese mañana, así lo atiendo y nos tomamos el café aquí en la cafetería de la biblioteca.

Cada palabra que decía aumentaba mi tristeza, no podía creer que no me reconociera; yo no sabía qué hacer, sonriendo para ella y llorando por dentro. Tenía que buscar la forma de llevarla a la casa, pero no sabía cómo.

De repente, su mirada cambió y se levantó de la silla, se dirigió hacia mí y, tomó mi cara en sus dulces manos:

- ¿Próspero, mi amor, qué haces aquí?, sabes que cuando estoy trabajando y tú vienes me distraigo y ya no puedo concentrarme.

La miré en silencio, el brillo de sus ojos me hizo pensar que regresaba a mí, mi adorada Ernestina.

- ¿Mi amor desde cuándo estás aquí?, pensé que habíamos quedado que me esperarías en la casa, gracias a Dios que estás aquí -le dije con un nudo en la garganta-; quería abrazarla y amarrarla a mí; en ese momento pensé que era hora de buscar a un especialista.

Nos fuimos a la casa y comenzó a hablar tratando de ponerme al día con lo que según ella había hecho durante su día de trabajo. Me contaba cosas incoherentes, mezclando eventos del pasado y del presente. Era como si su mente hubiese perdido la noción del tiempo. No podía entenderla, yo sólo quería que ella me abrazara y me dijera que estaba bromeando y luego reírnos juntos por la ocurrencia… pero no. Algo peor estaba sucediendo y era real, aunque no pudiéramos comprenderlo.

Al día siguiente me desperté muy temprano y ella todavía descansaba, aproveché de llamar a su médico de cabecera y le expliqué lo ocurrido. Él muy preocupado, me recomendó al mejor neurólogo de la ciudad. De inmediato hice una cita para el mismo día en la tarde. Cuando mi amada Ernestina se despertó, le comenté que iríamos a un nuevo doctor para ayudarla con la pérdida de memoria, de la que ella tanto se quejaba.

    - Perfecto Mijo -me contestó—. Eso te
      tiene preocupado y a mí también, ya

que a veces no sé si he tomado las pastillas o el café. A veces trato de recordar a las personas que me saludan en la calle y no sé quiénes son; quizás sean cosas de la vejez, sin embargo, pensé que se me pasaría con las pastillas de vitamina B combinadas con las infusiones de jengibre que me estoy tomando, pero no ha sido así; creo que necesito algo más fuerte. ¡Qué vaina mijo, ahora que por fin estamos juntos, yo salgo con esto!

Le respondí que no quería que se preocupara, como decía ella seguro serían "cosas de la vejez", pero yo en el fondo sabía que era algo más serio, algo muy complicado y que venían días muy tristes para los dos.

§

Llegamos a la consulta del doctor media hora antes de lo acordado, estaba muy nervioso, no podía concentrarme en más nada que en la salud y el bienestar de mi amada Ernestina.

Mientras llenábamos las formalidades que se requieren en estos casos, pasó la media hora y nos llamaron; pasamos a una habitación blanca y helada, allí nos explicaron todo el procedimiento de rutina antes de que el doctor entrara. Le sacaron muestras de sangre, le tomaron la presión arterial, le hicieron un electrocardiograma. Ella estaba acostada en una camilla esperando con paciencia, que cada enfermero hiciera su trabajo.

Una vez terminada la rutina de ingreso, llegó el médico. Era un hombre de baja estatura, su tez oscura con su bata blanca hacía un contraste marcado. Un hombre de facciones duras y acento extranjero al hablar, parecía inaccesible, pero al acercarse a Ernestina su semblante cambió por completo:

- ¡Veamos a quién tenemos aquí!, hola Ernestina, soy el Doctor Aryan Rao, como verás ya te hicimos unos exámenes para saber por qué vienes a visitarme, quiero que estés tranquila, según estos primeros exámenes no tienes nada de qué preocuparnos, pero eso no significa que ya te vas para tu casa; primero quiero hablar con tu esposo en mi oficina y hacerte otros exámenes; por lo pronto, la señorita Alexandra, mi asistente, te acompañará, para que podamos hacer un análisis más profundo; nada te dolerá, solo es una tomografía y un examen para la memoria.

La enfermera asistente ayudó a mi Ernestina sentándola en una silla de ruedas, para luego trasladarla al laboratorio. El doctor a su vez se me acercó y con gentil voz me invitó a su oficina; a medida que íbamos caminando por los pasillos, veía como el personal y los pacientes saludaban al doctor con cariño y como él amablemente les devolvía el saludo.

Al llegar a la oficina, me asombró lo amplia, sobria e iluminada que era. Muchos diplomas y reconocimientos colgaban en la pared, así que pensé que estaríamos en manos de un buen profesional. Me senté tratando de afinar todos los sentidos para escuchar lo que el doctor iba a decirme.

- Señor Palacios, voy a explicarle qué tiene su esposa -me dijo con tono firme, pero sin intimidar.

- Doctor, mi apellido es Prado, el de Ernestina es Palacios. Aún no estamos casados, pero somos pareja, vivimos juntos y nos conocemos desde hace muchos años. No soy su esposo legalmente, pero soy la única persona que tiene y que daría la vida por ella —le aclaré.

- Señor Prado, lamento informarle que en este caso usted no puede tomar decisiones, ni yo puedo decirle nada de lo que le está pasando a la señora Palacios, por lo menos hasta que ella lo autorice; entonces si quiere, vamos a esperar que ella vuelva y firme la autorización, y así podré hablar franca y abiertamente con usted. Por favor perdóneme, pero son las políticas de la clínica, para resguardar la privacidad de los pacientes.

- ¡No me diga esto doctor!, necesito que me diga que tiene mi Ernestina, tengo meses viendo que se me está yendo, aunque físicamente este a mi lado; no puedo esperar más, sea lo que sea necesito saber qué le está pasando; si usted me llamó a solas, algo me dice que no es nada bueno, y ¿ahora me sale con esto? Si es necesario, me caso ahora mismo, pero no puedo esperar otro día más —le dije con determinación.
- Está bien —respondió el doctor—. Veré qué puedo hacer.

El doctor tomó el auricular, marcó dos números y le explicó al interlocutor lo que estaba pasando; le pidió que llevara la hoja de autorización al laboratorio donde se encontraba Ernestina y le explicara que necesitaba que lo firmara para que él pudiera explicarme cómo estaba su salud y así poder tomar cualquier decisión. Me pidió que esperara unos minutos.

§

Pasaron los veinte minutos más largos de mi vida; me imaginaba que Ernestina no recordaría quién era yo, que no querría firmar el papel,… La desesperación me hacía levantar de la silla. Finalmente llegó un hombre joven con un documento en la mano.

- Veamos -dijo el doctor—, aquí tenemos la autorización de la paciente Ernestina Palacios, la copia de su identificación y la firma es igual a la del documento, así que ya tranquilícese que le diremos todo para que pueda tomar las decisiones necesarias.
- Por los síntomas y características de la paciente, aunque todavía me faltan algunos resultados de exámenes, deduzco que este es un caso de Alzhéimer. Lo único que podemos hacer por el momento es medicarla para que la enfermedad no avance y tomar las medidas de precaución necesarias para garantizar su seguridad; necesito que me cuente cuáles fueron los

eventos que le llevaron a tomar la decisión de traerla para acá.

Todavía en mi mente estaba retumbando la palabra Alzheimer, hasta que lo escuché con tono firme llamarme por mi nombre. Volví en mí como un autómata y le fui contando los últimos eventos ocurridos. También le conté como reiteradamente preguntaba por cosas, personas, situaciones, aunque yo se las recordaba una y otra vez. Le dije que me preocupaban sus desapariciones y el que no me reconociera por momentos. Mientras hablábamos de todo lo relacionado con la enfermedad, llegaron los exámenes que esperábamos: Todo confirmaba lo temido, mi amada estaba enferma, el Alzheimer ya estaba causando estragos y debía tomar la decisión de decírselo o no.

Ante el terrible diagnóstico, me sentí desolado; no quería que mis emociones pusieran en riesgo la objetividad que se necesitaba para ayudar a mi amada; decidí ser honesto:

- No sé qué debo hacer, dígame, ¿si ella fuera su esposa o su madre qué haría? —le pregunté.

- Esa es una pregunta muy personal —me respondió— pero veo en usted el amor por ella, y también veo en el historial que ella sólo lo tiene a usted, así que le confesaré que a mí también me pasó con mi madre, y la decisión junto a la de mi familia fue ocultarle lo grave de la enfermedad; preferimos decirle que tenía un problema de pérdida de memoria a causa de la edad, con eso evitábamos un estrés adicional. Veo que Ernestina es una persona preparada, así que no sé hasta qué punto se le pueda ocultar esto para evitar un cuadro depresivo, así que puedo ayudarlo a decirle lo que usted decida. La enfermedad del Alzheimer actúa silenciosamente y es un tanto cruel, sobre todo para los familiares, ya que los pacientes no son conscientes de que están enfermos, ellos piensan que los demás no entienden o están equivocados. En cuanto al tiempo de vida, no tenemos parámetros claros, podrían vivir solo unos meses o muchos años. Le aconsejo que se prepare, de ahora en adelante para estar muy pendiente de ella. Le daremos información y consejos de cómo llevar adelante su vida con un paciente de Alzhéimer. Tendrá que reacondicionar la casa, revestirse de paciencia, pensar por ella y por usted, además de disfrutar su compañía cada día como si fuera la última vez… o la primera.

Salí de allí a buscarla a Ernestina a la sala de espera, al entrar estaba sentada con su cartera sobre las piernas, un libro en la mano, sus ojos brillantes y esa sonrisa que me daba vida, una vida que para ella y para mí se estaba acortando cada día.

La abracé con todas las fuerzas de mi corazón y cuando nos disponíamos a salir, vi sobre la estación de las enfermeras unos ramos de hortensias, su flor preferida. Pedí permiso y saqué dos hortensias y allí mismo delante de todos los pacientes, el doctor y las enfermeras, me arrodillé y le ofrecí las flores.

- Amor de mi vida, ¿quieres casarte conmigo mañana mismo?

Ella sorprendida me miraba y miraba a todos con esa ingenuidad que me enamoraba, me tomaba las manos y entre risas trataba de levantarme.

- Mientras no me respondas, de aquí no me levanto. Quiero que todos aquí sean testigos de nuestro amor y de nuestra unión.

Ella se arrodillo también frente a mí, me abrazó y me respondió con un tierno beso:

- ¡Sí, amor mío, quiero casarme contigo!

Todos los presentes nos aplaudieron; entre risas y lágrimas nos ayudaron a levantarnos, mis rodillas ya empezaban a doler. Salimos felices y abrazados como dos adolescentes. Entramos en la primera joyería que encontramos; ella escogió un hermoso y sencillo anillo de bodas. Al día siguiente nos vestimos con nuestros mejores trajes y fuimos a la jefatura principal donde estampamos nuestras firmas como marido y mujer.

§

- ¿Entonces se acaban de casar? —Le preguntó Thereza.
- Nos casamos hace más de un año, habíamos pospuesto la luna de miel ya que tuve que arreglar todo lo de mi jubilación y la de Ernestina; como les conté ambos trabajábamos, así que mientras arreglábamos esas cosas, vendimos el apartamento de Ernestina y el mío, compramos algo más pequeño y seguro en un condominio para personas mayores. Juntamos todo el dinero que teníamos ahorrado y decidimos viajar; empezamos con viajes cortos, ya que me daba miedo separarla mucho tiempo de sus cosas y del doctor quien al final se convirtió en nuestro ángel guardián.

Hoy por hoy, su pérdida de memoria es más frecuente; a medida que pasan los días he aprendido que cada vez es algo nuevo para ella y para mí. Ernestina se entusiasma con cada cosa que suceda; las pastillas de la "memoria" la tranquilizan, pero hacen que se vuelva un poco lenta. Hasta ahora no ha dejado de reconocerme, eso me tranquiliza porque no quiero imaginarme el día que no sepa quién soy. Ahora yo también me cuido más, no quisiera que me pasara nada y se quede sola, ella no sabría qué hacer y eso me angustia, por esto decidí vivir por ella y para ella.

Bueno, estimadas amigas, creo que es hora de retirarme para estar con mi amada Ernestina. Gracias por escucharnos, les aseguro que, si podemos volver a Casa Ananda, procuraremos tener más tiempo para compartir con ustedes y si algún día me encuentro solo podré venir aquí a recordar lo vivido con mi amada.

Nos levantamos todos de la mesa y Thereza fue la primera que se le acercó a Próspero y lo abrazó, con mucho sentimiento le dio las gracias por habernos contarnos toda esa hermosa historia de amor.

Cuando Thereza y yo nos quedamos sola le comenté mi opinión sobre lo que acababa de escuchar.

- Thereza, estas son las historias que mueven mi esencia y confirman que el amor todo lo puede, creo que son vivencias que las personas compartían con mi abuelo aquí en Casa Ananda y ahora soy yo la encargada de escucharlos, sus vivencias más allá del camino.

CAPÍTULO 26

Sagrario

Cada vez que despertaba en la posada lo primero que hacía era pasar por la cocina.

En esta oportunidad estaban Sagrario, Jai y Retinto. Di los buenos días y mi querida Jai al verme desde su corral extendió sus bracitos para que la cargara. Mientras tanto Retinto brincaba con ansiedad para que le permitiera jugar con ella.

Sagrario comenzó a sacudir su trapo en el aire tratando de calmarlo. El perro se dio cuenta de que no la iba a soltar y se echó a mi lado, no sin antes hacer ruidos como diciendo "por esta vez te la presto".

Sagrario y yo tomamos café, entretenidas con la niña y asombradas de lo rápido que había pasado el tiempo, su cumpleaños ya estaba a la vuelta de la esquina. Jai nos había traído tantas alegrías que su llegada nos hizo superar todas las tristezas.

- Así mismo Jossie —comenzó a decir Sagrario—, hace casi un año creíamos que usted se nos moría de tristeza; nunca había tocado este tema por no querer recordarle ese inmenso dolor que le ocasionó el señor Vega; discúlpeme si la molesto con eso, pero todos aquí estábamos muy preocupados. Gracias a la llegada de la niña Olivia, y luego al nacimiento de Jai, usted recobró las ganas de vivir.

- En aquella ocasión -respiró hondo y continuó diciendo- su estado me trajo recuerdos de mi ex marido. Cuando el padre de Rocío se fue, me dediqué a criarla. La partida de él me rompió el corazón. Es por eso que al verla a usted así me dolió mucho. Usted es muy buena Jossie, y mi corazón sintió por ese señor, el mismo odio que sentí por el abandono del padre de mi hija.

- Un día cuando nos turnábamos para cuidarla a usted - Sagrario abrió su corazón-, estuvimos hablando Thereza y yo. Me explicó que las personas tienen que pasar por ciertas experiencias para aprender y valorar otras cosas que llegarán en el futuro. Lo duro es notar cuando un ser querido está atravesando por esa situación, verlo así tan indefenso y golpeado nos afecta mucho. Me pregunto siempre ¿por qué hay que sufrir para conseguir la felicidad?

- No sé Sagrario —le dije bajando la mirada para ver a Jai y ocultar mi tristeza-, no sé; estoy de acuerdo contigo y esa pregunta también me la he hecho muchas veces. Aún tengo la esperanza de que Cipriano volverá. Sagrario, debo confesarte algo, Casa Ananda se convirtió en un sueño inesperado. Lo compruebo cada día con ustedes, con los huéspedes, con cada cosa que he vivido aquí, con el amor que me da esta pequeña que tengo en mis brazos y hasta con Retinto brincando a mi alrededor.

- ¡Bueno, bueno, bueno! —le dije sacudiendo la cabeza y viendo a Jai—, nos estamos poniendo tristes y melancólicas y eso no es justo, ya que tenemos que hacer los preparativos para el cumpleaños y bautizo de esta hermosa niña que está aquí, no es justo para ella sentir tristeza a su alrededor y mucho menos para esa fecha tan especial.

Mientras yo hablaba, llegó Rocío y al verla Jai le extendió los brazos; ella la cargó, la apurruñó y la besó haciéndole cosquillas; eso hizo que Jai se riera a carcajadas y de inmediato Retinto comenzó de nuevo a brincar alrededor queriendo jugar con ella.

- Desde hoy vamos a planificar todo lo relacionado con el evento de Jai —dije asumiendo nuevamente mi papel de líder de la posada-, así que necesito me digan lo que se va a comprar para no dejarlo hasta último momento. Quiero que sepan que de todo lo relacionado con la ropa de la niña, así como su medalla de bautismo, nos encargaremos Thereza y yo, por eso estoy pensando ir a la ciudad para encargar la tela del mantillón.

- Sagrario —pregunté— ¿Tú crees que podríamos diseñarlo juntas?, así me voy con una mejor idea de las telas que se necesiten; tu sabes más de costura y diseño que yo, me encantaría que Jai luzca ese día como una princesa.

- Claro —me respondió—, déjeme terminar el desayuno y montar el almuerzo, voy a su oficina y nos ponemos de acuerdo.

§

Salí al patio para despedirme de algunos huéspedes que ya estaban saliendo, cuando vi que venían hacia la casa Próspero y Ernestina; nos saludamos y ellos siguieron para desayunar. Regresé a la casa y entré a mi oficina, mientras ordenaba algunos papeles y hacía la lista de compras escuché que tocaron la puerta.

- Pasé, está abierto —dije.

Se trataba de Próspero y Ernestina.

- Hola —les dije—, espero que hayan desayunado y les haya gustado, porque a mí me encantó el pastel de maíz con queso blanco que Sagrario preparó.

- Sí, todo muy bueno, ¡exquisito! —respondió Próspero—. Venimos a despedirnos, siempre estaremos agradecidos por la hospitalidad y por habernos salvado de dormir a la intemperie; queremos que sepa que la recordaremos siempre con gran cariño.

Ernestina se acercó y me abrazo.

- No se olvide de nosotros —me susurró al oído-, y mucho menos de Próspero que algún día sé que regresará aquí para recordarme. Dios la bendiga.

Nos abrazamos de nuevo los tres, luego salimos al patio para pedirle a Rodrigo que los llevara hasta la estación del tren; no quería que caminaran ese trayecto y menos cargando el equipaje. Muy alegres se montaron en nuestro carrito y se fueron.

"¡Hasta luego viejitos encantadores!",
pensé mientras agitaba mi mano como
señal de despedida.

Al entrar a la casa, conseguí a Sagrario
y a Thereza en el salón hablando sobre
los planes del bautizo y cumpleaños de
Jai; les pedí me acompañaran a mi
oficina para concretar todo.

Se acercaba el evento que a todos nos
mantendría alegres y entretenidos. Entre
Sagrario, Thereza y yo confeccionaríamos
el mantillón de Jai, con las telas,
cintas y adornos comprados en la ciudad;
todo sería acorde con la estación del
año, la bellísima primavera. Pensamos
que como las temperaturas son suaves,
pero la lluvia es más frecuente que en
otras estaciones, el evento se haría más
temprano para aprovechar que los días y
las noches duran el mismo tiempo; así
que a las seis de la tarde anochecería y
la celebración duraría unas dos o tres
horas, como querían sus padres.

§

Todo se fue llevando a cabo según lo
planeado. El día anterior al evento

estábamos sentadas repasando en la cocina los últimos detalles de la ceremonia del bautizo.

- ¿Sabes qué día es mañana? —me comentó Thereza.

- ¡Por supuesto! -La miré con extrañeza y le respondí con ironía y asombro-, el bautizo y cumpleaños de nuestra ahijada.

- Sí, eso lo sé, pero no te lo pregunto por eso —me dijo Thereza con un brillo especial en los ojos-. Mañana es día de luna llena. Pienso que sería fabuloso aprovechar toda esa buena energía que estará presente y hacer tu ritual, con eso te liberarás de tanta presión que has tenido y te bañarás de esa luz que tanto bien te hace.

- Sí, es verdad —le dije—, pero dependerá de cómo quedemos después de que termine todo el trajín de la fiesta —Y agregando en forma pensativa-: Thereza , muchas han sido las veces que me pregunto por qué he alargado tanto la venta de

Casa Ananda y creo que mi corazón ilusionado siente que para volver a ver a Cipriano de nuevo deberá ser con esa luz de la luna llena que alumbra aquí. Sin embargo, también siento que no debo quedarme sólo por eso… ¿y si no regresa?

El gran día llegó y Casa Ananda amaneció más temprano que de costumbre, todos caminábamos de un lado a otro. A Thereza y a mí nos tocó decorar el espacio donde se llevaría a cabo la ceremonia. Por otra parte, Sagrario y Rocío estarían encargadas de la comida para los huéspedes e invitados al evento. Prepararon algunos refrigerios que se pudieran servir fríos y que cada quien escogiera lo que quisiera.

Cuando salí al jardín y vi que el día estaba nublado me preocupé mucho, lo menos que necesitábamos era un aguacero ya que todo estaba preparado para que fuese al aire libre, debajo del viejo samán.

— Mi niña —me dijo Thereza viendo mi cara de consternación—, no te preocupes por la lluvia. Existe un ritual cuando no quieres que caiga una gota de lluvia; consiste en colocar dos cuchillos en forma de cruz en diferentes lugares en el patio de la casa y con eso la lluvia se aleja. Lo haré para que estés más tranquila.

Sonreí y agradecí que siempre tuviera una solución para todo; la dejé haciendo su ritual de los cuchillos, y pensé que si tuviese que bailar al ritmo de una pandereta lo haría con tal y no lloviera esa tarde.

Entré a mi cuarto para descansar un poco y vi el mantillón de Jai colgado en el perchero, lo destapé para volver a detallarlo; cada vez que lo veía, quedaba embelesada con lo impecable del trabajo que hicimos; bueno, la verdad es que las que más hicieron fueron Sagrario y Thereza.

El mantillón o faldón de bautizo se componía de un vestido largo de muselina de seda natural y tafetán de color perlado; los bordes de las mangas, el cuello y el ruedo estaban bordados con puntillas, cintas de raso y satén del mismo tono del vestido.

Encima del vestido había una capa con un gorro de piqué y tira bordada con pequeñas florecillas de color amarillo - color era para la suerte-. También se le hizo un traje más sencillo y ancho, estilo Corte Evasé, confeccionado en tela de piqué color amarillo muy claro; éste era para cambiarla después del bautizo y pudiera disfrutar de su piñata y juegos.

Me tomé un poco de té que Thereza había dejado sobre la mesita de noche y me recosté un rato, ya que me sentía un poco cansada; agarré la almohada de Cipriano, respiré lo quedaba de su olor y me entregué en los brazos de Morfeo.

No tengo idea cuanto tiempo pasó, hasta que escuché que tocaban la puerta de mi cuarto; me levanté y abrí lo más rápido que pude aún sin estar completamente despierta; era Thereza.

- Disculpa que te despierte —me dijo-
, pero en una hora aproximadamente

llega el pastor para comenzar el bautizo. Como no apareciste en el jardín, me imaginé que estabas dormida, así que vine a despertarte para que tengas tiempo de vestirte.

- ¿Qué? —respondí asombrada y apenada a la vez—, ¿cómo me pasó esto?, tengo que ayudar a decorar el jardín, ¿no me digas que lo hiciste tú sola?

- Sí, lo decoré, pero no lo hice sola, todos aquí me ayudaron, espero que haya quedado como tú querías, todavía hay un poco de tiempo, me gustaría que salieras y me dijeras si quieres cambiar o agregar algo.

- ¡Claro!, vamos —le dije.

Salí detrás de ella, caminamos por los senderos de piedras que tenía el jardín, nos dirigimos hacia el samán; a medida que nos íbamos acercando y empecé a ver todo fue creciendo dentro de mí el entusiasmo; era un privilegio muy especial para nosotros poder contar con un jardín como el de Casa Ananda.

Alrededor del samán, otros árboles sostenían los faroles colgantes y briseras de todos los tamaños, de color blanco, beige y marrón. Entre árbol y árbol se ataban cadenetas de ramas secas, con globos, mazos de flores de lavanda y cintas de telas haciendo juego con los mismos colores de las briseras y faroles; debajo de los arboles colocaron mesas redondas con manteles de yute y sobre estos unos caminos de tela bordada en batista blanca con tejidos muy delicado en los bordes.

Los floreros de vidrio transparente tenían los mismos mazos de flores de lavanda montados sobre unas piezas redondas de madera. Los accesorios que estaban sobre las mesas, así como los cubiertos, eran todos de madera y aluminio.

De cada lado antes de llegar al samán había hileras de sillas forradas de tela blanca con lazos de torzal.

Junto al árbol estaba un mesón con un mantel de encaje blanco, sobre él había un crucifijo de hierro oxidado y un gran rosario labrado en madera.

A un lado de la mesa colocaron un pedestal de piedra con incrustaciones en madera y una gran ponchera ovalada de aluminio no muy honda, llena de agua para ser utilizada como Pila Bautismal. Colgaba de un lado una antigua jarra de plata con la que se vertería el agua bendita a Jai.

Cada rincón del jardín tenía masetas de diferentes estilos y colores llenas con flores silvestres. Un camino de troncos de madera y flores guiaban hacia otro árbol bajo el que se colocó una mesa larga con la misma decoración de las otras; sobre ella reposaban diferentes tipos de bandejas con los bocadillos que había preparado Sagrario. En el medio había un hermoso pastel de tres pisos color blanco, con incrustaciones de pequeñas perlas, unido con una cinta beige hecha de azúcar.

Fue tal mi emoción al ver todo esto que abracé a Thereza.

- Gracias —le dije-, luce más hermoso de lo que me imaginé; cada uno de los detalles, sin duda alguna, son dignos de una princesa; tú como siempre agregaste ese exquisito toque místico en todo lo que nos rodea. Eres un ángel mi querida Thereza.

Rocío llegó y cuando vio todo también se emocionó y nos agradeció lo que estábamos haciendo para Jai; me pidió permiso para entrar a mi cuarto y recoger el traje de la niña, que a su vez estaba ya bañada y esperando en la casa para que la vistieran. Todas suspiramos y fuimos a vestirnos para la ceremonia.

Al cabo de una hora se escuchaban desde mi cuarto los murmullos de algunos invitados. Rodrigo se ofreció para preparar las bebidas; Juanita y Margarita los atenderían mientras disfrutaban de la fiesta.

Decidí secarme el cabello y dejarlo suelto, me puse una coronilla de florecitas moradas y un jumper de crepé blanco muy sencillo, con una sandalias color violeta-purpúreo. Usé un maquillaje sencillo: un poco de rubor en las mejillas, un toque de máscara en las pestañas y brillo color rosa en los labios. Antes de salir miré hacia el espejo para dar un último vistazo y me sentí satisfecha. Por último, tomé el estuche donde estaba la medalla que le ofrendaríamos a Jai y salí de mi cuarto, sin pensar siquiera en la sorpresa que me aguardaba.

Al salir, casi todos los invitados estaban caminando hacia el lugar de la ceremonia; a lo lejos divisé a Thereza hablando con el pastor y a Rocío con la bella Jai cargada.

Todas estábamos emperifolladas, perfectas para la ocasión. Mi querida Thereza tenía una falda blanca de algodón puro, con una camisa ancha de mangas de tres cuartos terminada en una cita de raso. Al verme Pepe y Thereza se me acercaron para decirme que el pastor ya había bendecido el agua y que necesitaban la medalla para bendecirla.

La ceremonia empezó sin más demora; el cielo estaba azul celeste y sin una nube oscura, todo estaba ocurriendo de forma perfecta. La brisa calmaba el calor y el pastor muy conciso y sin rodeos habló del bautismo y del compromiso de ser las madrinas; para Thereza y para mí eso no era sorpresa, porque sin ser madrinas, nosotras estábamos comprometidas con esa niña, que a todos había traído alegría y ganas de vivir.

Al terminar la ceremonia, nos dimos la bendición, cada madrina cargó un rato a la ahijada y así fuimos recibiendo las felicitaciones de las personas que estaban allí; los invitados se fueron dispersando en el jardín y otros sentándose en las mesas, mientras tanto Thereza y yo estábamos entretenidas y fascinadas con Jai. De repente, sentí que me tocaron el hombro y cuando voltee, casi me desmayo al ver a mi querida Olivia.

El grito de alegría fue tal, que todos los invitados voltearon hacia mí y Jai —quien no entendía lo que pasaba—rompió a llorar. Pepe la tomó en sus brazos para tranquilizarla mientras yo liberaba los míos para abrazar a Olivia.

- ¡Dios mío, gracias! -decía entre sollozos-. ¡Qué hermosa sorpresa! ¿Cuándo llegaste? No sabes la alegría que me has dado, ahora si es verdad que esta celebración está completa -Bueno, casi, pues falta Cipriano.

- Sí, mamá, estoy muy feliz. Cómo crees que me iba a perder el bautizo y cumpleaños de Jai, si la amo como a una sobrina; además quise aprovechar la oportunidad, para presentarte a alguien que me robó el corazón: nos casamos hace una semana y además vas a ser abuela.

- ¿Cómo? ¿Pero qué es esto? ¿Thereza, escuchaste? —dije volteando a ver a mi hada madrina.

- Sí, mi niña —me dijo Thereza dándome un beso en la mejilla.

- ¿Pero tú sabías? —le pregunté a Thereza.

- Bueno, que se había casado y que estaba esperando un bebe, no, pero que había llegado sí; esto lo teníamos planeado desde hace más de dos semanas. Recuerdas el té de Sagrario que dejé en tu cuarto; era una infusión de tilo bien cargadito para que te durmieras y tomaras una larga y profunda siesta; durante ese tiempo recogimos a Olivia y a su esposo Bruno, incluso ellos me ayudaron a decorar el jardín y luego se fueron a una de las cabañas para arreglarse y esperar que comenzara la ceremonia. Así tú no te darías cuenta que estaban aquí, para darte esta maravillosa sorpresa.

- Mamá, él es Bruno, tu yerno —dijo Olivia, mostrándome al joven que estaba a su lado—. Bruno, ella es mi mamá Jossie.

Frente a mi estaba un muchacho, alto y delgado, casi tan joven como Olivia, de cabellos rojizos y encaracolados; ojos verde esmeralda y muy pecoso. Tenía el aspecto de un niño travieso; al verlo sonreír sentí que lo iba amar y que sería como un hijo para mí; su dulzura y su nobleza se percibían a flor de piel, el instinto me hizo abrazarlo.

- Hola Bruno, espero que esta vieja loca de suegra que tienes te caiga bien, porque esto es lo que soy, así que sólo me queda bendecirlos a los dos y decirles que pueden contar conmigo siempre; gracias por traerme a mi hija y compartir conmigo la alegría de que son esposos y que ahora viene un nieto o nieta en camino, estoy segura que será una bendición para todos.

- Encantado señora Jossie, no se preocupe, me cayó bien desde antes de conocerla personalmente, ya que Oli siempre habla de usted y sé que nos llevaremos muy bien; es un verdadero placer estar hoy aquí con ustedes y gracias por recibirme con tanta alegría.

De allí fuimos mesa por mesa presentando a Olivia y a Bruno a los invitados; el corazón no me cabía en el pecho.

Entre risas y alegría todo quedó mejor de lo que esperábamos, fue una celebración muy emotiva, con baile, risas, juegos y alegría; le cantamos cumpleaños a Jai y cuando la tarde se fue vistiendo de amarillo, anaranjado y gris oscuro, los invitados y los huéspedes empezaron a retirarse quedando solo el personal de Casa Ananda en el jardín de la casa.

CAPÍTULO 27

Olivia y Bruno

Le pedí a Olivia que me acompañara a la terraza para descansar un poco y ponernos al día con los últimos acontecimientos. Como estaba Thereza a mi lado, entrelacé mi brazo al suyo.

- Quiero que estés a mi lado siempre, eres mi hada madrina, ven a sentarte con nosotros que tú debes ser partícipe y darle tu bendición a esta gran noticia de Olivia y Bruno.

Nos sentamos en mi lugar predilecto de la terraza, por supuesto, al llegar a mi butaca de retazos me arrellané, me quité las sandalias y subí los pies; estaba lista para escuchar a Bruno y a Olivia, quienes ya se habían sentado en las mecedoras.

De inmediato le hice señas a mi hada madrina para que se sentara a mi lado;

en ese momento ya había oscurecido lo suficiente como para encender las luces, sin embargo, solo estaban alumbrando las velas en las briseras y faroles de los árboles. El resplandor de las luces lucía como una fiesta de luciérnagas alrededor de los árboles del jardín.

- Bueno muchachos —les dije viéndolos a los dos—, cuéntenme cómo es que ahora son marido y mujer.
- Voy a buscar una jarra del té de Sagrario -dijo Thereza- para que la conversación fluya mejor.

Esta noche debemos estar todos muy despiertos.

- Sí, dijo Olivia. ¿Mami, sabes que hoy tendremos un eclipse lunar?, eso será como en tres o cuatro horas; cuando me enteré que estaríamos aquí me pareció perfecto, porque recordé tus rituales de luna llena, y le comenté a Bruno que quizás haríamos uno.
- ¿Eclipse?, no tenía idea de que ocurriría un eclipse hoy, y que

raro que Thereza no me lo dijo, ella sólo me comentó que habría luna llena, pero nada de lo del eclipse.

Thereza regresó con una jarra de té, cuatro tazas y una pequeña variedad de bocadillos que habían sobrado de la fiesta.

- Aquí vengo con cositas para picar y tomar, esto es como para pasar un rato —dijo esto poniendo todo en una bandeja sobre la mesa de centro.
- Thereza, ¿tú sabías que hoy tendríamos un eclipse Lunar? —le pregunté.
- Sí claro mi niña, eso lo sabe todo el mundo, es algo que anuncian con muchísimo tiempo para que las personas que creen en la energía astral se preparen disfruten de ese acontecimiento especial.
- Pues yo no tenía idea —le comenté extrañada; si cuando es luna llena le rindo tributo, cuanto más si es un eclipse de esa magnitud.

- Tú no necesitas mucha preparación - me dijo con cariño-, tu certeza de que la luna te escucha hace que cada ritual sea especial. Además, cuando te comenté que habría luna llena, no te sentí como entusiasmada para hacer nada, por ello lo dejé así y no quise insistir. No es algo que deba hacerse por obligación, sino que debe sentirse desde el alma.

- Bueno, ya veremos qué pasa durante la noche —le dije —por ahora quiero prestarles atención a mis queridos recién casados.

- Mamá, Bruno y yo tenemos tiempo conociéndonos, de hecho, él es hermano de mi mejor amiga, Milagros, tú la conoces, siempre salíamos en grupo. Bruno tenía una novia, a mí nunca me pasó por la cabeza tener nada con él; ahora creo que era por respeto a su relación y también porque lo veía como hermano de mi amiga. Ambos nos veíamos como amigos, sin ninguna otra intención.

- Un día estando en su casa preparando cena para los tres, Bruno comenzó a contarme que había terminado su relación con Tina, su novia, y que ya no había ningún sentimiento que lo atara a ella, que además ella se iría a ejercer su carrera en otra ciudad. Por cosas del destino, a mí me pidieron desalojar el apartamento dónde vivía; tan pronto Milagros y Bruno se enteraron me ofrecieron que me mudara con ellos y así los gastos serían menores para cada quien; como nos conocíamos y nos llevábamos bien, acepté y al cabo de un mes me estaba mudando a la casa de ellos, como amiga y compañera de apartamento.

- Así fue pasando el tiempo y cada vez la cercanía era más estrecha entre Bruno y yo. Empezamos a salir solos y a conocernos mejor. Milagros al principio se puso un poco celosa de nuestra amistad, pero luego le explicamos que entre nosotros había surgido algo especial. Al cabo de unos meses ya estábamos relacionándonos como pareja, y cuando menos los esperábamos no me vino el periodo y ¡sorpresa! estaba en embarazada, así que Bruno me dijo "Mi amor, si ya vivimos juntos y compartimos todo, ¿qué más vamos a esperar?, casémonos".

- Así que… -la interrumpió Bruno—, una semana después como luna de miel quisimos compartir nuestras alegrías con las personas que más quiere Oli y para mí es un placer complacerla.

- Esa es la corta historia de mi vida romántica y maravillosa con Bruno - terminó diciendo Olivia a Thereza y a mí.

- Y ustedes cuéntennos, ¿qué hay de nuevo aquí en Casa Ananda? — preguntó Olivia.

- Todo igual hijita, —le respondí—, algunos huéspedes nos dejan sus historias, otros como aves de paso, entran y salen sin dejar rastro. Y yo con la misma indecisión de vender o quedarme en Casa Ananda.

- Ahora que ya nos pusimos al día - dijo Olivia- esperemos el eclipse lunar en el patio, ¿les parece?
- ¡No! -dijo Thereza con sobresalto—. Olivia no puede ver o estar expuesta a ningún tipo de eclipse.

Asombrados todos la vimos y entre risas le dije:

- Ahora sí es verdad Thereza, tú con tus cosas raras, ¿por qué dices eso? ¿Acaso al bebé le pueden salir orejas de elefante, cara de luna y ojos rojos?
- Niña, no te burles de esas cosas — me dijo molesta—, ¡pues sí! El bebé puede nacer con manchas rojas en la piel, sobre todo en la cara, y hasta puede nacer antes de tiempo. Lo mejor sería ponerle una cinta roja a Olivia en la muñeca y así estará protegida, pero por mi parte, preferiría que no asomara la cabeza fuera de su cuarto hasta que haya pasado.

Me sentí mal al ver que Thereza creyó que me estaba burlando de ella y de sus creencias, a las que acudía siempre que necesitaba.

- Disculpa Thereza —le dije con vergüenza—, no quise ser imprudente y mucho menos parecer incrédula, pero me pareció absurdo que esas cosas pudieran afectar al bebé, realmente no fue mi intención, pero dejemos que Olivia y Bruno decidan qué quieren hacer.

- Olivia —dijo Bruno—, en mi casa creen en todo lo que se arrastre o vuele, y más si trata de leyendas y cuentos de personan mayores; "de que vuelan, vuelan", y como no estamos seguros si es verdad o mentira, yo prefiero que no seamos el conejillo de prueba, así que mejor nos vamos a nuestra cabaña y allí descansamos, después de todo hoy ha sido un maratón para ti y para mí. Mañana será otro día; tu mamá y Thereza también necesitan descansar.

- Es verdad —dije confirmando las palabras de Bruno—, todos estamos cansados y será mejor acostarnos, mañana será otro día y hoy no me siento inspirada, pero, de todas maneras, Thereza, ¿podrías amarrarle una cinta a Olivia en la mano, por si acaso se le ocurre salir a curiosear? -dije guiñando un ojo a Thereza.

- Ay mamá, tú con tus cosas, eres una extremista, o me pongo la cinta o no crees en esas cosas, ¿quién te entiende? Nosotros nos vamos a dormir, bendícenos y nos vemos mañana en el desayuno.

Todos nos despedimos. A Thereza se le había pasado el mal momento; se despidió de todos y también se fue a su cabaña. Yo me quedé un rato a solas sentada en mi poltrona de retazos disfrutando de todo lo que podía abarcar mi vista, y como teníamos luna llena todo estaba alumbrado y brillante en el jardín de Casa Ananda.

§

Cuando me disponía a irme a mi cuarto, sentí como si algo desde el patio me llamaba y decidí caminar hacia el jardín; no sé por qué siempre la luz de la luna lograba un efecto mágico en mí, la sensación era como si la luz me penetraba por cada poro de la piel y me daba un choque eléctrico de energía. Decidí sentarme en el espacio más abierto, donde no hubiese interferencias entre la luz de la luna y yo; todavía no había comenzado el eclipse, así que me dije "voy a entrar para ponerme cómoda y luego vendré a hacer mi ritual de luna llena, pero el de hoy será especial, ya que hoy la luna se vestirá de rojo".

Entré a mi cuarto, me bañé para quitarme todo el maquillaje y quedar lo más natural posible. Me puse una túnica blanca sobre el cuerpo desnudo, me até a la cintura una cinta roja, busqué velas doradas y plateadas, inciensos de mirra y unas cuantas piedras de río que tenía en una bolsa de algodón. Tomé un lápiz y un papel. Recordé que necesitaba una manta, conseguí una roja del mismo color de la cinta de mi cintura, metí todo en el bolso de mis rituales. Llené un vaso con el té de Sagrario y agregué un toque de yerbabuena y jengibre, ¡ah! y no podía faltar la almohada de Cipriano, sin eso el ritual no estaría completo.

Salí tarareando un mantra que había aprendido, se llamaba "Tu luz es mi luz", salí decidida hacer de este ritual algo especial, quería recuperar esa luz que tanto había dejado de brillar dentro de mí, quería conectarme con mi yo interior, sabía que esa energía atraería lo que necesitaba y quería. El canal de los buenos propósitos estaba abierto ante mí y yo podía sentirlo.

Mientras seguía entonando las notas del mantra, extendí en el césped mi manta roja, coloqué alrededor de la manta los jarrones con flores que fui consiguiendo en el camino.

Luego coloqué los inciensos y las velas dentro de las briseras haciendo círculo; me acosté justo en el medio y puse la almohada de Cipriano bajo mi cabeza, el lápiz y el papel de un lado, cerca de mi mano. Cerré los ojos, respiré y después de unos minutos sentí que ya no estaba la luz de la luna tan brillante. Al abrir los ojos, vi una inmensa luna roja, parecía que estaba absorbiendo el fuego del sol y que la tierra se lo impedía, era una energía extrema; me senté mientras pasaba el eclipse, tomé papel y lápiz y comencé a escribir lo que se me ocurriera en ese momento, quería sacar lo que me afectaba para que se fuera con el eclipse, de una vez y para siempre.

Empecé a escribir sin pensar, dejé que fluyera sin filtro, directo de mi mente al papel; sin pensar, ni analizar, todo salía a través de mi mano hasta que empezó a doler. De repente, sentí que volvió aclarar la luz de la luna, dejé de escribir y puse el papel a un lado. La magia de la luna se había apoderado de mí y me abrazaba para que no sintiera miedo.

Me levanté como en trance, me desnudé y comencé a danzar, siguiendo los latidos de mi corazón; así pasé unos minutos sintiendo que me bañaba de nuevo, pero esta vez era con la luz de mi amiga Luna, la que siempre me llenaba de buena energía.

Sedienta por el movimiento y la entrega de mi cuerpo al universo, tomé del vaso un poco de té y me volví a vestir con la túnica blanca amarrando de nuevo mi cintura con el lazo rojo. Respiré profundamente tratando de recobrar el aliento y me senté a leer lo que había escrito.

Tan pronto comencé a leer, me di cuenta que el contenido era desconocido para mí, llegué a dudar si realmente yo había escrito eso, pero claro, era mi letra y no había nadie más conmigo. Leí varias veces buscando una explicación, pero no lo logré. Mi mente parecía haberse vuelto un envase y mis manos una herramienta por donde fluyeron las letras de alguien más.

§

Quiero a quien me hace feliz, quiero querer y que me quieras. Un rayo de tu amor llega hasta mí y alumbra mi ser por donde quiera.

Entraste en mi mente sin aviso, tu cuerpo dejó mi alma en vela.

Tu olor me acompaña por las noches, tu firma en la luna será eterna.

La luna con su cara iluminada me dice que de amor ya no me muera, que cada vez que alumbre con su luz piense que eres tú quien me consuela.

Muy pronto llegaré lleno de amor, ya no temas, te mostraré ese mundo de los dos, espérame bajo la luna llena.

En cada luna menguante te cantaré con mis manos.

En cada luna llena te cantaré con mi alma.

En cuarto de luna te llevaré a las estrellas.

Y en cada luna creciente escribiré lo que mis ojos vieron en tu alma.

Cada vez que la vea serás tú quien me consuela, con mi corazón lleno de amor y esperanza llegaré a tu lado pronto bañado de luz de luna nueva.

Te amo, CV

§

Doblé el papel para ensenárselo a Thereza al día siguiente, seguramente ella encontraría alguna explicación. Me levanté cansada y un poco confundida; ni siquiera recogí las cosas de mi ritual, allí dejé todo, sólo tomé la almohada de Cipriano y dejé encendidas las velas para que se consumieran durante la noche; no quise ni siquiera voltear, sólo caminé queriendo llegar lo más pronto posible a mi cuarto. Al entrar, me quité todo lo que tenía puesto, me tiré en la cama, así tal cual, con mi sensación de vacío en el alma. Sentí que la nostalgia me abrazó y quedé sumergida en un sueño lleno de sobresaltos.

Me desperté con el acostumbrado ruido del ir y venir del personal y de los huéspedes; con flojera me desperté, me hubiese quedado en la cama por un rato más, pero al escuchar la voz de Olivia sentí como electricidad en mi cuerpo.

Logré reincorporarme lo más rápido que pude, entre y salí del baño en cinco

362

minutos, en segundos ya estaba en la cocina, sentada al lado de mi hija y Bruno desayunando, haciendo de mi tristeza un nudo.

- Mamá no has descansado —afirmó Olivia con curiosidad-, se te nota en la cara que no dormiste bien.
- No tuve un sueño profundo y relajado, sólo puse la cabeza en la almohada y mi mente rebelde no dejó de pensar; toda la noche estuve inquieta, sin poder encontrar descanso.

Mientras hablaba, pensaba en la carta que había escrito y si había algo que no podía tolerar era que no consiguiera una explicación lógica a las cosas que me sucedían. Esa frustración no me dejaría tranquila hasta que entendiera lo que había pasado.

Al terminar el desayuno, nos quedamos sentados en la cocina; Olivia me comentó que llevaría a Bruno a conocer los pueblitos vecinos, que quizás estarían de vuelta para la cena y si no llegaban a tiempo que no me preocupara porque a lo mejor comerían en algún lugar típico en la zona. Así que me despedí de ellos; al salir de la cocina pasé primero por mi cuarto recogí la carta y me fui directo a la oficina. En el ínterin me crucé con Margarita y le pedí que cuando viera a Thereza le dijera que necesitaba hablar con ella.

En mi oficina me fui sumergiendo en documentos y obligaciones con la administración de la Casa Ananda. El tiempo pasó, cuando sentí hambre vi mi reloj y eran las dos de la tarde. Me extrañó no saber nada de Thereza y de alguna forma, hasta ese momento no había vuelto a pensar en la carta. Salí de la oficina y me dirigí a la cabaña de Thereza, al pararme frente a su puerta noté que salía un extraño y penetrante olor de su cuarto, al tocar, desde adentro me dijo casi de inmediato.

- Pasa, mi niña, te estaba esperando.

Sonreí, ya que parecía que tenía un radar para saber mis movimientos, nunca la tomaba por sorpresa o desprevenida, lo bueno es que esta vez no me asustó como otras veces.

- ¿Qué te pasó hoy, que nos has salido en todo el día de aquí?, ¿te sientes mal? —le pregunté—. Le pedí a Margarita esta mañana que te dijera que necesitaba hablar contigo, pero me distraje en la oficina y mira la hora que es, al darme cuenta que no habías pasado por allá me preocupé y por eso vine hasta aquí.

- Gracias por estar pendiente de mí — me respondió—, no he salido en todo el día porque estoy haciendo unas cosas de mis consultas, además tú sabes que Sagrario y Juanita siempre están pendientes cuando ven que yo no aparezco en todo el día; mira la bandeja de la comida que me trajeron, allí hay frutas que están todavía frescas, ¿quieres?

- No gracias, vengo para contarte que anoche me pasó algo muy extraño y quiero que me ayudes a entenderlo.

- Después que nos despedimos y todos se fueron a dormir, sentí un llamado de la luz de la luna; en vez de irme a mi cuarto, sentí curiosidad, regresé al jardín e hice mi ritual de luna eclipsada; necesitaba hacerlo yo sola y hasta me desnudé —le dije con cara de niña traviesa—, pero algo extraño me sucedió, lo que sentí no fue normal, la verdad que ni sé qué fue lo que me pasó.

Thereza se sonrió y extendió la mano como si ya sabía que le iba a entregar algo, saqué la carta de mi bolsillo, al recibirla, la leyó.

- Eso no fue un ritual, lo que hiciste fue una Oda a la Luna, ¡esto es una alabanza, una muy sutil y hermosa alabanza!

Más confundida que antes me quedé parada ante ella, con los ojos abiertos de par en par, pero ella como siempre con su inagotable paciencia agarró mi mano y me llevó hasta el sillón junto a su mesa de consultas:

Una Oda es un homenaje en forma de poesía, es expresar un sentimiento de admiración y devoción hacia una persona o en tu caso a un astro como la luna, casi siempre va acompañado con música. Estoy asombrada con lo que creaste intuitivamente mi niña, la luna tiene una influencia sobre ti que no es normal a la vista de los humanos; ella te guía y te envía mensajes a través de su luz. Ayer experimentaste un proceso que llamamos "desdoblamiento" en el cual tu alma sale del cuerpo y entra otra alma que a su vez trata de dejarte un mensaje.

Con los ojos llenos de lágrimas, y con un nudo en la garganta que casi no me dejaba hablar le pregunté:

- ¿Viste las iniciales de la carta?, ¿significa de Cipriano está muerto? ¿Significa que está en otra dimensión? No, no puede ser, yo todavía tengo la sensación que él no se ha ido y que regresará a mí en cualquier momento —le dije entre sollozos.
- ¡Ya veremos, Jossie, ya veremos!, vamos juntas a leer la carta, allí debe haber algo que nos aclare cuál

es el mensaje que Cipriano te ha querido enviar a través de la luna.

Volvimos agarrar el papel y comenzamos a leerla en voz alta, lo hicimos dos veces apreciando los versos de la luna, pero sin entender. Cuando empezamos a leerla por tercera vez, nos detuvimos en la parte que decía: "Cada vez que la vea serás tú quien me consuela, con mi corazón lleno de amor y esperanza llegaré pronto a tu lado bañado de luz de luna nueva".

- ¡Allí está, allí está!, lo sabía, él vendrá. Estará aquí Thereza. ¡Él vendrá, estoy segura de eso! -le dije saltando como una adolecente.

- Vamos a calmarnos -me dijo Thereza-; para salir de dudas vamos a leerte las cartas, pero esta vez te leeré El oráculo de los Ángeles, de esta forma sólo podemos preguntar y ellos de manera concreta y espiritual te harán saber la respuesta. Puedes hacer dos preguntas, prepárate para tener una experiencia más elevada y mística. Con este rito entrarán los ángeles a tu vida para guiarte y ayudarte a entender mucho de los mensajes que moran en ti y en tu camino; esos que muchas veces no ves por preocupaciones que no te llevan a nada.

- ¿Tú ves este envase? —me dijo mostrándome un frasco transparente que estaba en la mesa—. Este líquido con ese penetrante olor es una mezcla de madera quemada, aceite de almendra y eucalipto.

Vertió un poco en las manos de ella y en las mías, luego sacó de una bolsa dorada un manojo de cartas del mismo color, éstas eran muy diferentes a las otras que me había leído hacia algún tiempo; en la tapa superior tenían dibujada una estrella blanca de varios picos, cada carta tenía ángeles en diferentes posiciones y diversos dibujos, eran muy bellas y llamativas también.

- Jossie, pon la mano derecha sobre las cartas, concéntrate, haz la pregunta para ti, no la tienes que decir en voz alta, trata de hacerla con fe para que ellos te respondan con claridad.

- Quiero decirla en voz alta, además tú sabes lo que voy a preguntar —le dije a Thereza.

- Está bien, está bien, hazlo como quieras, pero concéntrate -me dijo impaciente Thereza.

- Ángeles del Universo, ángeles de la tierra, ¿quiero que me digan si Cipriano Vega está Vivo? —pregunté con fuerza.

Thereza desplegó las cartas boca abajo sobre la mesa. Me dijo que escogiera tres cartas, las tomé de diferentes lados y se las entregué sin verlas, ella recogió el resto y las puso con la imagen hacia arriba sobre la mesa.

- Escogiste las cartas del ángel Gabriel, el ángel del Milagro del Amor y la del ángel del Amor Eterno. Déjame leerte lo que dice cada carta y tú interpretas lo que será la respuesta a tu pregunta: El ángel Gabriel representa la pureza, la verdad, lleva el mensaje de amor, hermandad, vida y libertad;

el milagro del Amor representa el corazón de las personas, el anhelo del Amor real, aquel que todos queremos y compartimos; y el Amor Eterno te dice que si dejas entrar al Amor verdadero él permanecerá en tu alma para toda la eternidad.

Me le quedé viendo sin parpadear, se dio cuenta que yo estaba más confundida que antes. No tenía idea de cómo podría interpretar eso para darle respuesta a mi pregunta.

- ¿Entendiste? ¿Quieres hacer la otra pregunta?
- No, la verdad es que no entendí nada, ni siquiera puedo interpretar qué es lo que me quisieron decir, así que mejor dejemos esto así; prefiero pensar que Cipriano está vivo y que un día de luna llena vendrá a mí para siempre por mi parte seguiré esperando como está escrito en la carta -Caminé hacia la puerta y ante de salir le dije-: Gracias mi querida hada madrina, con esto entendí algo de lo que me pasó ayer. De todo esto voy a tomar

lo que me gustó y lo que creo que va a suceder, sin embargo, si quieres haz la segunda pregunta por mí a ver qué te dicen los ángeles y luego me dices.

Salí dejando a Thereza sentada en su silla delante la mesa con el manojo de cartas entre sus manos; creo que si hacía esa pregunta por mí a lo mejor más tarde le preguntaría y seguro me diría su interpretación.

Pasamos unos días muy entretenidos con Olivia y Bruno en casa, hasta que se fueron. Me entristeció su ida y a la vez quedé feliz por ellos, por esa nueva etapa que les tocaba vivir; se fueron con la promesa de regresar pronto, por lo menos hasta que Olivia pudiera viajar. Acordamos que para el parto iríamos Thereza y yo a acompañarlos por un tiempo.

Otra vez con las emociones revueltas, yo mantuve la carta con el mensaje de luna sobre mi escritorio y cada mañana al sentarme la leía. Trataba de recordar lo que me habían querido decir los ángeles, sin embargo, sólo veía en cada palabra de mi adorada carta que mi Cipriano estaba vivo y que vendría un día de luna llena; eso para mí era suficiente para mantener la esperanza.

CAPÍTULO 28

Gabriel Alejandro

Pasó un mes desde la última vez que Olivia vino visitarnos, para ese momento tenía siete meses de embarazo. Estaba hermosa y feliz, ese sería su último viaje ya que los médicos le habían dicho que no podría viajar más por su avanzado estado de gestación. Thereza y yo iríamos cuando faltara poco tiempo para el parto y así la ayudaríamos con los últimos detalles que faltaban antes del nacimiento de Gabriel Alejandro; desde el cuarto mes le habían confirmado que sería un varón, Bruno y ella había escogido ese nombre por su significado, Gabriel "mensajero de Dios" y Alejandro "Defensor del Hombre".

Estábamos muy ilusionados con su venida, al mismo tiempo Thereza y yo felices por el viaje y el acontecimiento que se avecinaba, entre otras cosas también porque cambiaríamos un poco de ambiente, respiraríamos otros aires y otras energías.

§

Mientras dejaba al día la oficina y algunas recomendaciones a todo el personal, llegó tan esperado día; saldríamos hacia casa de Olivia esa tarde. Sagrario me entregó envuelto en papel de seda todo lo que había hecho para mi nieto, realmente tenía unas manos privilegiadas; le tejió y le bordó el nombre a las mantas, baberos y toallas, algunas tenían puesto su nombre completo "Gabriel Alejandro" y otras solo las iniciales "G.A."; le confeccionó camisitas y pañales de diversos colores para su canastilla.

Thereza y ella le vistieron con tela de piqué blanco, tira bordada y cintas azules el moisés en el cual saldría del Hospital y donde dormiría sus primeros meses, así que con eso y otras cosas más íbamos en camino a recibir a nuestro nuevo integrante de la familia.

A eso de las 2 de la tarde estábamos entrando al vagón del tren que nos llevaría a nuestro destino, la alegría se nos desbordaba por los poros; Thereza y yo sólo hablábamos de lo que haríamos cuando llegáramos a casa de Olivia y Bruno.

El recorrido era de aproximadamente tres horas y media, el cual con la comodidad del tren fue pasando muy rápido, ya que íbamos distraídas viendo por la ventana los pueblitos y pequeñas ciudades entre la Rúa de la Paz y la ciudad de Tohana.

En Tohana vivía Olivia unos meses antes; a Bruno le habían ofrecido un cargo en la compañía de Electricidad con mejor remuneración y privilegios; sin pensarlo dos veces se mudaron a una casa de tres habitaciones en las afueras de la ciudad.

Todo estaba saliendo perfecto, Olivia podía darse el lujo de quedarse en casa, ya que Bruno se administraba bien y con lo que ganaba podían vivir cómodamente. Después de su matrimonio, tuvieron que adaptarse a muchos cambios, pero el soporte y el amor entre ellos, hizo que esos cambios fueran más llevaderos.

Los primeros días Olivia me llamaba muy compungida ya que no sabía cómo manejar algunas situaciones que ahora tenía que asumir como ama de casa, esposa y futura madre; adicionalmente, vivir en una nueva ciudad donde no conocía a nadie era todo un reto.

Olivia comenzó a experimentar todos los cambios hormonales durante el embarazo que unido a sus cambios de humor la frustraban al punto de sentir que todo era muy difícil para ella. Sin embargo, en cada llamada me comentaba que Bruno siempre era muy paciente y entendía que todo era parte de la nueva vida que ahora compartían. A veces Olivia le pedía disculpas, porque ni ella misma se soportaba. Incluso un día cuando ya Olivia tenía como cuatro meses de embarazo, Bruno me llamó sin que ella supiera entre risas y bromas:

- Suegrita, usted que todo lo sabe y
  si no lo sabe lo inventa, dígame:
  ¿cuándo es que más o menos me

devolverán a mi esposa?, a la Olivia que conocí; ella me dice que veces no se soporta, ¿esto será así hasta que nazca el bebé? -con una complicidad graciosa, me siguió diciendo—. Espero que no pase de allí, no me va a creer, pero se lo pido a Dios todas las noches —Terminó diciéndome con carcajadas.

- Así es, mi querido yerno, casi siempre esos cambios hormonales desaparecen o disminuyen cuando nace el bebé, pero después dan paso a otros comportamientos menos intensos; no te preocupes que recobrarás a tu esposa convertida en madre —le dije para tranquilizarlo un poco.

Aunque no creo que me haya entendido muy bien, también le expliqué que eso era parte de la vida en pareja y que los cambios eran aprendizaje para los dos. Adaptación, convivencia, comprensión, paciencia y sobre todo amor, los haría más fuertes y los convertiría en un equipo para estar más juntos y fuertes en el camino de la vida.

Al bajarnos del tren, había mucha gente yendo y viniendo por los corredores que conectaban hacia las diferentes salidas o terminales; había letreros por todos lados, en los cuales se indicaban los diferentes nombres de ciudades, numeraciones de otros terminales y salidas de la estación.

Nos encaminamos hacia la señal que decía: Salida a Tohana, allí subimos por una escalera ancha de unos cinco o seis escalones, esta nos condujo a un corredor muy amplio; al estar en el último escalón observamos que era el salón principal de la estación. Thereza y yo, nos pusimos de un lado tratando de encontrar a Olivia o a Bruno, pero era tanto el agite y la bulla que decidimos salir hacia la calle.

Estuvimos esperando unos veinte minutos, muy inquietas, ya que no los veíamos por ningún lado decidimos buscar un taxi, cuando escuchamos entre la multitud:

—¡Mamá, mamá! —era la voz de Olivia que venía apresurada con los brazos arriba haciéndonos señas tratando de que la viéramos.

A verla también le hicimos señas para que se calmara y se diera cuenta que la habíamos visto; al llegar a nosotras, estaba casi sin aire y sin fuerzas, pero aun así nos abrazó a las dos al mismo tiempo y saludándonos con alegría nos dio la bienvenida.

- ¡Qué angustia, mamá!, pensaba que no llegaríamos a tiempo, el tráfico a esta hora es infernal, en la autopista había un accidente el cual nos retrasó muchísimo. Bueno, ya estamos aquí juntas -nos dijo mientras me pasaba el brazo por los hombros-, déjenme ayudarlas y síganme.
- Me bajé para buscarlas mientras Bruno da vueltas con el carro -nos fue explicando-, para no tener que estacionar; no es largo el trayecto de aquí a donde me dejó y seguro estará allí cuando lleguemos.

Efectivamente Bruno estaba allí en el auto; cuando nos vio tocó la bocina y comenzó hacer señas para que lo viéramos; cuando nos acercamos se bajó y también nos recibió con un efusivo abrazo, abrió el maletero y se encargó de guardar el equipaje mientras nos acomodábamos en el asiento trasero. Olivia por su parte también estaba acomodándose dentro del auto y en pocos minutos ya estábamos rumbo a la casa de ellos.

A medida que avanzábamos por las avenidas de la ciudad nos iban describiendo con detalles los lugares por los que pasábamos; estaban tan entusiasmados que no dejaban de hablar, querían que supiéramos todos los planes que tendríamos en esos días. Thereza y yo nos mirábamos felices de verlos felices a ellos.

Atravesamos la ciudad hasta llegar a una inmensa autopista, fuimos dejando atrás ladrillos, cemento y fachadas, el paisaje se fue envolviendo en el verdor de la vegetación. Después de treinta minutos disfrutando todo el paisaje, Bruno tomo un desvió que decía "Salida Este #5", allí empezó a tener más iluminación la carretera. Al cabo de cinco minutos estábamos frente a lo que parecía la entrada a una urbanización; a esta la rodeaba un inmenso muro de piedras con mucha vegetación y luces por todas partes; decía en ambos lados de la entrada "Bienvenidos a Los Papayos", Thereza me agarró la mano:

- ¡Creo que estamos llegando a otro país, esto es hermoso! —me dijo.

Fuimos avanzando poco a poco por lo que parecían pequeñas calles rodeadas de casas muy juntas de dos y tres pisos; las calles tenían faros con bombillas de color amarillento con iluminación muy tenue. Separaban los portales de las casas a la calle unos pequeños patios y cercas bajas. Las casas eran todas blancas con techos de tejas y a todas se les asomaban pequeños balconcillos con una salida de ventilación de lo que debería ser una chimenea.

- ¡Qué bello está todo esto!, nunca me imaginé que vivían en un lugar así, no saben cuánto me alegro y lo feliz que estoy por ustedes —les dije encantada.

- Yo también estoy muy feliz por ustedes, terminó diciendo Thereza, con la misma cara de asombro que tenía yo.

Bruno, señalando un inmenso parque nos comentó:

- Todo eso que ven son urbanizaciones que están haciendo, tienen un nuevo concepto de construcción, hacen casas muy atractivas, menos costosas y muy modernas para incentivar a las personas a vivir fuera del abarrotamiento de las grandes ciudades. Si bien debo manejar media hora aproximadamente para ir y venir de mi trabajo, lo hago con gusto porque sé que Olivia esta cómoda y segura. Este concepto de urbanismo está tan bien planificado, que aquí tenemos de todo: policías, bomberos, colegios, supermercados, hospitales, cines, tiendas, y parques como este. Todo un poco más pequeño que en la ciudad, pero igual de cómodo y más bonito, porque estamos rodeados de la naturaleza.

Casi al frente del parque se encontraba un grupo de ocho casas en hileras, tipo "adosadas"; nos estacionamos frente a una que hacía esquina. Al bajarnos, mientras Bruno sacaba las maletas, Olivia nos dirigió hacia la entrada de la casa; pasamos por un camino de cemento lavado, el cual cruzaba por el medio de un jardín y nos llevaba hasta la puerta principal de la casa.

Al llegar, nos conseguimos con una puerta doble de color negro con aldabas doradas, de lado y lado dos columnas esbeltas en color marfil donde colgaban unos materos con helechos; en las jardineras estaban sembrados unos pequeños árboles de magnolias y jacaranda.

Al entrar, nos recibió una pequeña área, la cual tenía una mesa de vidrio larga y delgada, sobre ella reposaban unos cuantos portarretratos y la distinguía un gran espejo colgado en la pared; ese espacio lo continuaba un pasillo que daba a una cochera doble; a la derecha estaba una escalera que conducía al segundo piso donde se encontraba una área amplísima, allí se localizaban la sala, la cocina, un salón comedor y un baño. Me imaginé que de día la casa debería ser muy iluminada por los inmensos ventanales de la sala.

Contaban con una espaciosa terraza y en una de sus esquinas se hallaba empotrado un asador de barbacoa. Seguimos caminando por la parte lateral del comedor y ahí se levantaba otra escalera que llevaba a un tercer piso donde se encontraban cuatro habitaciones, todo muy cómodo y de muy buen gusto.

Al subir quedamos fascinadas, con el cuarto del bebé; éste se asemejaba a la carpa de un circo, pero no de animales, era un circo decorado con globos, un carrusel y payasos coloridos pintados en las paredes. Los muebles eran de madera blanca incluyendo la cuna y cada adorno hacía referencia a algún elemento del circo.

Ya acomodados y sentados en la sala, mientras Bruno nos servía una copa de vino, nos fuimos poniendo al día con lo acontecido durante el mes anterior. Olivia nos contó que ya tenían casi todo preparado para el día del nacimiento; faltaban algunos detalles muy pequeños que se resolverían en los días que estaríamos allí.

Al día siguiente tenía una cita con el medico e iríamos acompañarla. Le entregamos los regalos hechos por Sagrario y Thereza, lo cual les pareció de ensueño, estaban tanto ella como Bruno encantados con cada pieza para el bebé.

Estuvimos casi como hasta medianoche entretenidos con cada anécdota que cuando nos dimos cuenta ya Thereza estaba quedándose dormida y Bruno hacía mucho rato que se había ido a descansar, así que nos fuimos a dormir ya que al día siguiente iríamos a la ciudad para el chequeo regular de Olivia y el bebé.

§

Al día siguiente muy temprano en la mañana, nos arreglamos para ir a la cita médica, no sin antes desayunarnos un delicioso omelette de vegetales con pan tostado, que nos preparó Thereza. Así que nos enrumbamos hacia el consultorio médico. Olivia manejaba, mientras nos seguía describiendo el recorrido cual agente de turismo; como esta vez era de día y el sol estaba resplandeciente, se podían apreciar mucho mejor los alrededores de toda la zona y el camino hacia la ciudad.

Al cabo de media hora ya estábamos estacionados frente a dos edificios muy parecidos, según Olivia nos explicó uno era el hospital y el otro era para consultorios médicos; entramos al edificio de consultas médicas, subimos por el ascensor al piso número cuatro; las señalizaciones nos indicaban cuál era el consultorio de cada doctor.

Llegamos hasta el final de un pasillo, y nos conseguimos con una puerta doble de vidrio y sobre ellas varios rótulos blancos con letras negras con nombres de varios doctores. Olivia nos señaló el que decía Dr. Paul Colmos, Obstetra y Ginecólogo. Al entrar saludaron con gran cariño a Olivia, nos dieron la bienvenida y nos hicieron pasar a una habitación. La sentaron en la cama de consulta, después de pesarla y tomar los signos vitales. Antes de salir, la enfermera nos indicó que el doctor llegaría en pocos minutos.

No habían pasado más de cinco minutos cuando entró de nuevo la enfermera con el doctor, un hombre más o menos de mi edad, con su impecable bata blanca, su nombre bordado en color azul en el bolsillo derecho y un estetoscopio colgado en el cuello. Él muy simpático y de mirada muy sutil saludó a Olivia y con la mano extendida se nos acercó a Thereza y a mí para presentarse y saludarnos, nos volvió a dar la bienvenida y acto seguido se acercó de nuevo a Olivia.

- Vamos a ver qué tenemos por aquí hoy —dijo revisando los papeles de la carpeta-. Ya tienes treinta y siete semanas, por lo que veo no has subido de peso esta semana,

¿cómo sientes al bebé?, ¿lo sientes con más movimiento o con menos movimiento?

- Estoy comiendo igual doctor y el bebé hay días que se mueve mucho, como hay otros que su movimiento es más suave, sinceramente no he notado cambios en cuanto a eso; lo único diferente es que estoy orinando con más frecuencia, sigo tomando mucha agua y me imagino que por el peso del bebe sobre la vejiga es que me pasa eso —dijo Olivia un poco preocupada.

- Muy bien, acuéstate para escuchar al bebé —dijo el doctor poniéndose el estetoscopio.

- Señorita García —dijo el doctor dirigiéndose a la enfermera que estaba a su lado-, tráigame el ecógrafo portátil, por favor.

Al salir la enfermera, Olivia me vio con cara de preocupación, así que me dirigí al médico.

- Doctor, mi nombre es Jossie, soy la madre de Olivia, cuénteme ¿es normal la realización de un ecosonograma ahora o es que está pasando algo?

– Señora, en las últimas semanas de embarazo, la mayoría de las mujeres deben subir algo de peso; Olivia no ha subido nada y además está orinando mucho, le quiero hacer un eco para descartar que el líquido amniótico no esté disminuyendo. ¡No te preocupes! –dijo agarrándole la mano a Olivia tratando de calmarla—, todo está bajo control, estás en donde debes estar. Te haré ese examen y luego seguro podrás irte a casa con tu familia.

Llegó la enfermera con una maquina no muy grande, arreglaron todo de manera que Olivia y el doctor estuvieran cómodos en su espacio, conectaron la máquina a un monitor grande que había en la pared. Al empezar el examen, se iluminó la pantalla y apareció la imagen de mi nieto flotando dentro un cuadro oscuro, se le notaba perfectamente su nariz, su cara, sus manos, piernas, piecitos y todo su cuerpito. Estaba moviéndose y la emoción fue tal que me salió un grito desde el corazón, ¡no lo podía creer, allí estaba el hijo de mi hija!

El doctor daba indicaciones a la señorita García y hablaba de manera jovial con Olivia, la tranquilizaba ya que ésta no disimulaba la cara de susto y preocupación, el examen duró aproximadamente unos ocho minutos, que para todos fueron larguísimos:

—Ahora vengo, voy hablar con mi colega que trabaja aquí conmigo y de inmediato estaré de vuelta, no te preocupes Olivia, tu niño está muy bien, pero quiero consultar algo con el doctor Restrepo y así estaré seguro para tomar una decisión.

Al salir el doctor, me fui detrás de él, no sin antes hacerle señas a Thereza para que se quedara con Olivia; antes de que el doctor entrara a otra oficina pude alcanzarlo.

- Doctor, ¿qué está pasando con Olivia y el bebé?, por favor dígame que la incertidumbre me está matando y sé que mi hija está preocupada, usted sabe que momentos así se hacen infinitos y quisiera que me dijera ahora mismo a qué decisión se refiere.

- Señora, creo que Olivia ha dejado de producir líquido amniótico, pero aún no estoy seguro de eso, por ello voy a consultar con mi compañero para que entre los dos tomemos una decisión; ya pedí hacerle otros exámenes a Olivia, necesito descartar cualquier duda ya que, si confirmamos lo que le he dicho, habría que intervenirla hoy mismo; deme un tiempo porque no quiero apresurarme, recuerde que su hija y su nieto están en buenas manos y en el mejor lugar. Ahora discúlpeme, pero debo reunirme con mi colega.

El doctor entró en una oficina y yo me quedé casi sin reaccionar tratando de asimilar lo que me había dicho; la cabeza me daba vueltas, mientras regresaba a la habitación de Olivia sentí miedo y ganas de llorar. ¿Qué le diré a Olivia cuando entre al cuarto?

Al abrir la puerta de la habitación estaba Thereza abrazándola y consolándola, Olivia al verme con los ojos llenos de lágrimas me suplicó que le dijera qué estaba pasando con su bebé.

- Hija, tu bebé y tú están bien, tienes que tranquilizarte porque esa angustia y esa zozobra les hace daño a los dos, te diré qué está pasando, pero quiero que sepas que los médicos tienen todo controlado —le dije intentando calmarla.
- ¡Mamá, cómo quieres que me tranquilice! Sé que está pasando algo y no me dicen qué es, prefiero que me lo digan. Le pedí a Thereza que llamara a Bruno y le dijera que se viniera para el hospital, prefiero que el esté aquí conmigo y con ustedes.
- Olivia, el médico cree que has dejado de producir líquido amniótico y eso no es bueno, así que te van hacer otros exámenes y según los resultados podrían hacerte una cesárea para traer al

mundo a tu hijo, debes tranquilizarte porque todavía no han confirmado nada.

Thereza le dijo al oído algo que no pude escuchar y Olivia sólo asintió con la cabeza, se echó hacia atrás y comenzó a orar, a esa oración nos unimos nosotras también, así que en un momento la habitación se cubrió con un manto de fe.

Pasaron varias horas. Médicos y enfermeras entraban y salían con equipos, monitores y todo lo necesario para el cuidado de Olivia y del bebé. Bruno había llegado y desde que entró no se separó ni un instante de la cama donde estaba Olivia. Mientras tanto Thereza y yo nos sentamos en una esquina observando todo. Procurábamos mantener la calma, pero cuando la preocupación nos estaba llevando al borde de un ataque, entró el doctor Colmos acompañado por su otro colega el doctor Retrepo y la señorita García, la enfermera.

   - Estamos aquí para explicarles lo que sucede con Olivia y el bebé, a partir de allí ustedes serán los que tomen la decisión -comenzó diciendo el Dr. Colmos-. Los últimos resultados confirman que la madre ya no se está produciendo líquido amniótico y el bebé tampoco está ayudando a producirlo, por tanto hemos llegado a la conclusión de que debemos efectuar una cesárea; en este momento tiene treinta y siete semanas, y con los exámenes que le hicimos pudimos observar que todo hasta ahora está bien; sin embargo, debemos actuar rápido ya que dentro de poco va a empezar afectarle la falta de líquido, así que necesitamos que tomen una decisión lo más pronto posible para así preparar el quirófano y todo el equipo.

- ¡Doctor!, ya la decisión está tomada, aquí no hay nada que pensar, ni que discutir; Olivia y yo ya lo habíamos pensado, sólo estábamos esperando que ustedes vinieran para hablar con nosotros; por favor, prepare todo para el nacimiento de nuestro hijo y quiero decirle una última cosa, le estoy entregando mi familia, mi vida, mi universo entero, cuídemelos y devuélvamelos sanos y salvos, en sus manos sé que estarán bien.

El doctor se acercó a Bruno y con un apretón de manos le dijo:

- Nos vemos pronto, me llevo una y te traeré de vuelta dos. -Mirando a la enfermera le dijo— Vamos rápido a preparar todo, la subiremos en quince minutos.

Ellos salieron de la habitación y nosotros nos acercamos a la cama, unimos nuestras manos y le agradecimos a Dios por la bienvenida de Gabriel Alejandro. En pocos minutos vinieron para aplicarle un calmante a Olivia, para tranquilizarla mientras la preparaban y subían hacia el quirófano.

En ese tiempo tuvimos la oportunidad de estar cerca de ella, hablarle, expresarle nuestro amor, hacerle sentir nuestro apoyo. Cuando la vinieron a buscar, aunque yo presentía que todo estaría bien, me invadió un sentimiento de protección, en ese momento hubiese cambiado de lugar con ella sin ninguna duda; verla allí tan indefensa y yo a su lado sin poder evitar que pasara por eso, esos pensamientos me abrumaron, después de todo ella seguía siendo mi bebé. Se la llevaron al quirófano y al cerrar la puerta detrás de ella, me desplomé en llanto, sin embargo, al desahogarme, me repuse casi de inmediato pensando que pronto ella traería al mundo un ángel, eje de nuestras vidas y alguien que nos traería alegría y ganas de vivir.

Bruno fue el único al que dejaron entrar para que acompañara hasta la puerta del quirófano, aunque quiso entrar no lo dejaron por lo delicado de la situación. Para tranquilizarnos dijeron que el procedimiento sería de aproximadamente una hora y media; asignaron a una enfermera quien supuestamente se mantendría en contacto con nosotros, durante la operación, pero ella nunca apareció, así que fueron minutos interminables.

Thereza y yo nos quedamos en la habitación recogiendo algunas cosas para que cuando regresara Olivia todo estuviera ordenado, también habíamos planeado que cuando saliera de la cesárea y nos dijeran que todo había salido bien, tomaría el automóvil e iría a buscar el ajuar de Olivia y el del bebé.

Cuando ya habíamos terminado en el cuarto, Thereza se mantuvo inmóvil en el asiento para visitantes, sólo se escuchaba el murmullo de sus oraciones, mientras tanto fueron muchas las veces que Bruno y yo nos tropezábamos al entrar y salir de la habitación. No podría calcular la cantidad de veces salimos al pasillo, no sé cuántas veces preguntamos en la enfermería; sólo sé que se nos hizo interminable, hasta que, por fin, cuando ya había pasado más de hora y media, entró la enfermera encargada; los tres nos levantamos de nuestros asientos y casi al unísono le preguntamos:

- ¿Cómo está Olivia?, ¿cómo está el niño?

- Todo perfecto, ya pueden estar tranquilos. ¡Felicidades! el niño y la mamá están muy bien. Por recomendación del pediatra mantendremos al bebé en la incubadora por una hora y a la nueva mamá en el cuarto de recuperación; esperen que en unos momentos el doctor vendrá a hablar con ustedes.

Al retirarse la enfermera, el júbilo y la algarabía se hicieron cargo de nosotros, los abrazos, las lágrimas y la risa no se hicieron esperar, los tres brincábamos como niños, era tanto el alboroto que no escuchamos la llegada del doctor y haciendo uso de su estruendosa voz nos llamó la atención.

- ¡Familia! —dijo en voz alta y luego bajando la voz agregó-: ¡Qué bueno es ver la felicidad reflejada en las caras de ustedes!

Todos nos paralizamos de momento, sin embargo, lo abordamos con preguntas, acompañadas de entusiasmo. Todos hablábamos al mismo tiempo haciendo imposible que se entendiera lo que le decíamos.

- Vamos a tranquilizarnos —nos dijo—, si me pregunta uno por uno, puede ser que les pueda responder a todos y así nos calmamos un poco.
- Lo primero —continuó— es que tanto el niño como la mamá están en perfecto estado, más tarde la traeremos ya que en este momento ella está un poco sedada y descansando, cuando ya esté en condiciones la trasladaremos a la habitación y así la podrán ver. También quiero recordarles que soy el tipo de médico que no me gusta que mis pacientes hablen mucho cuando vienen de una cirugía o parto, así que, por favor, se permiten mimos, pero no conversaciones muy prolongadas con Olivia. En cuanto al bebé, estará aquí luego que la mamá venga, ella lo debe recibir, por ahora lo pueden ver desde la ventana del retén, allí lo están atendiendo y preparando para su presentación

oficial a la familia. Los felicito, es un niño hermoso, saludable y grande.

- Así lo haremos doctor —dijo Bruno viéndonos a las dos—, ¿quieren ir a ver a Gabriel Alejandro?
- Sí, respondimos al mismo tiempo Thereza y yo.
- Ahora debo retirarme, regresaré cuando Olivia este aquí con el niño —terminó diciendo el doctor.

Todos le agradecimos su ayuda y profesionalismo, antes de marcharse lo abracé y lo bendije por todas sus atenciones.

Salimos de la habitación; el doctor nos indicó el camino hacia el retén donde nos esperaba Gabriel Alejandro; estábamos tan entusiasmados que no podíamos creer que íbamos a ver por primera vez a nuestro querido bebé.

Al llegar nos conseguimos con un gran vidrio cerrado con una cortina blanca estampada con pequeños elefantes de diferentes tonos pasteles. Bruno tocó la puerta y le indicó a la persona que le atendió que veníamos a ver al bebé de la habitación ciento once y regresó a nuestro lado para esperar que abrieran la cortina. Al principio sólo vimos varias cunas transparentes con niños, algunos con cobijas rosadas y otras con cobijas azules; cada cunita tenía un cartel que decía el apellido y el número de la habitación; de pronto, como cuando sale el sol y su brillo te enamora, nos acercaron a la ventana un pequeñito pero hermoso bebe, el cartel decía "Niño Martínez, habitación 111", era el más hermoso bebé que habían visto mis ojos, un pedacito de carne que nos llenaba la vida de felicidad en ese mismo instante.

Bruno se quedó paralizado y a Thereza y a mí nos dio por llorar de la alegría; la enfermera lo cargó y nos lo acercó al vidrio, tenía un gorrito que no nos dejaba ver el color de su cabello, aunque asomaba uno que otro cabello muy oscuro como el de su mamá; era muy blanco, su piel como una porcelana, sus mejillas rosadas; no lloraba, tenía paz y felicidad; yo quería tomarlo en mis brazos, Thereza pegada al vidrio lo bendecía y Bruno no podía disimular su asombro y ternura al verlo. La enfermera nos hizo señas para que nos acercáramos a la puerta del retén, puso a mi nieto en su cunita; al abrirla nos indicó que en una hora lo llevarían a la habitación y entonces lo podríamos cargar.

Al principio tuve una sensación de no quererlo dejar allí, era como abandonarlo -mentalmente doblé en mi bolsillo ese pensamiento-. Regresamos a la habitación comentando lo bello que era y felicitando al nuevo papá; al enfilar por el pasillo del cuarto vimos a nuestra Olivia llegando justo en ese momento.

Aceleramos el paso para alcanzarla, ella entre dormida y despierta nos sonrió y nos preguntó si habíamos visto a su bebé; le respondimos que veníamos de verlo, que todo estaba bien, que descansara, le di un beso y dejamos que Bruno se encargara de ella. La pasaron de la camilla a su cama, Bruno mirándola con ternura le dijo que no se separaría de ella y ella sonrió quedándose de nuevo dormida.

Como nos habían dicho, más tarde llegó la luz que iluminó toda la habitación, ¡llegó mi nieto!, era hermoso y lo primero que hice fue cargarlo y ponerlo cerquita de Olivia, quien todavía dormía. Lo desnudé, lo revisé, vi que estaba completico; tenía la piel suavecita, su ojos como pintados con pincel eran color negro azabache, al igual que su abundante cabello; era hermoso, ¡muy hermoso!

A mi lado se hallaban Bruno y Thereza observando todo lo que hacía. Ella nos pidió un momento, me dijo que no lo vistiera aún y con sus bellas maneras sacó un polvo del bolsillo de su falda, le preguntó a Bruno si podía usarlo y él asintió con la cabeza.

Ella se untó las manos con aquel polvo blanco de escarcha y pasándoselo al niño desde su cabecita hasta sus pies, fue tarareando una canción que por la melodía parecía de ensueño, al terminar lo alzó con sus manos.

- Serás Gabriel y también Alejandro, la energía creativa reinará en tu vida, hará de ti un artista; con tu arte llevarás felicidad a muchos, serás triunfador de guerras y serás una leyenda; cada querubín te protegerá y cada ángel te abrazará; lograrás pasar por la vida dejando paz y amor, eso te deseo Luz de Alma.

Al bajarlo y volverlo a poner en la cama, el bebé abrió los ojos y sonrió, Olivia se despertó y nos vio extrañada:

- ¿Pasó algo? —Tratando de reincorporarse agregó-, ¿a quién se parece?

Todos nos reímos y lo vestí de nuevo, se lo entregamos a su mamá y a su papá que quedaron embelesados viendo a su retoño.

Pasados algunos días, ya en casa, estuvimos ayudando a Bruno y a Olivia a adaptarse a ese nuevo ser que requería atención y cuidados; ellos fueron adaptando sus vidas poco a poco, se fueron acoplando a ese nuevo ritmo de dormir poco, a los días que parecían de cuarenta y ocho horas, a los días que se convertían en noches y noches que se convertían en días.

Administrábamos el tiempo, nos turnábamos para dormir, con un ojo cerrado y otro abierto. El sonido de su llanto de vida era más fuerte que cualquier cansancio.

Cuando Thereza y yo vimos que nuestros muchachos necesitaban retomar su rutina y su vida sin otras personas que no fueran ellos tres, hicimos un alto en la estadía de su hogar y decidimos regresar a Casa Ananda; ya había pasado un mes y medio desde el nacimiento de Gabriel Alejandro.

Ese día hablamos con Olivia, ella entendió que ya era el momento de asumir por completo sus responsabilidades como madre, aunque estaba un poco triste por nuestra partida ella comprendía que por ley de vida tenía que continuar su vida de pareja y seguir adelante con el hogar, junto a su esposo y su hijo. Acordamos que cuando el bebé fuese un poco más grande viajarían con él para nuestra casa, allá los esperaríamos; estaríamos en comunicación y la conexión seguiría como siempre.

Hice un gran esfuerzo para decidir dejarla, así ella me vio fuerte, decidida y confiaba que todo estaba bajo su control, pero en el fondo estaba aterrada de dejarlos, sentía que todavía estaba chiquita y que era una gran responsabilidad, aunque yo estaba segura que ella lo podría hacer. Mi instinto de madre no la quería dejar.

Bruno me tranquilizó y nos llevó a la estación del tren para regresar a nuestra posada, tratamos de que la despedida fuera rápida, no quisimos que esperara hasta que saliera el tren para no hacer más triste la despedida; sin embargo, le comenté a Thereza que dejé mi corazón en ese nuevo hogar de Olivia, mientras ella me consolaba al ver que no podía dejar de llorar, y a su vez me abrazaba y lloraba conmigo.

El tren llegó y ya un poco más tranquilas lo tomamos a las 10 de la mañana para así llegar temprano a la Rúa

de la Paz, allá estaría nuestro querido
Rodrigo esperando por nosotros.

CAPÍTULO 29

María Rebeca

Thereza entró a mi oficina con un sobre en la mano, al ver la seriedad de su cara me preocupé.

- ¿Qué pasa Thereza?

Sin decirme nada me entregó un sobre certificado. Aun sin leer quién lo enviaba, alce los ojos.

- ¿Es de Cipriano?- le pregunté.

- No, pero por el apellido parece que es algún familiar de él.
- Gracias Thereza —le dije, tomando el sobre con la mano temblorosa-. Dame unos minutos para leerla. Te llamaré tan pronto sepa de qué se trata.

Thereza entendió, asintió con la cabeza y salió de la oficina. En lo que cerró la puerta, leí el remitente:

María Rebeca Vega

Apartado #2917

Cumbres de la Sabana, P.E. 963101

Abrí el sobre con sumo cuidado, como si algo muy frágil estuviera dentro, saqué la hoja y aún sin leerla la coloqué encima de mi escritorio. Puse mis manos temblorosas sobre ella, cerré los ojos, y recordé a Cipriano, cada una de sus palabras, el color de sus ojos, su melodiosa voz, sus besos. Me armé de valor, desdoblé la carta y la leí.

Estimada señora Jossie Álvarez.

Ante todo, la saludo, mi nombre es María Rebeca Vega, hija de Cipriano Vega. Le escribo para notificarle que en este momento mi padre se encuentra en estado de coma. En vista que ya ha pasado mucho tiempo y no hay indicios de una franca recuperación, mis hermanos y yo hemos pedido la autorización a los abogados de mi padre y a los médicos del hospital desconectarlo de las maquinas que lo mantienen con vida. En este momento estamos en la espera de dicha aprobación.

Estando aun consciente, nos pidió que cualquier que fuera los resultados de su tratamiento, nos comunicáramos con usted. En el caso de que quiera estar aquí junto a él en este momento, mucho le agradecería se comunicara conmigo y así le doy toda la información del hospital donde se encuentra.

Mi número telefónico es 0216-0209-0227.
Sin más, queda de usted,
María Rebeca Vega
Cumbres de la Sabana, P.E. 963101

Doblé la carta y como un autómata salí de mi oficina. Thereza al verme se acercó, sin decir palabra alguna le entregue la carta. Mientras Thereza leía, subía la mirada para verme y luego se volvía a concentrar en la lectura.

Al terminar me llevó de nuevo a mi oficina y nos sentamos una enfrente de la otra:

- ¡No esperes más, llama ahora mismo!, quizás todavía estás a tiempo de verlo con vida —me insistió.

- Tengo tanto miedo Thereza —le dije—, no sé si soporte verlo en ese estado.

- Tú puedes Jossie. Puede ser la última oportunidad de estar a su lado. Llama a la hija de Cipriano.

Marqué el número de teléfono escrito en la carta. Al escuchar la voz que me atendió sentí una sacudida. Sentí el impulso de colgar la llamada. Pero no, tenía que ver a Cipriano, aunque sea una última vez.

- ¡Aló!, buenas tardes, mi nombre es Jossie Álvarez, ¿me pudiera comunicar con María Rebeca Vega?, por favor.

- Sí -respondió una voz de hombre-, espere un momento por favor.

- María Rebeca -le escuché decir en voz alta-, te llaman por teléfono, la señora Jossie Álvarez.

- Buenas tardes, respondió una voz femenina-.Es María Rebeca, ¿en qué puedo ayudarla?

- Hola María Rebeca, es Jossie Álvarez, acabo de recibir la carta que me enviaste sobre la condición de Cipriano, espero que no sea tarde, me gustaría verlo y estar allí.

En ese momento sólo escuche silencio al otro lado del teléfono. Pensé incluso que la llamada se había desconectado.

- ¿Aló, aló?, ¿estás allí? -pregunté con insistencia.
- Sí, disculpe… ¿Jossie? Qué bueno que recibió la carta. Todavía mi padre está vivo, aunque aún no despierta. Si usted viene hablaré con mis hermanos para esperarla. Tenemos mucha esperanza que pueda escucharla, ocurra un milagro y salga del coma -Terminó diciendo María Rebeca, con voz esperanzada.
- Claro María Rebeca, por eso te estoy llamando, por favor indícame dónde se encuentra tu padre, preparo todo y salgo mañana para allá.

Me dio la dirección, se despidió muy cordial y me dijo que la llamara en lo que llegara a la ciudad.

§

Esa misma tarde hablé con Olivia para contarle y mantenerla al tanto de mi viaje. Dejé instrucciones a Pepe, Sagrario y a Thereza: se encargarían de Casa Ananda mientras yo estaba afuera.

Preparé un maletín sólo con equipaje esencial. Antes de cerrar la maleta, Thereza que estaba sentada en la cama observándome se levantó, entró a mi closet:

- Deberías llevar este vestido negro

CAPÍTULO 30

Otón

Pasé la noche dando vueltas en la cama sin poder conciliar el sueño, quería que amaneciera rápido y acortar las horas; cada minuto sin estar a su lado significaba tiempo perdido. Antes de que el sol saliera ya estaba en la estación del tren.

Llegué a la ciudad de San Miguel más o menos a las 2 de la tarde, tomé un taxi desde el aeropuerto hasta el hotel, me registré y al entrar a la habitación, aunque estaba cansada, decidí llamar a María Rebeca. En el segundo repique del timbre, ella misma me atendió, y me reconoció la voz.

- Hola -le dije.
- Hola -me respondió-. Estaba esperando su llamada, en este momento me dispongo a salir para el hospital, ¿quiere que la pase recogiendo?, así nos conocemos antes de llegar.
- Estoy en el hotel La Colonia en la Gran Avenida -le señalé-, te espero

en el vestíbulo, ¿te parece?, ¿cómo
en cuanto tiempo estarás aquí?

- Cómo en media hora, ¿le parece
  bien? -me respondió María Rebeca

- Sí, gracias, así me da tiempo de
  refrescarme y comer algo. Nos vemos
  en un rato, gracias por todo -le
  dije antes de colgar.

Saqué de la maleta una ropa más cómoda,
entré al baño y me refresqué. Luego de
vestirme, me cepillé el cabello y me
eché un poco de polvo en la cara y un
brillo en los labios.

Tomé un jugo del servicio de la
habitación, un sándwich, y antes de
salir me anudé en el cuello el sweater.

En veinte minutos estaba en el vestíbulo
del hotel; al poco tiempo de estar allí,
vi entrar a una mujer muy joven, alta,
delgada, con porte de princesa. Tenía
lentes oscuros, el cabello suelto largo
y negro intenso, de piel bronceada: era
María Rebeca.

Tenía el mismo estilo de su padre; al
verme se acercó con una sonrisa, se
quitó los lentes oscuros y al verle los

ojos casi morí allí mismo: tenía la misma mirada de Cipriano. Me estrechó la mano, con su gesto y sonrisa me hizo el momento menos incómodo.

- Hola Jossie -me saludó y me preguntó-, ¿te puedo llamar por tu nombre?, es que eres más joven de lo que me imaginaba.

- Claro, María Rebeca, para mí es un placer que me tengas confianza.

- ¿Vamos?, aquí cerca tengo mi carro, ¿quieres comer algo? -Conversaba a medida que salíamos del hotel-. Me puedo parar en un café y nos tomamos algo antes de llegar, de todas maneras, el hospital está muy cerca de aquí. Veo que te ubicaste perfectamente, esta zona tiene la ventaja de que caminando puedes llegar a donde necesites y también dispone de transporte para movilizarte, sin necesidad de tomar un taxi.

- Gracias por tu amabilidad, me tomé un jugo y comí un sándwich en el hotel, ahora prefiero ir a ver a Cipriano.

- ¿Lo quieres? —me preguntó de repente.

—Quizás no me vas a creer —le respondí sorprendida por su pregunta-; no sólo lo quiero… yo lo amo.

Llegamos al carro y me abrió la puerta.

- Gracias por venir, me imagino que esto debe ser muy duro para ti, así como lo es para nosotros, tú eres nuestra última esperanza; ni mi madre, ni mis hermanos, ni yo hemos podido hacerlo reaccionar; los médicos nos dicen que no entienden por qué se mantiene inconsciente.
- ¿Qué dicen los médicos? —pregunté.
- El tratamiento fue muy agresivo, él sabía a lo que se sometería; estaba consciente de que los efectos secundarios podrían ser peor que la misma enfermedad y aun así no claudicó. Fue muy dolorosa y difícil cada sesión, era como si lo quemaban por dentro, los medicamentos arrasaron con lo malo, pero le dañaron muchos órganos. Le

indujeron el coma era para evitarle el sufrimiento de la última etapa del tratamiento. Al pasar los días, los órganos que se habían afectado se fueron recuperando, pero no entraba en conciencia, y cuando lo trataron de despertar y desconectarlo de las máquinas el choque de ese intento, casi le provocó un infarto al corazón; lo ayudaron a estabilizarlo y se dieron cuenta que por sí solo no evolucionaba. Tuvieron que alimentarlo por la vena y ponerle un respirador, así que después de eso, hicieron varios intentos para reanimarlo con intervalos de días y luego semanas y nada pasó, no reaccionaba, hasta que mi madre no quiso que lo intentaran más.

- Y a tú madre, ¿qué le pasó? —le pregunté.

Con ese mismo temple como me habló lo de su padre, me contó que su madre sufría de la presión arterial. Le habían diagnosticado unos años antes complicaciones serias en el corazón.

Por casi un año se entregó a cuidar a mi padre. Un día saliendo del hospital le sobrevino un paro cardíaco y allí mismo murió.

- Cuanto lo lamento -le dije con pena-. Ustedes han pasado momentos muy difíciles.
- Sí -me respondió-. Mis hermanos han estado por esta época yendo y viniendo a San Miguel; esta ciudad se ha convertido en su segunda casa, ellos pasan lapsos de tiempo con sus estudios y nos turnamos para que no se vean tan afectadas nuestras vidas tanto profesional como familiar. Sin embargo, él más afectado en este momento es mi hermano menor y el único varón, era el más unido a mi madre; te comento esto porqué él era uno de los que se oponía a que te llamáramos. Mi madre comentó en algún momento la idea de avisarte, ella supo de tu existencia, mi padre se lo contó. Mi padre y mi madre no se llevaban bien como pareja, pero sí como

padres nuestros y abuelos de mi hijo. Eran algo así como amigos, sé que es algo difícil de entender para algunas personas.

- ¿Tus hermanos están aquí ahora? — pregunté con una voz que reflejaba un poco de temor.

- Sí, ellos están cerca, recuerda que esperamos la orden de los abogados para tomar la decisión de desconectarlo. Él siempre lo dijo, no quería que lo mantuviéramos como está ahora; queremos que descanse en paz.

- Sé que me preguntas por mis hermanos y su aprobación de que estés aquí, pero no te preocupes, ellos saben que vienes; tanto ellos como yo esperamos que tu presencia pueda ayudar a sacar a mi padre de ese coma que creemos es más mental que físico.

Llegamos rapidísimo al hospital, nos estacionamos en un edificio paralelo al mismo, cruzamos por un parque que conecta un edificio al otro, entramos a una recepción donde nos dieron unos pases de identificación, luego caminamos por un pasillo larguísimo y al final nos encontramos una puerta doble de metal blanca la cual se abría electrónicamente.

Llegamos a la unidad de cuidados intensivos y mi corazón latía tan fuerte que pensé que María Rebeca lo podía escuchar. Darme cuenta a lo que me enfrentaría me hizo dudar de mi fortaleza; sabía que no podía desplomarme, sabía que debía ser fuerte; en ese momento sentí que flaqueaba; cómo me hacía falta la fuerza y la entereza de Thereza para resolver las cosas.

Nos paramos frente a la habitación A-121; bajo el número tenía un cartel que decía Visitas restringidas. María Rebeca me agarró por el brazo como para darme fuerza.

- Eres la persona que a él le gustaría ver, ¿Estás preparada? —Me dijo María Rebeca antes de entrar.

Se abrió la puerta y al entrar a la habitación todo estaba oscuro. Solo estaba Cipriano y los sonidos provenientes de las máquinas y monitores alrededor de su cama.

Al acercarme lo vi allí indefenso, su cara igual de bella, con la diferencia de que ahora la cubría una barba frondosa totalmente llena de canas. Estaba bien peinado, limpio, más delgado que la última vez; y esa mirada tan especial estaba apagada; me puse a un lado de la cama y su hija del otro lado, le agarré la mano, la tenía tibia o quizás es que la mía estaba muy fría. María Rebeca también le tomó la otra mano.

- Papá, te traje una sorpresa. Es una persona muy especial para ti. Si me entiendes necesito que aprietes mi mano —le suplicó y luego me miró-. Háblale Jossie, él te escucha.

- Hola Cipriano —dije bajito, casi en un susurro.

No me salía la voz, sentía muchas ganas de llorar, el nudo en la garganta era tan grande y fuerte que casi no podía respirar. María Rebeca me hizo un gesto que volviera a decirle algo y con la cabeza le hice señas que no podía.

- Vamos hacer algo. Te voy a dejar sola, así probablemente te sentirás más cómoda para hablar con él; voy a buscar a mis hermanos que deben estar en la cafetería.

Diciéndome esto salió de la habitación y nos dejó solos. Me quedé parada allí observándolo. Transmitía una paz que provocaba acurrucarse entre sus brazos.

La oscuridad del cuarto me daba más tristeza, así que decidí abrir las cortinas; sé que a Cipriano le gustaba la claridad y el sentirse atrapado, seguramente la oscuridad le ocasionaba más angustia. Al abrirlas el cuarto se iluminó con el tenue sol del atardecer. Me volví acercar a la cama, agarré su mano de nuevo y me aproximé a su oído, respiré de nuevo su olor, ese olor tan varonil.

- ¡Hola, mi amor! Estoy aquí a tu lado, y como no fuiste a buscarme, yo vine por ti. Te necesito, por favor despierta para que me beses,

necesito ver tu mirada de cielo
atardecer.

Recosté mi cabeza en su pecho, con los
ojos cerrados me concentré en su
respiración.

- No te vayas mi amor, no me dejes
  sola.

Sentí pasos acercarse a la puerta;
cuando ya me había reincorporado,
entraron los que supuse eran los
otros hijos de Cipriano acompañados
por María Rebeca.

- Déjenme presentarles a Jossie —dijo
  viendo a sus hermanos—, ella es la
  persona que hizo muy feliz a papá.
- Jossie —me dijo cuando estuvo a mi
  lado—, te presento a mi hermana
  Devora y a nuestro hermano más
  pequeño, Otón.

La primera en saludarme fue Devora,
sonriendo me dio un beso en la mejilla,
lo que me hizo sentir menos tensa. Luego
se acercó Otón.

- Hola —dándome la mano y
  presentándose de forma muy

templada-, soy Otón el hijo de Cipriano. Mucho gusto.

- Gracias — les dije viéndolos uno a uno—, sinceramente muchas gracias por llamarme para compartir estos momentos con ustedes.

Dicho esto, cada quien se sentó en las sillas que estaban colocadas en un lado de la habitación, María Rebeca me entregó el café que me había traído y se acercó a la ventana.

- Veo que abriste las cortinas, el sol cambia la imagen sombría de la habitación.

Estuvieron hablando entre ellos. Por momentos me comentaban algunas anécdotas de su padre.

María Rebeca y Devora eran más dicharacheras, lo contrario a Otón mucho más reservado y observador. Los comentarios que hacía eran más agudos que los de sus hermanas.

Llegó entonces el momento en que las visitas debían irse.

Con el cansancio del viaje necesitaba descansar un poco y los hijos me convencieron de que por esa noche sería lo mejor; acepté dejarlo con la condición que al día siguiente me conseguirían un pase especial para dormir allí con él. Todos se despidieron de él como si estuviera despierto. Cuando me acerqué respiré su olor tan peculiar.

Salimos de la habitación. Ellos hablando y poniéndose de acuerdo con lo que haría cada quién al día siguiente y yo por mi lado con el corazón arrugado. Casi no articulé palabra, sólo asentía con la cabeza cuando me decían algo mientras me llevaban al hotel.

- Jossie, ¿quieres que te acompañemos a comer?, ¿te llevamos para alguna parte? —me preguntó Devora.
- No, gracias, son muy amables —les respondí—, estoy muy cansada y prefiero comer algo en mi habitación, descansar y estar lista para mañana.

- ¿A qué hora te gustaría que te recogiera? —me preguntó María Rebeca.
- Si no te importa, yo me levanto temprano y vengo caminando directo al hospital. Vi que es cerca. Muy agradecida, hasta mañana -les dije antes de entrar al hotel.

Subí a mi habitación; al entrar me quité toda la ropa, entré en la ducha y allí di rienda suelta a mis emociones; lloré hasta que se mezclaron mis lágrimas con el agua.

Cuando salí de la ducha, me sequé y me puse pijama. Luego tomé el teléfono de la habitación y llamé a Olivia.

- Hola hija, ¿cómo estás? —le dije al escucharla por el otro lado del auricular.
- Hola mami, estábamos muy pendientes de ti, ¿cuéntame cómo llegaste? ¿Viste a Cipriano?, ¿cómo te trataron los hijos?, ¿estás bien?

Le respondí cada una de sus preguntas, sin ahondar en ellas, no quería que se preocupara y sintiera en mis palabras lo devastada que estaba al ver a Cipriano así.

- Hija, por favor no te preocupes, estoy bien, cada día trataré de llamarte para contarte cómo evoluciona Cipriano.

Para subirme el ánimo me habló de mi nieto Gabriel Alejandro, me contó sus avances y como iba creciendo cada día; me hizo sonreír con algunas anécdotas y eso me ayudo a relajarme un poco. Nos despedimos más tranquilas las dos. Respire profundo y me dispuse a hacer la llamada que me ayudaría a sacar el sentimiento anudado que tenía en el alma.

- Hola Thereza —le dije al escuchar la voz de mi hada madrina.
- ¡Hola mi niña!, no hubiese podido dormir sin saber de ti, ¿cómo estás? —me preguntó.

Le conté cada uno de los detalles del viaje y las conversaciones con los hijos de Cipriano. Pude soltar el nudo que tenía en la garganta y comencé a llorar.

- —¡No quiero perderlo, no lo acepto Thereza! —le dije con furia amarga.
- —Cálmate Jossie, sé que estas frustrada y dolida. Recuerda que el amor todo lo logra y es el milagro de la vida lo que se alimenta de él.
- Es verdad Thereza, debo tranquilizarme, así no podré ayudarlo. Desde mañana trataré de hablarle. Pasaré todo el tiempo que pueda allí, a su lado.
- Es mejor así mi niña, presta atención a todas las señales que te lleguen, sabrás cual será la mejor la decisión que deban tomar.

En lo que cerré la llamada con Thereza, pedí una sopa y una jarra de té de manzanilla.

Luego de comer me senté en el quicio de la ventana de la habitación con la infusión. Me quedé viendo a los transeúntes de la calle tratando de adivinar de cada persona cuál sería su historia. Trataba de distraerme en vano para no derrumbarme al pensar en mi amado Cipriano.

Capítulo 31

No somos un cuerpo

Al entrar dejé a un lado mi cartera y unas flores que le había comprado a Cipriano. Me acerqué a él, besé sus labios tibios, recosté mi cabeza en su pecho, escuché su corazón latiendo, me imaginé que era por mí. Tomé su mano, la apreté para ver si reaccionaba... pero no ocurrió nada.

- Estoy aquí Cipriano —le dije.

Recostada sobre su pecho, los latidos de su corazón unidos al sonido de las máquinas que miden los signos vitales era lo único que se escuchaba en la habitación. Sentía la misma sensación lúgubre y llena de tristeza que había sentido el día anterior, sin embargo, no podía permitir que siguiera alrededor de él.

Comencé por abrir las cortinas, de inmediato la habitación se iluminó con un sol que me hizo sonreír. Coloqué las flores que había llevado en un florero

sobre la mesa al lado de su cama y rocié
el ambiente con un extracto de aroma de
lavanda que siempre cargo en mi cartera.
Cipriano seguía sin moverse; sin
embargo, mi esperanza era que percibiera
que algo estaba cambiado.

Mientras me encontraba en plena faena
entró una enfermera; al verme se
sorprendió.

- Buenos días, disculpé que entré de
  sopetón -me dijo apenada-, aquí
  nunca hay nadie tan temprano, casi
  siempre los familiares van llegando
  a partir de media mañana. Vengo a
  bañar al señor Vega y a recoger un
  poco la habitación; ya veo que
  alguien pasó primero porque huele
  diferente.   ¿Usted   quisiera
  esperarme afuera mientras hago mi
  trabajo? -me preguntó.

- No señorita, prefiero quedarme aquí
  —le respondí.

- Está bien, no hay problema —dijo
  como si no le importara—, ahora
  viene otra enfermera que también

está en este turno, lo único que le pido que se quede allí a un lado mientras nosotras terminamos nuestro trabajo.

Posteriormente entró una enfermera, mucho mayor; y desde la puerta comenzó a hablarle a Cipriano como si él escuchara lo que le decía.

- Señor Vega, ¿cuénteme que va hacer hoy?, ¿va a salir a caminar por el parque?, ¿vio cómo está el día?, ¡está tan hermoso!; me imagino que lo vio ya que están abiertas las cortinas; ¡usted es un pícaro!, aquí está una señora muy linda esperando que lo bañemos para salir con usted.

Así fue hablándole mientras lo desvestían. Yo permanecí callada observando como hacían su trabajo. Al quedar completamente desnudo mi alma se me quebró; estaba tan delgado, sin embargo, todavía su estructura ósea era fuerte; su virilidad estaba dormida; su piel se notaba sana y delicada; lo lavaron, lo cambiaron y lo peinaron. La enfermera sacó de la gaveta el perfume de Cipriano, lo roció en un paño húmedo y con eso lo frotó por su cabello; en ese momento entendí porque olía a su perfume. Le tendieron sabanas limpias y lo volvieron a dejar como lo habían conseguido, pero ahora fresco y más oloroso. Salieron del cuarto diciendo que el doctor pasaría en un rato para la ronda diaria.

Cuando me quedé a solas con él le tomé de nuevo la mano, me acurruqué a su lado y me quedé dormida, no sé cuánto tiempo, me sobresaltó una mano que me tomó el brazo. Era el doctor.

- Buenos días -me dijo-, creo que me equivoqué de habitación, aquí veo a dos personas en una misma cama y mi expediente me dice que debería estar sólo el señor Cipriano Vega, pero un nombre de mujer no veo por ningún lado —terminó diciendo con una sonrisa.

– Disculpé doctor, es que tenía tiempo sin estar al lado de Cipriano, necesitaba sentirlo y pensé que acercarme a él podía hacerlo despertar -Me incorporé y me presenté-. Mucho gusto, mi nombre es Jossie Álvarez, amiga de Cipriano.

El doctor era un hombre de estatura baja, de tez clara, ojos negros achinados, cabello frondoso y con canas, de unos setenta y tantos años, de contextura un poco rellena. Tenía un rostro serio, pero al hablar se le hacían unos hoyuelos en las mejillas que lo hacían lucir más jovial.

– Soy el doctor Josué Ramírez Santos, los hijos de Cipriano me comentaron que usted vendría, ellos quieren agotar todos los recursos para ver con vida a su padre; déjeme chequearlo y ya estoy con usted.

– Claro doctor -Me aparté mientras atendía a Cipriano.

- No he notado ninguna mejoría, su situación en general sigue igual — me indicó mientras se colgaba el estetoscopio alrededor del cuello.

- Por favor, doctor, yo sé que no soy su esposa, ni siquiera tengo un vínculo familiar, pero quisiera que me explique la situación de Cipriano.

- Le diré solamente lo que sus hijos saben y lo que se viene haciendo desde hace un año más o menos. Comenzamos el tratamiento como se había establecido; en la tercera sesión nos dimos cuenta que estaba siendo muy doloroso y por consiguiente eso le estaba originando una debilidad extrema. Hubo períodos que pensábamos que no resistiría, le aconsejé dejar el tratamiento y él no quiso. Entonces se tomó la decisión de inducirle un coma; esa era la mejor posibilidad para continuar con el tratamiento; aunque seguía siendo muy doloroso, por lo menos no estaba consciente.

Siempre se le advirtieron los pros y los contras; se le explicó que posiblemente volvería de ese estado con algunos problemas. Acepté continuar porque él nunca quiso rendirse. No sé si usted sabe, pero Cipriano es mi mejor amigo, sus hijos son como mis sobrinos. Ahora si me disculpa debo seguir mi ronda, estaré pendiente cuando lleguen sus hijos y así hablaré con todos.

Sin dejar que le preguntara algo más, salió de la habitación. Volví a quedar allí parada al lado del cuerpo dormido de mi amado, le tomé de nuevo su mano, pero esta vez estaba más fría. Verlo así me inspiraba ternura y dolor a la vez, quería seguir cuidándolo, realmente estaba enamorada de él.

Cerca del mediodía llegaron los hijos de Cipriano. Otón fue el primero que entró y detrás sus hermanas. Al verme sólo me saludo con la mano. No me habló siquiera. Pensé que la timidez no lo dejaba ser más cordial. Se acercó a su padre, le tocó el cabello y lo miró, así estuvo un momento y luego se apartó.

Al contrario, sus hermanas entraron como un estruendo hablando con una actitud alegre y cariñosa; Débora se dirigió directamente a su papá, mientras que María Rebeca se acercó a mí.

- Cuéntame Jossie —me preguntó-, ¿cómo dormiste?, ¿comiste algo?; ¿pudiste conseguir el hospital sin problema?

- Sí, todo muy bien, gracias por preguntar.- le respondí sonriendo.

- Viste Débora —apuntó María Rebeca llamándole la atención—, Jossie trajo flores.

- Mi papá se ve hermoso, huele riquísimo, hasta la habitación huele diferente - señaló Débora sonriendo-. Que buena idea el abrir las cortinas; se siente bonito todo aquí, gracias Jossie.

- Hace un rato estuvo el doctor Ramírez por aquí, necesitaba hablar con ustedes -Al decirles esto se hizo un silencio profundo y se miraron entre sí.

- Voy a buscar al doctor -dijo Otón -, ya regreso.

María Rebeca se acercó a Débora; mientras una le hablaba a su padre, la otra le agarraba la mano.

- Papá, estamos aquí esperándote, ¿por qué no regresas a nosotras?, Jossie también está aquí esperándote, por favor necesitamos que te despiertes, queremos verte sonreír de nuevo.

Me acerqué y comencé hablarle a la par de ellas, pero nada lo hacía reaccionar.

Al cabo de unos minutos entraron el doctor y Otón; por el gesto en sus caras supuse que las noticias no eran nada alentadoras.

- Hola María Rebeca y Débora -dijo el doctor.

- Hola tío Josué —lo saludaron.

- Nos dijo Jossie que necesitabas hablar con nosotros - comentó María Rebeca.

- Sí, así es -respondió el Doctor Josué.

Otón repentinamente interrumpió al doctor y con actitud retadora se dirigió a mí.

- Me parece que lo que tenga que decir el doctor sólo deben escucharlo los familiares directos de mi papá, considero que si hay que tomar una decisión en este momento seremos los tres solamente.

Se hizo un silencio general en la habitación, el cual rompió María Rebeca.

-¡Otón!, ¿qué es lo que estás diciendo?, ¿qué te está pasando? -

casi gritó-. Lo estás diciendo por Jossie, ella tiene derecho a estar presente, sabes que es parte de la voluntad de nuestro padre, por eso la llamamos.

El doctor al ver la incomodidad de la situación intervino:

- Si prefieren nos reunimos en mi oficina en un rato, mientras se ponen de acuerdo.
- Nada de eso tío, aquí estamos los que tenemos que estar - dijo cortante María Rebeca.
- Entonces yo me salgo -repitió Otón.
- ¡Nada de eso! Tú te quedas y te aguantas- dijo Débora agarrándole el brazo a Otón.
- Perdonen, yo creo que Otón tiene razón, esperaré afuera - dije apenada.
- No Jossie, tú tienes que estar aquí y la decisión, si es que hay que tomar alguna, la tomaremos entre los cuatro -concluyó María Rebeca y agregando con decisión dijo-: Siga Tío, ¿qué es lo que necesita decirnos?

Otón -con la cabeza a gachas y con mala cara- no pronunció más palabras, se quedó inmóvil esperando lo que el doctor iba a comunicar. Con voz carrasposa y mirándonos a cada uno de los que estábamos allí esté dijo el anuncio que traía.

- Debo decirles que hace un rato recibimos la autorización por parte de los abogados para la desconexión de su padre. Sólo queda que ustedes decidan si lo van hacer y fijen una fecha para despedirlo —dijo el doctor bajando la mirada.

El silencio envolvió la habitación, mi cuerpo comenzó a temblar; María Rebeca y Débora se abrazaron sin decir nada. Por su parte Otón se apoyó a la pared más cercana y desde allí observaba en silencio a su padre.

El doctor caminó hacia la puerta y al abrirla se volteó hacia los muchachos.

- Estaré por aquí un rato más; si necesitan hablar conmigo, por favor no duden en avisarme. Ustedes bien saben que lamento lo que está pasando, entiendo que esto es algo que deben discutir entre ustedes. Quiero que sepan que entenderé cualquiera que sea su decisión; a veces la vida nos pone pruebas que son extremadamente difíciles -Salió cerrando la puerta tras de él.

- No puedo estar aquí -dijo María Rebeca entre sollozos-, tengo que salir a tomar un poco de aire.

- Voy contigo -le dijo Otón con voz apesadumbrada—, yo te acompaño.

- Yo tampoco quiero estar aquí —dijo Débora-, pero no es justo dejar sola a Jossie en estos momentos.

- Por mí no se preocupen, yo vine para estar cerca de su padre. Pienso que esto lo deben decidir entre ustedes y yo respetaré cualquier decisión que tomen — Terminé diciéndoles mientras aun temblando le agarraba la mano a Cipriano.

- Gracias, Jossie —me dijo Débora con un gesto amable.

Me senté de nuevo al lado de Cipriano, recosté la cabeza en su pecho, cerré los ojos. No sé cuánto tiempo pasó. Estaba sumergida en el susurro de su respiración.

Repentinamente tuve la sensación que no estábamos solos, entreabrí los ojos y divisé una sombra sentada en una de las sillas de la habitación que se me hizo familiar. Me fui incorporando aún sin poder creer lo que veía. Allí sonriendo estaba mi hada madrina, mi querida Thereza. Al acercarme la abracé.

- ¡Ay, mi niña!, como crees que te voy a dejar sola en estos momentos.

- Gracias, necesitaba que estuvieras aquí, llegaste justo a tiempo -le dije y volteando hacia Cipriano, le pregunté-. ¿Lo viste? Pareciera que en cualquier momento despertará.

- Ven mi niña, vamos acercarnos a él, vamos ayudarlo para que salga de ese escondrijo donde está metido. Haz lo que te voy a pedir, no te asustes, sólo ten fe.

Nos pusimos de cada lado en su cama, Thereza le agarró una mano y yo le agarré la otra, ella me hizo señas que cerrara los ojos y comenzó hablar en un dialecto que no entendía. Fui cayendo en una especie de letargo, sentí ganas de volverme acostar junto a él y así lo hice, cerré los ojos y me acurruqué a su lado.

La sensación de estar cayendo dentro del mundo de Cipriano me absorbió. De pronto él me abrazó.

- Jossie, mi querida Jossie —me dijo Cipriano.

- Jossie —escuché lejana la voz de Thereza-, entregarte, deja que el amor de ambos los envuelva.

Vi como si una especie de burbuja violeta nos envolvía y protegía.

- Jossie, mi amada Jossie — me dijo Cipriano—, cómo te he extrañado, te quiero.

Traté de interrumpirlo, me calló con un beso intenso y al separarme un poco pude ver nuevamente su mirada de cielo atardecer. No pude contener la emoción y las lágrimas comenzaron a brotar de nuevo.

- Amor mío —le dije-, no quiero que te vayas.

- Ssshh… me susurró —me besó de nuevo y entre besos me dijo—, no perdamos tiempo por favor, déjame hacerte el amor de nuevo.

Sin pensarlo, me entregué a sus brazos, me acarició con sus manos de seda, volví a sentir su corazón latiendo a la par del mío, una vez más la comunión de nuestros cuerpos se hizo infinita.

Luego de que ambos llegamos al éxtasis, descansamos en un abrazo.

- Escúchame mi amor, quiero que sepas que, aunque nuestro amor fue fugaz, lo que vivimos será eterno para nuestras almas. No sabes lo que me duele alejarme de ti. Te amo y nunca lo olvides. Siempre estaré allí, siempre en luna llena.

Le quise hablar, pero no me dejó. En un último beso sentí como exhalaba su vida en mí. Presentí que Cipriano se despedía entre mis brazos.

§

Me desperté desorientada con el ruido de las máquinas a las que estaba conectado Cipriano, pitaban sin cesar. En ese momento no entendía que estaba pasando; me encontraba sentada a su lado con su mano entre las mías. Inmediatamente se abrió la puerta y entraron las enfermeras.

Me apartaron, quedé inmóvil sin salir de mi desconcierto. Miré alrededor de la habitación buscando a Thereza, no la conseguí, pensé que había salido a buscar a ayuda. Volví a concentrarme en

Cipriano viendo como los médicos y enfermeras luchaban por revivirlo.

Aunque la señal y el sonido de las máquinas se habían estabilizado, el doctor seguía junto a él tratando de revivirlo.

Con gesto derrotado, los hombros caídos, y con voz apesadumbrada se dirigió a su equipo.

- Aunque lo estabilizamos por el momento, necesito que por favor avisen rápidamente a sus hijos.

El doctor muy afligido se me acercó.

- Otra crisis como esta y creo que no la resistirá —me dijo saliendo de la habitación.

Todavía pegada a la pared, me encontraba ensimismada en la incertidumbre de lo acontecido.

- Señora —me dijo una enfermera—, ¿quisiera que llamara a alguien para que la acompañe?

- No -le dije—, estoy bien, gracias.

Al estar solos de nuevo lo observé como cuando lo vi la primera vez. Le besé sus ojos y besé sus labios.

- ¡Ay Cipriano, mi mirada de cielo atardecer. No tuve tiempo para decirte: "Te amo con la inmensidad de mi alma"!

§

Momentos después llegaron los hijos de Cipriano. Mientras el personal del hospital entraba y salía, sus hijos rodearon su cama; decidí salir de la habitación. Fui directamente a la sala de recepción, pregunté si habían visto a una persona con la descripción de Thereza. Nadie la había visto. Extrañada asumí que no se sintió bien y regreso al hotel.

Necesitaba pensar sobre lo acontecido durante mi estadía en aquel lugar. Salí a caminar sin rumbo persiguiendo que el bullicio de la calle me ayudara a desahogar ese sentimiento de dolor e incertidumbre que me sofocaba.

Camine, camine, camine tanto que agotada llegue al hotel, sin embargo, al entrar me dirigí a la recepción del lobby, pregunté si alguien con el nombre de Thereza había llegado. La respuesta fue negativa.

Al subir a mi habitación, con el desconcierto de la desaparición de Thereza, llamé a Casa Ananda.

- Hola mi niña —escuché por fin cuando me contestaron-, lamento mucho por lo que estás pasando -me atendió quien menos me imaginé.

- ¡Thereza!, pero ¿cómo estás allá?, ¿hace un rato estabas aquí conmigo? —le dije casi gritando.

- Mi niña -comenzó a decirme con voz calmada-. ¿Qué quieres hacer?, no ha sido fácil lo que has vivido allá. Anoche vino y se sentó frente a mí; me dijo que te quería, que lo ayudara a reencontrarse contigo, aunque fuera por un momento, no resistía verte con tanto dolor. Lo que hoy viviste a su lado no fue una ilusión, fue cierto.

Después de hablar con Thereza, no pude descansar entre sobresaltos y pesadillas. En la mañana siguiente decidí regresar a Casa Ananda, sentí que mi papel allí había terminado, eran sus hijos los que deberían tomar alguna decisión y mi presencia no sería motivo de incomodidad y conflicto, sobre todo para Otón. Le avise a María Rebeca mi decisión.

Dentro de mí no existía la fortaleza para esperar cualquier que fuera la decisión que los hijos tomaran, así que retorné a Casa Ananda con un bulto lleno de soledad y tristeza. Sin embargo, la sensación del último encuentro que tuvimos Cipriano y yo me dejó la paz que necesitaría para afrontar los días por venir.

Capítulo 32

El corazón de Emanuel

Escribo en mi diario:

Querido Cipriano, hoy hace un año que tu mirada de cielo atardecer se cerró para siempre; te cuento que todavía hago mi ritual de luna llena con la ilusión que su esplendor guíe mi inmenso amor a donde estés.

Aunque no he podido resignarme a tu partida y te recuerdo todos los días ya no me siento tan sola; siempre estoy rodeada de todos los que me quieren y quiero: Olivia viene a menudo a pasar temporadas con mi nieto. Como disfruto de las chiquilladas y amor inocente que se profesan Gabriel Alejandro y Jay; cuando están los dos aquí llenan de alegría mis días.

Hace un tiempo atrás conocí a tío Carlos -el hijo de mi abuelo-. No te imaginas la impresión que me dio al verlo llegar a Casa Ananda. ¡Es parecidísimo a él! Desde ese día no hemos dejado de tener contacto, es lo más cercano que me queda de él. Cada vez que me visita o hablamos por teléfono percibo la cercanía de mi abuelo. Gracias a eso decidí honrar su legado y no vender Casa Ananda: entendí que todo esto lo planificó pensando en mí.

A los pocos meses de tu partida, con grata sorpresa recibí aquí en Casa Ananda a tus hijos. Incluido Otón que en su momento me pidió perdón; no supo manejar el sentimiento de celos que le causaba saber que me amabas a mí y ya no a su madre, sus hermanas con el tiempo lo hicieron entender.

Me revelaron que el mismo día que regresé a Casa Ananda se reunieron con el doctor Josué y tomaron la decisión de desconectarte y donar tus órganos. Que alegría e ilusión me dio saber que parte de ti seguía con vida, que existes en alguien que respira por ti, ama por ti y vive por ti.

De vez en cuando Otón y María Rebeca me llaman para saludarme y saber cómo estoy; el verano pasado Débora se casó y vino a visitarme, te hubiese encantado, ella y su esposo se quieren mucho.

Roció y Pepe van a ser padres nuevamente y al bebé lo llamarán Cipriano en honor a ti, eso hizo que mis ojos volvieran a brillar imaginándome los tuyos.

Thereza se fue. Una mañana al ir a buscarla a su cabaña sólo conseguí una carta de despedida en la que me explicaba que su plan de vida era seguir de guía y compañía a quien la necesitara, me reveló que cuando recorrió el Camino de Santiago por primera vez su alma trascendió a otra escala de elevación espiritual. Aunque me dio muchísima tristeza, con los días entendí que ella debe estar donde hace falta y su misión conmigo había terminado, ahora le tocaba ayudar a otras almas; aunque sé que cuando la necesite o quiera verla de alguna forma se hará presente.

Cipriano, te extraño como el primer día que te fuiste, este amor vive dentro de mí. Cada noche para sosegar mi mente escondo mi cara entre tu almohada y dejo que mis secretos lleguen hasta ti.

Hoy y siempre, te amo.

§

Cerré mi diario con la nostalgia de los recuerdos. Estaba atardeciendo, la frescura de la brisa me invitó a salir a caminar hasta la plaza de La Rua de la paz. Al llegar estaba desolada, la luz de la luna llena comenzaba a despuntar. Al ver la estatua recordé la sorpresa que tuve el día que descubrí quién era ese personaje que tenía el honor de estar en el medio de la plaza. Todavía me emociona, por eso voy a menudo, así como ahora que necesito de su compañía.

Me senté en frente a la imagen, cerré los ojos y me dejé llevar por la quietud del lugar, el ulular de las ramas y la luz de la luna llena. Todo fue creando el ambiente que dio paso a su presencia.

En la neblina de esa sublime energía la sentí a mi lado, al escuchar su voz sonreí.

- Hola mi niña -me dijo Thereza- sabía que vendrías hoy, hace precisamente un año que Cipriano dejó su cuerpo, aunque su corazón sigue latiendo. El Amor tiene extrañas formas de manifestarse y siempre retorna. Nunca olvides que cuando quieras hablar conmigo aquí te estaré esperando.

De pronto una nube se interpuso entre la luz de la luna y mi reunión contigo. Esa señal me indicó que nuestra cita había concluido.

Me acerqué a la estatua, y volví a ver cómo sonríes viendo hacia el horizonte con esa luz que brindas a los que vamos "más allá del camino".

- Gracias, mi hada madrina, mi amiga, mi confidente, gracias mi querida Thereza -te dije despidiéndome-, hasta la próxima luna llena.

§

En la mañana siguiente me encontraba sumergida entre los papeles de mi escritorio cuando escuche que tocaban la puerta de mi oficina.

- Jossie, Jossie, apúrate que ya está llegando — anunciaba Pepe con apuro.

- ¿Quién, Pepe? -le pregunté intrigada.

- Jossie, no te acuerdas que hoy empiezan a llegar los ejecutivos para la convención anual. Rodrigo se fue hace rato a la estación del tren para buscar a uno de ellos.

- No me acordaba —dije parándome de mi escritorio.

Justamente al salir se encontraba entrando nuestro carro con Rodrigo y nuestro nuevo huésped; todos estaban bromeando ya que Rodrigo estaba estrenado carro nuevo y para esa ocasión se había comprado una colorida corbata. Todos se enseriaron guardando la compostura que requería el caso, se dispusieron a saludar y dar la bienvenida.

Pepe fue el primero en saludar dándole paso al huésped que llegaba; en ese momento me distraje al ver que Jay traía unas pequeñas flores de diferentes colores para entregármelas causándome mucha gracia; sin darme cuenta me tomó por sorpresa la proximidad del huésped que ya se encontraba justo frente a mí.

- Disculpe, me distraje un poco con la niña —le dije apenada-. Bienvenido, espero que su estadía en casa Ananda sea de su agrado -le dije sonriendo y con la mano extendida—, mi nombre es Jossie Álvarez.

- Hola – me dijo con voz encantadora y apretando mi mano -, mi nombre es Emanuel Santos.

Al contacto de su mano con la mía sentí una corriente en todo el cuerpo. Sonriendo se aproximó y me susurro al oído:

- Al verte este corazón que late en mi pecho y que me devolvió a la vida hace un año se ha exaltado. Siento que he vuelto a casa.

MARY VIVAS USA-VENEZUELA (1960)

Mary Vivas es una interlocutora fascinante, que para todo tiene un cuento y de la nada te hace una historia. Tanto así que debes tener cuidado al contarle algo, porque ella podría convertirlo en tema para un próximo libro. Desde pequeña solía memorizar los dichos de su abuela y tenía la sabiduría para aplicarlos a la vida diaria; factores que la llevaron a desarrollar el don de la narrativa y más tarde a desear convertirse en escritora.

Seguidora fiel de famosos escritores como Isabel Allende, Gabriel García Márquez, Leonardo Padrón, María Dueñas, Ángela Becerra, entre otros. A los once años de edad Mary Vivas escribía poemas y cuentos. Capturaba en las estampas de la vida cotidiana temas para posibles historias y hasta compuso una canción para la coral de la iglesia. En fin, era una niña creativa y llena de sueños.

Muy joven obtuvo su título de Técnico Superior en Publicidad y Mercadeo, en el Instituto Superior Universitario de Mercadotecnia (ISUM) de Caracas.

Mary Vivas nació en Miami, Florida, EUA, el 15 de noviembre de 1960. Siendo muy pequeña sus padres se trasladaron a Venezuela, país en el que transcurrió su infancia y adolescencia. Más tarde, su vida tomó un rumbo diferente al dedicarse por completo a la familia en su rol de esposa, madre y ahora abuela "Tata"

Sin embargo, nunca dejó de soñar y continuó escribiendo hasta ver sus sueños realizados, con la publicación de su primer libro *Mis gordas memorias gordas* y ahora su novela *Casa Ananda*.

Hoy vive en Whitesboro, Texas, junto a su esposo, tres caballos, cinco perros, su Autobús-estudio y su Volkswagen de 1960.

Made in the USA
Columbia, SC
18 February 2021

33111964R00274